U0115272

文學研究叢書・現代詩學叢刊

草原的迴聲
——席慕蓉詩學論集

蕭蕭、羅文玲、陳靜容　主編

目次

序一

草原的迴聲

——與席慕蓉詩歌論集感動相遇

有多久，沒讀到讓你感動的詩？

幸好，我們還有席慕蓉。

幸好，我們還有詩溫潤著我們的心。

席慕蓉說：「每當新的觸動來臨，我們還是會放下一切，不聽任何勸告，只想用自身全部的熱情再去寫成一首詩。」品讀席慕蓉對於生命與原鄉的所有悸動與熱情。輕盈的訴說深深情意，對於父母或是家鄉土地的情懷。

當我們與每一件美好的事物相遇之時，心中總會有一種似曾相識的感覺！「2011濁水溪詩歌節」那一年秋天在田尾菁芳園，席慕蓉與蕭蕭的「花與詩的對話」，那一場詩歌對話來了近三百位喜歡詩歌的朋友，我們在落羽松樹下品茶，聽席慕蓉與蕭蕭的詩歌對話！詩歌繫連著善緣與善友，在滿室花香中，我們都放空自己的心與塵俗之思緒！在時間流動中，聽著席慕蓉老師說詩、說著文化情懷，如同穿越時空，許多人都難以忘懷那場對話，其中深深流動著的情意！

席慕蓉說「為什麼　白色的雲朵，總選擇在極藍的天空上漂泊。」我心中是這樣想的，白色可以征服一切顏色，當紅、橙、黃、綠、藍、靛、紫這些多元色彩，放在轉盤上快速旋轉就融化成白色，用淡然自然的方式去呈現文學的美好，音樂、花香與落羽松的連結，

當這些形式與人的情意融合在一起，是令人動容的。如五月桐花白雪的飄落，如初夏夜螢火蟲點點星光，如靜夜裡的一輪明月，都是極盡風雅寧靜的畫面！

讀好詩的樂趣，無法用文字傳遞的，而我們可以透過品讀席慕蓉許多動人的詩篇，好詩的感動，無法用文字傳遞其中深意，必須要用心靈去感覺。感動的人或事，要用心靈感受，靜下來，用呼吸帶動著自己的思緒慢慢靠近心靈，然後用心，緩緩發送感謝的意念從「心輪」虔敬送給對方，對方會感知。打破了時間的限制，劃開了空間的限制，可以隨時在呼吸流動思維著詩句中傳遞的溫度。

讀席慕蓉的詩，一如大自然順應四季節氣變化，感覺花開花了，綠葉綠了，雪融雪了，風動了，流水歌唱了，一切都是任運自然，愉悅自在。真正的美，純淨的詩歌世界，與它融為一體，聽到內心深處的真實聲音，一切的美來至純至善呀！詩人的純淨，化作翩翩詩篇，潔淨我們的心！誠如席慕蓉「無論是匈奴還是蒙古，再廣大的帝國，如今只能是書頁裡的記憶」、「站在世界的角度記錄熟悉的草原，用一個草原人的淳樸眼光看世界」、「能夠拿起筆來，誠實地註記下生命內裡的觸動，好讓日後的自己可以從容回顧，這是何等的幸運！」這也是席慕蓉帶給讀者最珍貴的溫暖禮物呀！

明道大學連續九年持續辦理「濁水溪詩歌節」，讓詩歌的種子深植於彰化這片土地上，提升了彰化在詩壇的地位；也辦過「彰化縣文學家的城市」系列活動，對凝聚的文化情感深有貢獻。明道大學一向重視人文培育、文學研究，這十年來蕭蕭院長帶領明道大學中文系與國學所團隊辦理過翁鬧、錦連、向明、周夢蝶、管管、張默、隱地、王鼎鈞、鄭愁予等重要詩人的學術研討會，對現代文學的研究貢獻卓著。「2015濁水溪詩歌節」特別規劃以「席慕蓉」詩歌為主題，辦理「2015草原的迴聲——席慕蓉詩歌學術研討會」，期望透過舉辦學術

研討會的方式，從不同面向探討席慕蓉文學的特色。如今能在「席慕蓉詩歌學術研討會」上，把席慕蓉作品作更深邃的研究，同時要將這些學者的心血作品付梓，讓鴻文讜論得以跨越時空，流傳後代，這本論文集的出版，將使現代詩的學術資產更添一筆、更為豐富！

明道大學國學所所長　羅文玲
二〇一五年白露序於明道大學開悟大樓

序二

草原的迴聲
——父親的草原母親的河

　　《草原的迴聲——席慕蓉詩學論集》是明道大學持續推動濁水溪詩歌節的成果之一。配合二○一五年濁水溪詩歌節以詩人席慕蓉為文學活動主軸，中文系暨國學所規劃舉辦「2015草原的迴聲——席慕蓉詩歌學術研討會」，同時出版詩學論集以共襄盛舉。論集主題涵蓋席慕蓉詩學研究的多重面向，貫串時空、詩畫、虛實、真假、情感及敘事等。詩人蕭蕭曾用八個字評價席詩：「似水柔情，精金意志。」於是，研究者雖各自走在閱讀席慕蓉的詩路上，卻殊途同歸，在席慕蓉的溫暖與堅毅中相遇，亦引領讀者逐步體情入微，漸窺堂奧。

　　在這本詩學論集中，有以文字演繹席慕蓉作品中詩與畫的跨界者，如林淑貞〈融攝與互襯——論席慕蓉詩與畫的對話〉，揭示席慕蓉詩畫合刊中繪畫與詩歌進行對話與融攝互補的情形。另有多篇論文深入掘發席詩中由時間與夢所引生之抒情美學及焦慮感，如洪淑苓〈席慕蓉詩中的時間與抒情美學〉，以追憶、日常、生死三個向度來探討席慕蓉對於時間書寫的表現；李翠瑛〈夢的時空擺盪——論席慕蓉詩中的夢、焦慮與追尋〉一文，則認為「夢」所引起的焦慮與渴求是席慕蓉通向家鄉記憶的重要關鍵；拙作〈時繽紛其變易兮——論席慕蓉詩作中的時間意識及其與〈離騷〉的對應〉，點出席詩中之於「時間」的憂思，相近於屈原〈離騷〉中所述「時繽紛其變易兮」之

感，引發詩人在時間中存在的無助與焦慮。其他尚有通過「雨」、「草原」、「長河」等意象，追索席慕蓉深刻情愛表達式的精彩論述，如羅文玲〈草原與長河——論席慕蓉《我摺疊著我的愛》的時空追索〉、李桂媚〈情絲不斷，情詩不斷——席慕蓉詩作的雨意象〉，分從壯闊的草原與「雨」意象的抒情想像出發，探索席慕蓉詩歌與蒙古草原所開啟的寬廣世界，亦窺見在草原和長河之外，詩人化「雨絲（思）」為「情思」的細膩和浪漫。

　　詩人和世界互動的百態，並不止步於抒情，所以還有研究者從原型心理學、敘事學及生態學角度對席慕蓉及其詩作進行別開生面的探究。李癸雲〈寫詩作為鍊金術——以席慕蓉《以詩之名》作為討論中心〉一文，透過榮格學說觀點與席慕蓉詩作進行印證對話；陳政彥〈席慕蓉詩作敘事模式的轉變〉，則以本文、故事、素材三個層次為緯，席慕蓉三個階段之敘事模式的轉變為經，分析席慕蓉詩作中的敘事特質。謝三進〈裸山狐望——席慕蓉的生態詩〉，書寫了我們不能錯過的席慕蓉，因為這是詩人創作的重要轉折。最後，還有別異於前列研究進路，轉從讀者接受以論的閱讀觀點，亦不失為有趣的詮釋別徑與讀詩體驗，相關論文可參考余境熹〈易讀・延讀・誤讀——席慕蓉分行詩的閱讀體驗〉。

　　這些已成形的論述，有些觀照了席慕蓉詩作的整體特色，精彩詩人的精彩；有些則潛入詩人心境的幽微處，揣摩作品中攸關於個人生命的微言大義。詩人文字所構築的世界，真假互成、虛實相生，幻想與情感織就了一場場的浮生若夢，但夢境又恍若真實，輪番在你我的生命中上演。透過精彩的詮釋，詩人與詩作的輪廓已漸清晰，而屬於

草原的迴聲涵容了許許多多的美麗與哀愁，等待更多的讀者傾耳細
聽，自知冷暖。

明道大學中文系助理教授　陳靜容
序於明道大學開悟大樓
二〇一五年八月三十一日

寫詩作為鍊金術
——以席慕蓉《以詩之名》作為討論中心

李癸雲

清華大學台灣文學研究所教授

摘要

　　席慕蓉是一位極度具有寫作自覺的詩人，寫作是為了「詩中的自己」隱然成為她的核心詩觀。本文採取瑞士心理學家榮格的原型心理學角度來探討席慕蓉詩作裡觸及寫詩與自我關係的課題，特別是以「個體化」的理論來呼應其寫作意義。透過榮格學說觀點與席慕蓉詩作的印證對話，本文認為席慕蓉將寫詩視為一條步向完整自性的道路，寫作如同鍊金術，「詩中的自己」是最終成果，詩則是用來轉化物質（點石成金）的哲人石。

關鍵詞　席慕蓉　榮格　個體化　鍊金術　寫作意義

不過　如果

想要讓一生都不會後悔

今夜　她才敢說

除了寫詩　恐怕

也沒有別的更好的方式——席慕蓉〈晚慧的詩人〉[1]

一　前言：「以詩之名」的自我追求

　　席慕蓉是一位極度具有寫作自覺的詩人，她曾在多處作品裡反覆探索著「寫詩」的意義，更具體的說，「寫詩」對「自己」的意義。「對於『寫詩』這件事，有沒有一個正確而又完全的答案？我是一直在追問著的。是不是因為這不斷的追問與自省，詩，也就不知不覺繼續寫下去了？」[2]這段話是席慕蓉自言面對他人詢問為何寫詩時，曾以生活轉折（如戰亂、寂寞）來回答，但心中感覺不安，因為答案並非來自於外在，而是來自內在深處……，所以她繼續寫詩來追探。其實，答案一直早已存在，席慕蓉寫詩超過五十年，早在《七里香》時期，她便明言：「這些詩一直是寫給我自己看的，也由於它們，才使我看到我自己。」[3]在第四本詩集《邊緣光影》的序言裡她再次強調：「終於知道，原來——詩，不可能是別人，只能是自己。這個自己，和生活裡的角色不必一定完全相稱，然而卻絕對是靈魂全部重量，是生命最逼真精確的畫像。」[4]詩內藏的自我之真切性被席慕蓉

1　席慕蓉：〈晚慧的詩人〉第二節，《以詩之名》（臺北市：圓神出版社，2011年），頁140-141。

2　席慕蓉：〈回望——自序〉，《以詩之名》，頁11。

3　席慕蓉：〈一條河流的夢〉，《七里香》（臺北市：大地出版社，1981年初版，1998年五十四版），頁192。

4　席慕蓉：〈序言〉，《邊緣光影》（臺北市：爾雅出版社，1999年），序言頁1。

所發覺，同時，她點明「詩中的自己」是更精神性、更精確，或言更理想的自己。這個想法到了第七本詩集《以詩之名》仍反覆迴盪著：「是的，詩，當然是自己，可是為什麼有時候卻好像另有所本？一個另有所本的自己？」[5] 既是自己，又不全然相同，那個自己另有所本，成為疊映折射的自我。寫作是為了「詩中的自己」隱然成為席慕蓉的核心詩觀。

　　　　（直指我心啊　天高月明
　　　　曠野上　是誰讓我們重新認識
　　　　並且終於相信了
　　　　那一個　在詩中的自己）[6]

　　　　（所有文字的開始　不就是
　　　　為了指認　描述　記憶
　　　　不就是　為了
　　　　在多年之後
　　　　喚醒那個或許已經遺忘了一切的自己）[7]

透過這些自覺性的詩觀，以及筆者長期對席慕蓉詩作的觀察，筆者認為對她而言，寫詩的意義，不僅止於自我對話，更隱含心靈成長的意涵。換言之，寫作是一條步向完整自性的道路，寫作如同鍊金術（alchemy），「詩中的自己」是最終成果，詩則是用來轉化物質（點石成金）的哲人石。

5　席慕蓉：〈回望——自序〉，《以詩之名》，頁12。

6　席慕蓉：〈一首詩的進行——寄呈齊老師〉，《以詩之名》，頁38。

7　席慕蓉：〈旦暮之間——給曉風〉，《以詩之名》，頁81。

　　因此，本文欲從瑞士心理學家榮格（Carl Gustav Jung, 1875-
1961）的原型（archetype）心理學角度來討論席慕蓉詩作裡觸及寫詩
與自我關係的課題，特別是以「個體化」（individuation）的理論來呼
應席慕蓉的寫作意義。席慕蓉執意以寫詩作為追求自我的最重要方
式，同時以詩談詩，後設式的自我檢視寫詩的心靈經驗，毋寧是精神
分析詩學必須觀察與討論的現象。本文礙於篇幅有限，同時利於論點
聚焦，討論範圍以席慕蓉最新出版的詩集《以詩之名》為中心，其他
的詩集、散文集或訪談資料，只能作零星的對照與補充。《以詩之
名》既最接近席慕蓉的心靈近況，也是其詩觀總體檢，集中有多首她
自覺性的思考、談論「寫詩」一事，以及為數不少的向詩人、文人致
敬的詩作，歌詠其寫作精神。更重要的，這條自我探索之路的目標，
到《以詩之名》已呼之欲出：

> 這本新詩集就成為一本以詩之名來將時光層疊交錯（大部分是
> 新作，特意放進舊作，有些已發表，有些卻從沒放進詩集裡）
> 在一起的書冊了。時光層疊交錯，卻讓我無限驚詫地發現，
> 詩，在此刻，怎麼就像是什麼人給我預留的一封又一封的書
> 寫？……是何人？早在一切發生的十年、二十年，甚至五十年
> 之前，就已經為我這現有之身寫出了歷歷如繪的此刻的生命場
> 景了。（是那個另有所本的自己嗎？）……原來，關於寫詩這
> 件事，我所知的是多麼表面！多麼微小！[8]

從前的詩、從前的自己歷時性的層疊於此，卻令其驚訝的發現其中相
似性，甚至過去成為當前的預言。此時的席慕蓉是過去的積累，過去

8　席慕蓉：〈回望——自序〉，《以詩之名》，頁12-13。

的詩也終將在此合鳴，於是，討論這本詩集便是理解「另有所本的自己」的最佳素材。「詩中的自己」究竟是誰？是何種面貌？我們可以在此試著描繪出來。

二　榮格的「個體化」與鍊金術

　　榮格所提出的原型心理學是神祕而艱深的精神分析學說，他主張人生最大的成就不在於功名利祿，而在於完成自己的命運。相較佛洛伊德（Sigmund Freud,1856-1939）把心理學視為嚴謹的科學，榮格堪稱是神秘主義者，他曾說：「理性只不過是一切人類偏見及短視的總和而已」[9]，他主張的分析心理學的研究動機常來自於生命中的黑暗或不可解釋的神秘現象。除了他的父親之外，他的家族有八位牧師，所以經常可以聽到基督教教義的討論，但是他皆不以為然，認為形式與教義遮蔽了真正的宗教精神，無法觸及人與上帝之間的直接溝通，甚至許多原始象徵也被扭曲了。有趣的是，榮格的老師佛洛伊德出於對「性慾」理論的信仰，不斷向他耳提面命必須要以性慾作為理論堡壘，防衛「神秘主義」（哲學與宗教）的黑潮，讓精神分析成為一種科學。榮格個人卻無法接受這種信條式的研究精神，也不認為心理學是一門純然科學，「集體無意識從來就不是一個『心理學』問題」[10]，所以師生的學說發展終究分道揚鑣。

　　榮格是一個博學的人，學問涉及多種知識面向，宗教、哲學、醫學、神話學、人類學、文學等等，榮格著作卷帙浩繁，多達二十多卷，其中最為人熟知與運用的，是人格的類型、集體無意識

9　榮格著，徐德林譯：《原型與集體無意識》（北京市：國際文化出版社，2011年），頁13。

10　榮格著，徐德林譯：《原型與集體無意識》，頁13。

（collective unconscious）的概念、夢的分析等等。他的文章裡用了許多雄辯、譬喻、文采來討論集體無意識，除了博學，其寫作特色為：大量的學術與文學知識、缺乏嚴謹條理、往往僅憑直覺……。榮格對心靈的探索趨近於祕教，而非大腦的解剖或簡易的心靈分層。楊儒賓甚至認為：「榮格不是現代文化工業體制下的知識從業人，毋寧將自己視為靈魂的探險者，關懷的不僅是心靈疾病的問題，更重要的是性靈解放的消息。我們與其將他視為傑出的精神分析師，還不如將他認做中國的高道、禪僧、印度的『谷儒』或文藝復興時期的鍊丹師」[11]。

　　由此，本文認為席慕蓉在以詩之名下的自我探索，事實上與榮格所談的個體化（individuation）或鍊金術的概念是相互呼應的，然而在理解這兩者之前，必須先理解榮格的心靈觀念，因為榮格認為心靈是由意識與無意識所構成，而無意識是影響靈魂冶鍊工作最深的部分。

（一）集體無意識與原型

　　榮格認為心靈包括意識與無意識，意識是我們的知覺經驗，以自我為中心；無意識則包括個人無意識與集體無意識。個人無意識裡含納種種情結（complexes）以及個人生活經驗的各種材料；集體無意識則包括各種屬於人類全體共有的原型和宇宙意象。

　　榮格認為可以用「水」或「山谷中的湖泊」來揣摩無意識，除此，榮格對無意識有很生動的描述：「無意識是從心理上、道德上透明的意識的缺口處墜入神經系統的精神」、「無意識通常被視為一種被壓縮的碎片，關乎我們最個人和最私密的生活──類似《聖經》所謂的『心』及視為一切邪惡思想之源的東西」、「無意識的基本原則是無

---

11 楊儒賓：〈推薦序：鍊丹與自性的追尋〉，收錄於傑佛瑞・芮夫（Jeffrey Raff）著，廖世德譯：《榮格與鍊金術》（新北市：人本自然文化事業公司，2010年），頁10。

法描述的，因為它們所指豐富，儘管它們本身可以辨識。」[12]總結來看，榮格所言的無意識「可能包含各色各樣的驅力、衝動與意圖：即各色各樣的感知與直觀；各種理性非理性的思想、結論、歸納、演繹和前提；以及各種情感向度。」[13]日常聽聞經歷的種種事物也可能潛抑為無意識。而從這些材料中，人們的夢的象徵就會自動產生。然而無意識「不只是過去心靈經驗的貯藏所，也充滿了未來心靈處境與念頭的胚芽。」[14]這個觀點雖然引起許多爭議，榮格卻堅持這是事實，新的思維和創造性觀念會由無意識裡自動現身，要能慎察夢的訊息，以及多注意自然現象與象徵。

而集體無意識裡的「原型」原指上帝形象（God-image），在榮格的學說裡，原型指的是深層的無意識內容，是與生俱來的、普世性的、具有超個人性的共同心理基礎，是「那些尚未經過意識加工，因此是心理體驗直接基點的心理內容。」[15]原型可以理解為一種假設性質的、無法描述的模式，類似生物學中的「行為模式」。

榮格提出童話、神話、祕傳教學等都是原型常見的表達方式，原始人對外在的觀察必定同時成為一種心理事件，四季交替、月亮陰晴圓缺……皆是心理內在的、無意識的衝突事件的象徵表達。「原型是像命運一樣降臨在我們頭上的經驗的複合體，它們的影響在我們最為

---

12 榮格著，徐德林譯：《原型與集體無意識》（北京市：國際文化出版社，2011年），這三句話分別引自頁18、19、33。

13 榮格著，龔卓軍譯：〈第一章　潛意識探微〉，《人及其象徵》（新北市：立緒文化事業公司，2010年），頁23。臺灣譯者通常將無意識譯為「潛意識」，本文為求譯名之一致性，皆以「無意識」來陳述。

14 榮格著，龔卓軍譯：〈第一章　潛意識探微〉，《人及其象徵》，頁24。

15 榮格著，徐德林譯：《原型與集體無意識》（北京市：國際文化出版社，2011年），頁7。

個人的生活中被感覺到。」[16]隨著人類文明的發展,「通過大規模地將其內容公式化,教義取代了集體無意識的位置」[17],但是卻轉趨形式化與智識化,喪失原本的神秘感應,「我深信象徵(如三位一體、神秘的光)的日漸貧乏意義深遠……我們的智識已然取得最為傑出的成就,但是與此同時,我們的精神家園卻陷入了破舊失修狀態之中……唯有符號象徵的枯竭才能使我們重新發現神明乃精神的主因,即無意識的原型。」[18]榮格對象徵重要性的強調,時常可見於各種討論之中。

(二)夢與象徵

與佛洛伊德的精神分析學說相同,榮格也非常重視夢的分析,但不同的是,榮格要求每一個夢都應被個別處置,必須同時理解做夢之人,而且任何夢都沒有固定直接的詮釋。即使是典型的「母題」,也要回到夢的脈絡來解讀。

榮格對夢的重視,緣於夢是生長各式各樣象徵的溫床,夢的象徵多為心靈的表徵,分析夢的性質,可以找到一些深沉的基本特性,理出人類個體表面的無窮變異找到某些條理。「『夢的語言』的象徵主義充滿了心靈能量,使我們不得不向它注目。」[19]夢得以擺脫意識的監控,充滿情感能量,以更原始、多采多姿、更圖像化的方式在表達我們的內在意識。榮格提出夢的一般功能,在於透過創造夢的材料,巧妙重建心理的整體平衡性,他稱之為「夢的補充(或補償)」角色。例如自視過高的人夢到飛行或墜落,即是一種人格缺陷的警示。夢是對意識中欠缺部分的補償,也能超感官的預期到心理指向與發展(預

---

16 榮格著,徐德林譯:《原型與集體無意識》,頁26。

17 榮格著,徐德林譯:《原型與集體無意識》,頁13。

18 榮格著,徐德林譯:《原型與集體無意識》,頁14-15。

19 榮格著,龔卓軍譯:〈第一章 潛意識探微〉,《人及其象徵》,頁33。

言未來要發生的事），無意識會以本能方式檢視事實、推論、結論，
然後以夢來預示。

　　當然，除了個人的夢，有一些夢並不屬於個體，而是人類心靈原
始、天生和遺傳而來的，即原型的夢。原型也是一種本能，透過象徵
形象來顯現，也許夢的表象是千變萬化，但基本的組合模式不變。

　　最重要的是，在文明化過程中，人類的意識漸漸與深沉本能分
離，理性與控制取代了本能，夢就擔任起補償角色。「為了心理的穩
定，甚至也為了生理的健康，意識與無意識必須統合相關聯起來，以
便兩者能平行相應地運作。如果他們分裂或『崩潰』了，心理困擾便
隨之而來。在這方面夢的象徵，是人類心靈由本能部分傳輸到理性部
分的根本訊息，同時夢的詮釋涵養了意識的貧瘠乾澀，讓它學會再度
理解被遺忘的本能語言。」[20]

（三）個體化・自性・鍊金術

　　接續前文，在了解榮格對無意識的描述，以及對夢與象徵、意識
與無意識整合的重視之後，便能更深入理解其所言的「間隔心理
學」。「現代人會保護自己，不願看到自己的分裂狀態，於是將之有系
統地區隔開，外在生活與自身行為的某些部分，彷彿被間隔在不同的
抽屜中，使他們彼此老死不相識。」[21]人們把各種心靈問題（也許是
無意識本能）都塞入格櫃內，轉以各式道德觀念、理性知識……來主
宰心靈。當人們不敢直視自己天生本能，而其原始衝動始終存在，便
會出現精神分裂。榮格以為，當代世界不再整合（integration）、消融
同化（assimilation）不時湧出的心理本能，便無法再現原始人類圓融

20　榮格著，龔卓軍譯：〈第一章 潛意識探微〉，《人及其象徵》，頁37。
21　榮格著，龔卓軍譯：〈第一章 潛意識探微〉，《人及其象徵》，頁83。

的心靈模式。強調理性、科學的「理性主義」，剝光了事物的神秘性、超自然性，其實是把現代人推向心靈的「陰間」[22]。

為了解決這種間隔心理與分裂，榮格希望人們去關注自然象徵，以及仍保存原初神秘性與符咒魅力的文化象徵。並且要重視夢境，因為「夢的主要任務，就是要『喚回』史前及童年的記憶，直透入最原始的本能層次」[23]。

榮格對人類心靈整合與同化之強調，即是他所謂的個體化過程（the individuation process）。個體化的真正涵義是要成為一個「完整的人」，不再分裂，個體化的工作，就是不斷指認出個體需與之共處的異己元素，然後再進行吸納及整合。「（榮格的學說）千言萬語皆是為了勾勒靈魂冶鍊所需參酌的心靈地圖。這靈魂的冶鍊之路，其實便是常識所言的心靈成長過程，也就是榮格學說中所謂的『個體化』（individuation）」[24]。

個體化既是心靈成長的目標，也是自性的實現（self realization），其方法在於融合意識的自我與無意識的本能或陰影，讓自性實現。榮格經常將自性與鍊金術裡的哲人石[25]等同視之，把哲人石作為自性的象徵，「自性是一切心靈生活的目標，個體化過程的最後狀態；哲人石則是一切鍊金術的目標，一切鍊金術程序的最後狀態。」[26]「哲人石」是鍊金術的核心，它可以改變金屬、治療疾病，揭示神靈的奧秘……而在靈性鍊金裡，若能達致自性，那麼也能與神界感通。若

---

22 榮格著，龔卓軍譯：〈第一章 潛意識探微〉，《人及其象徵》，頁96。
23 榮格著，龔卓軍譯：〈第一章 潛意識探微〉，《人及其象徵》，頁103。
24 蔡昌雄：〈導讀：冶煉靈魂之路〉，收錄於《榮格與鍊金術》，頁12。
25 「鍊金師都認為自己首先必須創造哲人石（philosopher's stone）。只要有哲人石，便有創造『質變』及治病的能力，但哲人石的另一種力量，是讓擁有者接近聖神的奧祕。」《榮格與鍊金術》，頁32。
26 傑佛瑞・芮夫（Jeffrey Raff）著，廖世德譯：《榮格與鍊金術》，頁44。

再回到心理學層面，榮格認為自性是全人格的中心，包括意識與無意識的結合，代表心靈整體。因此個體化過程的深度心理經驗，本身就像是一種密教，人會擴展意識經驗、我與內在異己產生對話、心靈趨向成熟與完整。

> 榮格要告訴我們的道理很簡單：心靈生活越豐富、象徵生活越寬廣的人，越有能力熱愛自己的命運，而心理分析師的任務，便是幫助我們面對那些突如其來的意象、形象和景象，鼓舞我們去提煉其中象徵意涵。在古代，這種工作等同於鍊金術士、煉丹道士、占星術士所做的努力，他們透過物質精粹的提煉、身體養生的修為、天體運行的星象，建立出許多照顧我們心靈各個層面的象徵系統。[27]

三 寫詩作為鍊金術

每個人的個體化過程皆持續進行著，在不同的人生階段，以各種方式進行自我整合。對席慕蓉來說，寫詩這件事就是個體化過程的最重要方式，她不斷在詩中尋找「自己」，她呼應自然、描寫象徵、發現自我之內的另一個自己，甚而直言寫作讓她完整。因此，以下以席慕蓉的詩作為例，論證她如何讓寫詩作為一種鍊金術，而詩即是哲人石，提煉出一個圓融完滿的黃金／自性／席慕蓉。

（一）詩與自然／神秘

榮格呼籲現代人要關注自然象徵，重視神秘感應，因為自然與神

---

27 龔卓軍：〈潛意識現象學：鵝味、乳房潰爛與鍊金術士〉，《人及其象徵》，頁24。

秘會為我們找回原始的內在語言。席慕蓉向來善寫自然意象，她在寫詩初期面對採訪時即已解釋自己的天性傾向：

> 「我非常喜歡『自然』這兩個字，我之所以為我，是天性和愛好選擇了我，無須刻意地強求。」……席慕蓉認為自然界的現象本身並不具有美感，但是它能喚起人類內心的情感，這才是她多年尋覓追求的寫作素材。「我並不是寫描述文，我寫的是內心共鳴的反應，是人生活在大自然中的一切，可以稱做是一種移情作用吧！」[28]

對席慕蓉而言，自然物象並非外於己的風景，而是內心情感的象徵，喜歡自然、寫作自然，就是在整理自己、發現自己。榮格認為初民的自然觀察已轉化為心理內容，一代一代傳承下來，所有的自然秩序裡皆是心理內在的、無意識的衝突事件的象徵表達。這個看法在席慕蓉早期作品〈結繩紀事——有些心情，一如那遠古的初民〉便已獲得認同：

> 繩結一個又一個的好好繫起
>
> 這樣　就可以
>
> 獨自在暗夜的洞穴裡
>
> 反覆觸摸　回溯
>
> 那些對我曾經非常重要的線索
>
> 落日之前，才忽然發現

---

28 林芝：〈作家專訪：擁懷無怨青春席慕蓉〉，《幼獅少年》第90期（1984年4月），頁109-110。

> 我與初民之間的相同
>
> 清晨時為你打上的那一個結
>
> 到了此刻　仍然
>
> 溫柔地橫梗在
>
> 因為生活而逐漸粗糙了的心中[29]

其後的寫作歷程也持續這樣的自然書寫，她反覆觸摸、回溯與初民相同的情感共鳴點（原型）。聆聽大自然，思考內在聲音，即是一種自我轉化，朝向內外整合的目標。到了近期的《以詩之名》，席慕蓉再次以詩審視這條寫作之路，她說：「多年前寫下的詩句／如今都成了隱晦的夢境／恍如霧中的深海／細雨裡的連綿山脈」[30]，多年前的詩，情感隱微而複雜，透露出自我無意識的內容，而近期的夢，卻轉為清透：「夢中，無風也無雨，時光靜止，只剩下清晰而又潔淨的畫面，無聲地顯現……」[31]。如果夢裡的畫面與象徵，傳達的是無意識的狀況，我們可以說席慕蓉的意識與無意識的衝突漸少，伴隨著寫詩歷程的演進，「我」漸次清明。

榮格反對心靈由理性所佔領，主張精神家園必須重新接上神秘感應，讓宗教的原始符號再次發酵意義，人們方能重視天生本能的存在。席慕蓉的〈祕教的花朵〉所呈現的就是以詩探測神秘，而詩就是祕教花朵：

> 詩的秘密在於出走或者隱藏

---

29 席慕蓉：〈結繩紀事——有些心情，一如那遠古的初民〉，《時光九篇》（臺北市：爾雅出版社，1987年），頁40-41。

30 席慕蓉：〈寂靜的時刻〉第二節，《以詩之名》，頁58-59。

31 席慕蓉：〈夢中的畫面〉第二節，《以詩之名》，頁60。

　　集中所有的意念於筆尖　　然後
　　背道而馳

　　不可能再停留在原地
　　也並非為了去取悅你
　　那魅惑
　　如薰香蜜蠟雕琢出的祕教的花朵
　　來自靈魂所選擇的信仰
　　似近又遠　　彷彿是自身那幽微的心房
　　時而　　又彷彿是那難以觸及的
　　渺茫的穹蒼[32]

詩的秘密在於，詩所透露的遠比表面語言更多，意義更需推敲，就像
是神秘的象徵。這朵秘教花朵充滿魅惑，動搖人心，因為觸及了靈魂
與信仰。那核心，彷彿來自於內心，彷彿又與自然相應。這首詩所刻
劃的詩歌秘密源於詩捕捉到神秘的生命力量。席慕蓉近年接受訪談
時，也曾將詩與神秘力量相提並論：「詩的最早來源，就是薩滿教裡
的女薩滿的祈禱。後世稱女薩滿為『巫』，男薩滿為『覡』，他們的禱
文就是『讚歌』與『神歌』，充滿了生命力。在翻譯薩滿教神歌之
時，我深受觸動。但同時，我也發現，那種活潑渾厚質樸的生命，在
現代詩歌也會出現。」[33]若說何種文類最適合接通自然神靈？詩歌當
然當仁不讓，由此，席慕蓉以寫詩來達到靈性鍊金，自然得以質變而
轉化。

---

32 席慕蓉：〈秘教的花朵〉，《以詩之名》，頁46-47。
33 〈席慕蓉對談零雨：我總是在草原的中央〉，《印刻》第11卷第4期（2014年12月），
　　頁40。

（二）詩的淨化與鍛鍊

如同對自然的愛好，席慕蓉開始寫詩起，便持續意識到詩所擁有的淨化能力與鍛鍊特質，已著力於描述這等「效力」。

> 他們說　在水中放進
> 一塊小小的明礬
> 就能沉澱出　所有的
> 渣滓
>
> 那麼　如果
> 如果在我們的心中放進
> 一首詩
> 是不是　也可以
> 沉澱出所有的　昨日[34]

在心中放進一首詩，詩或許能沉澱出過往生命，讓當下與未來更加澄淨。如此淨化時間的能力，對詩人（或讀者）而言，就是一種整理，一種不同時期「我」的相互對照（對話）。同樣在寫作初期即已萌發的詩觀，還有把詩當作一種轉化與鍛鍊：

> 若你忽然問我
> 為什麼要寫詩
> 為什麼　不去做些

---

34 席慕蓉：〈試驗──之一〉，《無怨的青春》（臺北市：大地出版社，1983年初版，1985年三十一版），頁138-139。

別的有用的事

那麼　我也不知道
該怎樣回答
我如金匠　日夜捶擊敲打
只為把痛苦延展成
薄如蟬翼的金飾

不知道這樣努力地
把憂傷的來源轉化成
光澤細柔的詞句
是不是　也有一種
美麗的價值[35]

詩人如同金匠，琢磨精細詩句如同錘鑄美麗金飾，詩人雖非鍊金師，
卻已指出詩如同哲人石，能「轉化」憂傷，變成可貴的生命經驗，如
同珍貴金飾。席慕蓉雖以設問作結，肯定的意味溢於言表──寫詩就
是最有用、最具價值的事。到了《以詩之名》，席慕蓉不再發問（自
問），她完全肯定詩「真金不怕火煉」的品質：

歷經歲月的反覆挫傷之後
生命的本質　如果依然無損
就應該是　近乎詩[36]

---

35 席慕蓉：〈詩的價值〉，《無怨的青春》，頁18-19。
36 席慕蓉：〈一首詩的進行──寄呈齊老師〉末節，《以詩之名》，頁42。

詩能淨化、轉化生命經驗，外在的種種挫傷皆是鍛鍊的素材，最終進入詩句後，便能看見本質，提煉價值。

（三）詩是統整與圓滿

在經過不斷的淨化與鍛鍊之後，席慕蓉看見了生命的統整、自由與圓滿，因此她在《以詩之名》集中，有多首是回應或鼓勵同時代作家，肯定寫作之路。在〈詩的曠野──給年輕的詩人〉裡表達出詩人不應服膺於世俗文明的價值，即使落入現實邊界的曠野，也並非一無所有。寫詩的生涯無限寬廣，有大自然，有擺脫文明智識束縛後的自由，以及自性的圓滿：

> 文字並非全部
> 生活也不是　我們其實
> 不需要逼迫自己
> 去證明這一生的意義和價值
>
> 在詩的曠野裡
> 不求依附　不去投靠
> 如一匹離群的野馬獨自行走
> 其實　也並非一無所有
>
> 有遊蕩的雲　有玩耍的風
> 有潺潺而過的溪流
> 詩　就是來自曠野的呼喚
> 是生命擺脫了一切束縛之後的

自由和圓滿[37]

席慕蓉對詩的看法，在〈恐怖的說法〉一詩裡，已達到極致──詩有自己的生命，詩貫通古今心靈，詩自體而足。

> 詩　是何等奇怪的個體
> 出生之後　就會站起來　走開
> 薄薄的一頁　瘦瘦的幾行
> 不需衣衫　不畏凍餓
> 就可以自己奔跑到野外
> （甚至　只要有幾句
> 寫到誰的心裡面去了　就可以
> 從商周到隋唐
> 一直活到所謂的當代）
>
> 有一種恐怖的說法：
> 詩繼續活著　無關詩人是否存在
> 還有一種更恐怖的說法是──
> 要到了詩人終於離席之後
> 詩
> 才開始真正完整的
> 顯露出來[38]

詩脫離了個體的脈絡，更能彰顯其普遍性。當一首詩不特屬於某個人

---

37 席慕蓉：〈詩的曠野──給年輕的詩人〉，《以詩之名》，頁90-91。
38 席慕蓉：〈恐怖的說法〉，《以詩之名》，頁143。

時，詩便可以是任何人的生命經驗。席慕蓉察覺到詩自由、圓滿、獨立、共通、完整等特質，她名之為「恐怖的說法」，此處的「恐怖」意為超越常人理解，反而可視作一種讚歎。

（四）寫詩鍊金，自性呈現

如前所述，榮格批評現代人的「間隔心理學」，不願面對原始本能，失卻了圓融的心靈，只有自我，忽略自性。他認為關注象徵和夢境皆是讓人喚回無意識內容的極佳方式，在席慕蓉身上，寫詩則是個體化過程的最重要方式。她「以詩之名」，召喚自然象徵，尋求自己存在的真貌：

> 以詩之名　呼求繁星
> 其旁有杜鵑　盛開如粉紫色的汪洋
> 秋霜若降　落葉松滿山層疊金黃
> 而眼前的濕潤與枯乾　其實
> 同屬時光細細打磨之後的質感
> 所謂永恒　原來就在腳下
> ……
> 以詩之名　我們重塑記憶
> 在溪流的兩岸　我與你相遇之處
> 畢竟　有人曾經深深地愛過
> 或許是你
> 或許只是我自己　而已。[39]

---

39 席慕蓉：〈以詩之名〉節錄，《以詩之名》，頁159、160-161。

在自然中，物質即是精神的象徵，她聆聽並寫作，詩句將這些象徵轉化為永恆……；在意識與無意識的交界，詩讓「我」與「你」得以對話，進而統整為一。筆者並不清楚席慕蓉是否接觸過榮格個體化學說，或是曾受到鍊金術理論的影響，但是在席慕蓉多首詩裡，都感受到如〈以詩之名〉這般強調象徵力量、注重自性追求的心靈力量。

不論是個體化過程或鍊金歷程，當自性實現，成為一個不分裂的完整的人之後，甚至是可與神界感通的。這樣的境界，也在席慕蓉〈眠月站──有情所喜，是險所在，有情所怖，是苦所在，當行梵行，捨離於有。──自說經難陀品世間經〉詩中表達出來：

> 古老的奧義書上是這樣說的──顯現與隱沒都是從自我湧現出來的。所以，正如那希望與記憶一樣，在我終於明白了的時刻，才發現，從你隱沒的背影裡顯現出來的所有詩句，原來都是我自己心靈的言語。所有的一切都是來自領悟了的自我。於是時光不再！時光終於不再！[40]

自我之中湧現的一切異質或異己都被「我」辨認出來了，進而吸納與整合，而後是一個「領悟了的自我」（自性）。這個「我」無視於時光之流，自由、完整、圓融，近乎佛教的頓悟境界。這個「我」也是席慕蓉小心「培養」多年的「更好的自己」：

> 燈熄之後，掩上了書房的門，她一個人站在寒夜裡不禁輕笑出聲，在心中自問：「嘿！都什麼時候了，你還在繼續培養著這

---

40 席慕蓉：〈眠月站──有情所喜，是險所在，有情所怖，是苦所在，當行梵行，捨離於有。──自說經難陀品世間經〉末節，《以詩之名》，頁118。

個自己嗎？」是的，她是有這麼一個渴望要變得更好的自己，終生執迷，渾然不知天色已深暗而來日苦短。[41]

這首詩以散文詩形式，敘述「她」（內在人物）在寫作空間裡自我審視並自我對話，內在聲音探問這條自我追尋之路還要繼續前行嗎？答案是，是的，為了「變得更好的自己」，終生執迷，不知窮盡。

寫詩是一條錬金道路，在多次的質變與轉化之後，詩（哲人石）已然揭明，自性（物質之金或靈性之金）也已閃爍，席慕蓉仍要繼續自性實現的旅程……

四　結語

本文試圖從榮格個體化理論與錬金術意象來分析席慕蓉《以詩之名》後設式以詩談寫詩的詩觀，發現許多此呼彼應的共鳴之處：席慕蓉善寫自然意象，因為窺知自然物象已轉化為原始情感象徵，寫作自然，就是在整理自己、發現自己，同時肯定詩歌神秘的生命力量，得以接通自然神靈；席慕蓉認為詩具有淨化與鍛錬的特質，如同哲人石，能「轉化」憂傷，變成可貴的生命經驗；席慕蓉肯定詩能貫通古今心靈、自體而足、完整、自由，彷彿擁有獨立的生命；在席慕蓉身上，寫詩是個體化過程的最重要方式，寫詩讓自我之中湧現的一切異質或異己都被「我」辨認出來，進而吸納與整合，成為一個「領悟了的自我」（自性）。這個「詩中自己」能無視於時光之流，自由、完整、圓融，近乎佛教的頓悟境界，是席慕蓉小心「培養」多年的「更好的自己」。

---

41 席慕蓉：〈寒夜書案〉，《以詩之名》，頁45。

　　經由上述的發現與論點闡明，本文認為席慕蓉所描述的「寫詩」意義，如同鍊金術，在多年的內外質變與轉化之後，詩句已神秘靈通如同哲人石，讓完滿自性得以呈現，靈性之金光芒閃爍。寫詩是一趟實現自性的旅程，而席慕蓉仍會繼續追尋、繼續寫詩。

　　最後，本文對榮格學說的引用偏重於靈性的部分，緣於認同《榮格與鍊金術》的作者傑佛瑞・芮夫（Jeffrey Raff）所言：「近年來，榮格學界放棄了很多榮格著述中靈性的部分，把觀點集中在狹隘的臨床及人格心理學部分，實在是損失極大。」[42]然而卻不可忽視榮格在精神分析醫學上的成就與貢獻，尤其是人格原型的觀點，本文基於立論重心與篇幅限制，無法更周全的介紹，深表遺憾，特此補充說明。

　　本文研究重點雖在於席慕蓉的寫詩意義，然而鍊金術意象的心靈經驗卻是每個人都可能遭遇的，文末希望讓以下這段引文指出鍊金術與心靈成長的重大價值，鼓勵每個勇於踏上這個旅程的人：

　　　　從一個比較寬泛的角度看，我們每個人都是自身靈魂的鍊金術士，致力於精神人格的統整及雕塑。這個旅程當然絕非一帆風順，而且往往充滿艱難與險阻。它涉及自我的不斷形變，但不變的是，它將永遠朝向意識統合的更高層級發展，永遠為生命希望的投射不斷樹立新的里程碑。[43]

---

42 傑佛瑞・芮夫（Jeffrey Raff）著，廖世德譯：《榮格與鍊金術》，頁23。
43 蔡昌雄：〈導讀：冶鍊靈魂之路〉，《榮格與鍊金術》，頁16-17。

引用及參考書目（依姓名筆劃順序排列）

（一）專書

席慕蓉　《七里香》　臺北市　大地出版社　1981年初版　1998年五十四版

席慕蓉　《無怨的青春》　臺北市　大地出版社　1983年初版　1985年三十一版

席慕蓉　《時光九篇》　臺北市　爾雅出版社　1987年

席慕蓉　《邊緣光影》　臺北市　爾雅出版社　1999年

席慕蓉　《以詩之名》　臺北市　圓神出版社　2011年

傑佛瑞・芮夫（Jeffrey Raff）著　廖世德譯　《榮格與鍊金術》　新北市　人本自然文化事業公司　2010年

榮格（Carl Gustav Jung, 1875-1961）著　龔卓軍譯　《人及其象徵》　新北市　立緒文化事業公司　2010年

榮格（Carl Gustav Jung）著　徐德林譯　《原型與集體無意識》　北京市　國際文化出版社　2011年

（二）期刊論文

印刻編輯部整理　〈席慕蓉對談零雨：我總是在草原的中央〉　《印刻》　第11卷第4期　2014年12月　頁30-41

林　芝　〈作家專訪：擁懷無怨青春席慕蓉〉　《幼獅少年》　第90期　1984年4月　頁108-111

融攝與互襯
——論席慕蓉詩與畫的對話

林淑貞

中興大學中國文學系教授兼系主任

摘要

　　席慕蓉的新詩，接近於輕柔短品，自成一格，文字洗麗流暢，婉轉一如花香襲人，然而，她的身分不僅是一位詩人，更是一位畫家。近來論席慕蓉者，多談其詩歌，少論及詩、畫互涉的情形。在中國的詩畫論述中，一向以「詩中有畫，畫中有詩」為最高的互融境界，而西方最具代表的是萊辛《拉奧孔：詩與畫的界限》，強調詩畫（文學與造型藝術）分界。中西截然不同的思維，對於習畫從西學入手的席慕蓉而言，如何取徑？職是，本文旨在釐析其詩畫互涉關係，揭示席慕蓉詩畫合刊往往可以看見她的繪畫與詩歌進行對話與融攝互補的情形。

關鍵詞　對話　拉奧孔　迷途詩冊　畫詩

一　前言

　　席慕蓉，是當代知名的詩人、散文作家，但是她的專業是繪畫，一九五六年入臺北師範藝術科習畫，一九五九年入師大藝術系，習素描、水彩、油畫、國畫等，一九六四年赴比利時布魯塞爾皇家學院進修，習油畫，一九六七年進克勞德・李教授銅版畫室習蝕刻銅版畫一年。習畫雖有中西，然主要從西學入手。

　　其著作繁富，大抵可以分作美術與文學二類：

甲、美術類：

　　其一，美術論著，有《心靈的探索》（1975.08）、《雷射藝術導論》（雷射推廣協會，1982）等。

　　其二，美術教育，有《畫出心中的彩虹：寫給年輕母親的信》[1]（爾雅，1982.03）。

　　其三，畫集，有《山水》（敦煌，1987.05）、《花季》（清韻，1991.04）、《涉江采芙蓉》（清韻，1992.06）等。

乙、文學類：

　　其一，現代詩著作，有膾炙人口的《七里香》（大地，1981.07）、《無怨的青春》（大地，1983.02）等。

　　其二，散文著作有《三弦》（爾雅，1983.07）、《有一首歌》（洪範，1983）、《同心集》（九歌，1985.03）等。

其中，最特別者是文學與美術互涉的跨類表現，有詩畫合集的《畫詩》（皇冠，1979.07）、《迷途詩冊》（圓神，2002）、《河流之歌》（東華，1992.06）等，有文畫合集的《信物》（圓神，1989.01）、《寫生

1　一作《畫出心中的彩虹：學前美術教育》。

者》（大雁，1989.03）等，有詩與攝影合集的《水與石的對話》（太
魯閣國家公園，1990.02），有散文與攝影合集的《我的家在高原上》
（圓神，1990.07），詩文攝影三者合集的《在那遙遠的地方》（圓
神，1988.03）等。

　　席慕蓉詩畫作品大抵可分作：一：以詩為主，畫為輔，例如《七
里香》、《無怨的青春》即是以插圖搭配；二：詩與畫各自相輔而成，
例如《畫詩》、《迷途詩冊》，採圖文並茂方式呈現。本文討論以詩、
畫合刊的《畫詩》（1979）為主，並以《迷途詩冊》作為參照。為何
以此入手，蓋《畫詩》一書是唯一詩畫同題創作的一詩一圖合刊作
品，與其他諸書將繪畫視為插圖有所不同，雖然《迷途詩冊》也採一
詩一圖，卻非同題創作，而是精選插圖置入書中[2]，由此可見《畫
詩》詩畫表現方式迥異席氏他書，以「畫詩」為題，自然將繪畫的主
動性與能動性標示出來。

二　詩畫合攝的表述方式

　　《畫詩》全書共分三輯：〈歌〉十二首配合十二幅畫、〈思〉八首
配合八幅畫，至於〈線〉則純然是十二幅人體圖像。合計二十首詩、
三十二幅繪畫。詩少畫多，是席慕蓉少見的詩畫合刊的表述方式。其
中，十二幅無詩之畫，充分表現出繪畫線條的張力。

　　美國魯道夫‧阿恩海姆《藝術與視知覺》曾將藝術與視覺之間的
關係，分從平衡、形狀、形式、發展、空間、光線、色彩、運動、張

2　〈初老〉自云：「將我多年來的插圖精選出一小部分，放進書中……」由此可知，
　　先有圖再有詩，詩成之後，再取插圖置入其中。見《迷途詩冊》（臺北市：圓神出
　　版社，2002年），頁11。

力、表現等項進行探討[3]，本文則據此略有異同，將《畫詩》一書中的詩與畫合刊的表述形式，示之如下：

1 版面形式

詩畫合刊的版面形式，有單頁式、蝴蝶頁式、分格式、插圖式之不同；《畫詩》所呈現的是一詩一畫，多以單頁式呈現，僅〈出塞曲〉是採蝴蝶頁方式。（詳後所列圖像）

2 圖文編排形式

通常席慕蓉詩畫合刊有「插畫」與「一詩一圖」二種方式，《畫詩》與《迷途詩冊》皆採用一詩一圖，《畫詩》因版式數較大，採用右文左圖方式呈現，例如〈給你的歌〉：

這種右文左圖方式與《迷途詩冊》不同，因《迷途詩冊》詩歌內容較長，且版式較小，無法同版示現，故而圖像置於詩末次頁，例如〈夢中街巷〉[4]：

3　見魯道夫‧阿恩海姆（Rudolf Arnheim,1904-1994）著，滕守堯、朱疆源譯：《藝術與視知視》（成都市：四川人民出版社，2001年）。

4　此圖同時出現在《畫詩》書中，題為〈接友人書〉；在《迷途詩冊》題為〈夢中街巷〉。復次，重複的畫作尚有在《迷途詩冊》題為〈四月梔子〉，在《畫詩》題為

上圖因為詩長跨頁，而圖則縮小比率置於詩末，另起一頁。

3 色調表現

　　色彩、線條、色塊渲染是圖像情境的表述方式，但是，素喜以簡約風格呈現的席慕蓉，捨棄色調鮮明的顏色，僅以黑白色調，以或疏或密，或朗或隱，或高或低，或明或暗的層次，使畫面呈現既簡又繁的疏朗感覺。

4 媒材技法

　　席氏詩畫合刊的畫作之中，善用針筆素描，將心中的意，化成筆下的像，而輔以版畫、漆畫作為插圖之用。在《畫詩》一書中，完全採用針筆素描，其線條繁簡不一，濃密疏淡各有不同，例如〈樹的畫像〉：

〈高速公路的下午〉。從創作先後觀之，先有《畫詩》再有《迷途詩冊》，由此更可證明《迷途詩冊》是採插圖效果。

以既簡又繁的筆觸，將兀然的孤樹挺立天地荒漠之中。而版畫或漆畫
則以構圖有一主要軸線開展，例如《迷途詩冊》中題為〈果核〉詩的
圖像：

以版畫為主，展現含苞荷花的孤挺，襯以田田荷葉。

　　由此可見，針畫素描與版畫朗現的方式有所不同。

5　閱讀動線

　　對創作者而言，同題寫詩畫圖，二者配量是相等的，但是，先詩
後畫的編排方式，給讀者的感受是詩主畫輔，從閱讀張力來看，必然
形成詩主圖從的感受。

6　背景配置

　　詩歌的閱讀動線是逐行進行的，有閱讀的理序；而圖像的呈示方
式是整個畫面一起出現。當我們在閱讀或欣賞繪畫時，往往會被其中
的主體圖像收攝眼目，例如〈接友人書〉的圖像：

致友人書　Letter from a friend　92.5×4

呈現的是女子髮辮如蘭葉，如荇藻，髮後點綴的背景有綻開的蓮花三朵及遠雲若干，這些圖像，收攝我們的觀看視角，女子眉目張揚的柔視，形成我們觀看的焦點。再如〈銅版畫〉：

呈示女子凝視遠方，整個人陷入繁複密雜的花草山野之中。將銅版畫細密鑴刻的線條以錯綜複雜的形式呈現出來，一張不可或忘的女子容顏，遂成為記憶中難以抹去的張望。

繪畫閱讀方式是圖像式、空間式的，而詩歌則是時間的流動，依照文字先後排序進行閱讀。

7 取景角度

《畫詩》三十二幅繪畫之中，專輯〈歌〉中的十二幅與〈思〉中的八幅是詩畫相配合的內容，取景的角度有二，其一是常以正向側寫的方式呈現，例如前所列之圖：〈給你的歌〉、〈銅版畫〉、〈舊夢〉、〈回首〉、〈月桂樹的願望〉等；其二，是以正向正寫人物的有〈山月〉、〈邂逅〉、〈夢中街巷〉、〈新娘〉等。

8 空間與情境的互涉

席慕蓉的繪畫充滿了寫意與寫象，虛實空間映現出寫實／超寫實畫面並置的情形。而且多以女子為主要表現的內容，輔以花草樹木，

尤其喜用花草襯托女子的容顏，例如〈新娘〉：

圖像中的女子，即是新娘，以花襯顏，正用以示現花樣青春。而背景及近景即以超寫實的方式將女子置於花叢之中，形成既有寫實的人物容貌及花顏，又有超離現實的花叢女顏的相襯。

統攝前述，詩畫合刊的《畫詩》採一詩一圖、右文左圖並置方式呈現，詩歌是逐行閱讀的時間流動，而圖像則是全幅式的空間朗現，二者閱讀的動線殊異，卻共同彰顯題目的意義。

三　詩風與畫風互涉

《畫詩》所展現的詩風與畫風如何呢？與席慕蓉整體表現風格是否相合呢？

（一）詩歌基調：情愛與對話

《畫詩》共收錄二十首詩歌，內容大抵表現出與《七里香》、《無怨的青春》風格相似的主題內容，有對愛情淡淡幽幽的企盼想望，有對故鄉的懷想憶念，有對流光遠逝的淡淡哀感，也有對季節更迭的叩問與回應。總結這些內容示現的基調有二，其一是對情愛的追索、懷想、執念的表述，其二是詩中形成虛設的與你對話，其實是自我表述。

1 纖柔淡漠的情愛

　　《畫詩》中的〈歌〉收錄十二篇詩歌及圖畫，扉頁自云：「夏日已遠，馨香淡去，只留下一首柔美的歌：『回顧所來徑，蒼蒼橫翠微』」，明白標示這是一首傷逝的歌，有淡淡的柔美。這些歌的內容，大抵有流光傷逝，例如〈山月〉對四月春去的悵惘；〈給你的歌〉是華年驀然回首的痛楚；〈暮色〉寫舊日之歌在二十年之後再度揚起的感傷；〈樹的畫像〉寫流光傷逝，抗拒秋的來臨，〈銅版畫〉寫難忘夏日的山間生涯；〈舊夢〉寫褪色的舊夢引發心中的痛楚；有情愛傷逝，例如〈十六歲花季〉寫初戀之情；〈接友人書〉寫華年隱去，辜負春日；〈邂逅〉敘寫相見不識的友人相邂逅；〈回首〉摹寫盼望著愛情；〈月桂樹的願望〉描寫青春雖遠揚而思念卻無可逃避；〈新娘〉書寫青春年少相愛，共度人世滄桑。

　　《畫詩》中的〈思〉共收錄八篇詩歌及八幅圖畫，在扉頁中標示奔騰的血液流有天山大漠古老民族的血統，故而基調是以懷想素未謀面的蒙古故鄉為主，整體內容有二，其一是展現敘述者的思鄉情懷，其二是思維的情意流轉。思念遙遠的大漠故鄉有〈高速公路的下午〉書寫在高速公路中追想風沙來處是故鄉；〈鄉愁〉寫鄉愁是沒有年輪的樹，永不老去；〈出塞曲〉寫風沙呼嘯大漠，騎馬歸故鄉的豪情；〈命運〉寫遠離家鄉，迷失在灰暗巷弄中，憶想塞外正是芳草離離；〈長城謠〉敘寫敕勒川陰山旁的黃河流進不眠的夢中，是對故鄉歷史的懷想；〈狂風沙〉敘寫風沙來處正是故鄉，一個未見的故鄉成為心中的刺；雜思有〈渡口〉，敘寫遠行相送的無可奈何；〈植物園〉敘寫因荷懷想過往曾駐足的玄武湖；此二類構成〈思〉八幅詩畫並陳的基調。

　　席慕蓉的詩歌充滿了人世間遇合的情愛，不論是邂逅之情，男女

之情，或是友人、親人之情，皆是張羅成席氏風格的書寫內容，沒有
了「情愛」則人世間將是一片荒漠，《畫詩》中的〈給你的歌〉是現
在對過去的我的對話，是對過去我的愛戀與存想；〈回首〉也是回首
張望青春的愛情；〈十六歲的花季〉是青春初戀的愛情；〈接友人書〉
是朋友之情；〈邂逅〉是對相望不識的離散友人之情；〈月桂樹的願
望〉也是一種雲淡風清的愛情。

　　情與愛，構成書寫的軸線，散漫成一則則主題大同小異的詩歌內
容，也許，文字略有不同，情懷淡漠略有更易，然而，不變的仍是那
份淡淡幽幽的情愫流蕩在字裡行間，起伏的不僅是作者的情與愛，更
是虛融涵渾的寫出世人的淡漠之情，以此淡漠，遂能成就大家的淡
漠，而有一種幽幽的情愫被挑起、被鼓舞，流衍成世代之間傳誦的雋
永小詩。

2　對你對話：回首張望的流光

　　流光傷逝自古詩十九首即有，而席氏亦多有此慨，書寫的模式，
喜用與你「對話」的方式來表述。這個「你」可以是過去的「我」，
用當下的我與過去的我對話，形成今昔對照。例如〈給你的歌〉：

> 我愛你只因歲月如梭
> 永不停留　　永不回頭
> 才能編織出華麗的面容啊
> 不露一絲褪色的悲愁

詩中的「你」指過去的自己，不停留不回頭，「你」已成為「已遠
去」的流光，才會驚醒：「而在驀然回首的痛楚裡，亭亭出現的是你
我的華年」。過去的自己也代表華年的自己。過去的我，鑴刻成記憶

中的點點滴滴。

〈十六歲的花季〉中的「你」又是另一個對話的對象，是愛人，
也就是愛情中的你：

> 在陌生的城市裡醒來
> 唇間仍留著你的名字
> 愛人我已離你千萬里

十六歲的愛情像花季，璀璨美麗，只開一次，開過之後再也不會重回
了，愛情也像花季一樣，逝去了，再也追不回來了。而那個美麗的愛
情如同花季一樣，永遠存留在記憶深處，無論身在何時何處，美麗的
夢幻之網仍然會浮現，可以「擋住異域的風霜」。

這個「你」，也可以是大自然，不明確指實何物，何事，而是作
者假託的一個對話的對象，讓文字可以有著力點發抒。例如〈山
月〉：

> 我曾踏月而來，
> 只因你在山中
> 山風拂髮　拂頸　拂裸肩膀
> 而月光之衣我以華裳
> ……
> 但終我倆多少物換星移的韶華
> 卻總不能將它忘記
> ……

這個「你」究竟是指什麼呢？是過去的自我？抑是指大自然呢？題為

山月，若是指山月則文中不會出現「而月光之衣我以華裳」這樣的字句，而第二段有「我倆」二字，則「你」或可以是山中之樹或花或自然風物，才會說「只因你在山中」。

你，也可以是「友人」，在〈接友人書〉中：「那忘記了的／又豈僅是你我的面容。」寫友人來信，引發對塵封的日夜、對華年秋草的追思。

〈邂逅〉中的「你」是友人，久未謀面的友人，因為韶光改人容顏，遂讓友人彼此在街角擦身而過而漠然不識。

職是，你，可以是虛構的對象，指過去的我，或是想念的人；也可以是具象的對象，指友人或愛人等。

一向以表現纖細、柔美、淡漠美感的詩畫風格的席慕蓉，透過《詩畫》一書，讓我們再一次重新溫習並感受她的詩風畫格。筆調仍是一貫的細膩與多情婉約。這就是席慕蓉詩風，呈現柔美，纖弱，多情多感的傷逝情懷與淡漠感傷。

這樣的風格，也有蛻變的時候，在接觸了大蒙古草原之後，而有了不同的書寫內容與視角以張望這個世界。如果說，回返蒙古家鄉是她風格的變化，則之前的創作多是小女子的情愛與心情的起伏變化而已，俟踏上蒙古之後，翻轉成曠野的豪情呈現與讀者一個嶄新的風格與面貌，《畫詩》中的〈出塞曲〉即預示這樣的轉變。

（二）繪畫基調：女子、草木與線條

詩歌，喜歡寫花，寫女子，寫心情；繪畫，喜歡畫花，畫女子，並且大量運用線條彰顯畫面。

從某個角度而言，反覆製造女子與花草樹木的糾葛，不就如同人生不斷地糾葛在愛恨情愁之中嗎？不就是席慕蓉反覆地耽溺在情愛與心情之中的複寫與銘刻嗎？相同的主題，運用不同的文字與繪畫，張

羅出不盡相同的詩歌內容與繪畫風格，卻也呈示相同的人生面臨的課題，反反覆覆出現，形成一種獨特的風格，走離不出。例如前列之〈接友人書〉一圖中，後方的三朵蓮花用來襯托。

　　除了女子與花之外，大量運用草樹與側面剪影也是席氏風格之一，例如〈月桂樹的願望〉：

月桂樹的願望　The wish of the heart　39×46.

二人側影相視，襯以背景繁複縟麗的草樹，形成簡約與密麗的對照，讓構圖有一種寫意的張力：成行的樹影、相對而視的彼此，以及編髮持花的意象，用來彰顯散開的風清雲淡，無人可逃開夜夜的思念。再如〈舊夢〉：

舊夢　An old dream　39×46

　　女子側面凝視，背景一樣是繁花樹影，手中的戒指、堅挺的胸部，引發遐想。再如〈渡口〉：

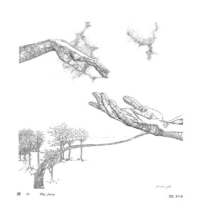

渡 口　The ferry　　　　　32.5×4

以手相接引，發揮了渡口的意象，然而，不用津渡，不用舟水擺渡，而是以遠雲、近樹襯以河流似草蜿蜒漫流。再如〈出塞曲〉：

出塞曲　Song of my homeland　　　21.5×43

〈出塞曲〉是二十幅繪畫唯一採用蝴蝶頁方式呈現，長幅跨頁的流線，如草，如河，如沙，如漠，婉轉流衍出山川壯麗的風貌，而蓊鬱成林的草莽，讓整個平沙曠野展現粗獷的豪邁。將粗獷與陰柔同體表現出既細膩又豪放的性格，是少見的畫風。

　　整體而言，席氏畫風，善用素描表現纖細柔美的線條，至於題材之運用，喜用女子與樹草花木構圖，並且擅長將具象的樹木花草拼貼成臆想中的世界。這就是席慕蓉一貫的風格，從《七里香》、《無怨的青春》以來皆是，這些雜揉纖細的畫面，形成獨特風格。

四　詩與畫的直指式語言與隱喻式語言

　　一般而言，詩是隱喻式語言較多，而畫則是直指式語言較多，然而，在席慕蓉的詩畫作品當中，詩與畫之語言，相對而言，詩的語言是明白清晰的，而畫的語言則是充滿現實與超現實雜揉並置的想像與張力。例如〈回首〉敘寫一段盼望中的美麗愛情，畫作如下所示：

回　首　*Retrospection*　　　　　　　　　　　　39×6

　　畫中的女子髮長繁茂，顯示芳華青春，她張望著、凝視著遠方，若有所思，似有冥想，襯以淡淡的煙雲及濃濃的莽林，這樣的一幅畫，如果只看畫，未知所指，只知女子平視遠方，心有所想，未知所以，如果將詩歌與繪畫合讀，則較能契會詩人所指的：盼望愛情的殷切，然而若非經過詩歌文字的詮釋，則縱使標示「回首」之題名，亦需要深刻體會才能契悟內容所指。此即是席氏詩畫顛覆了我們對詩歌複義性的追想，也顛覆了繪畫是直指式語言的體會。

　　在《畫詩》一書中，讓我們看到詩歌的明確性與直指性強過於繪畫具象的圖式。試看〈高速公路的下午〉，因高速公路風沙讓敘述者

因追想故鄉而淚滿衣裳，不必管此一淚滿衣裳究竟寫境抑或是造境，而繪畫如何彰顯這樣的情境呢？

高速公路的下午　An afternoon on highway

整幅圖像所呈現的意象是：女子背影編髮如荇，隨風婉轉，流轉的光影，弧形如摘，伸手向天、向日，溫婉中有孤獨的傲然，而朝向天際蜿蜒如河流的長渠中，迎向天際，漠漠索索的遠際，是故鄉的招搖與呼喚。圖與文字似乎不能相涉，而圖景卻讓人更覺意象流轉鮮明，至於畫中的潛義性必須與詩歌互勘才能得其環中。

再如〈鄉愁〉，敘寫故鄉的歌如清笛，總在月夜響起，引發悵惘，圖像如下所示：

鄉愁　Nostalgia

以女子托腮沈思，襯著柳葉款款搖曳生姿的樹下，反襯出思憶蒙古大漠風光迥異於江南的纖纖柳條。深沈的冥思，是為鄉愁而發。若非詩歌詮解，則圖像無以豁顯思鄉之情。

　　第三輯〈思〉以十二幅女體素描組構而成。其圖像表現的女體姿態，或正或背，或側或斜，或衣或裸，或立或跪或坐，姿態不一，呈現觀察的視角遠近高低各有不同，而畫中的線條簡約明暢，讓畫面呈現簡約風格，純然素描可看到席慕蓉所要體現的是女體的張力，一種或柔或剛的姿態；例如〈人體之一〉背姿，將女體柔和的線條婉約表露出來。

再如〈人體之二〉：

線條流暢地鉤勒出職業婦女的自信與俐落。與之相反的是〈人體之三〉：

女子無奈地垂坐地上，以有所期待的柔和線條畫出女子的張望。再例如〈人體之九〉：

跪坐在地上的女子，臉容朝向地面，雙手交叉，似乎是一種垂首斂眉的無奈，未知有何心事，有何困境，只是自視，將女人的柔弱婉約深情地表述出來，因為無文字相襯，故而讀者須各自詮釋，而有釋意之歧出。

第三輯〈線〉，扉頁標示：「這麼多年來，偏愛的仍是單一而又多變的線」。全輯並無歌詩文字作為相襯，僅有的是人體畫像十二幅，據心岱所云：「以鋼絲特殊的質感，單一的線條，來表現生活的『母性』」。[5]吾人卻認為，這些簡約的女體畫像，沒有文字說明，也沒有題名可窺見席慕蓉所要彰顯的是什麼意涵，卻同樣以線條展現女體的各種風姿，這些女姿，似是席慕蓉早年素描的作品，置放於此，形成

5　見《畫詩‧跋》，頁79。並揭示：畫家尤其誇張了身軀的巨大，將女性最具原始的強壯，說明女人在天地間的定位。

風格獨異的無詩相襯的畫面，整整十二幅，可以看見席氏善於運用簡約線條描摹各種形態與心情，從女體姿體語言似乎可以猜想女子心思之流轉。

五　詩畫融合，抑是互不相攝

詩情畫意的呈現，究竟是相襯抑是互補？是融合或互不相攝？

文字是一種表意的符號，用來表述作者之意，應是具體明白，然而，詩歌雖也是透過文字表述的作品，卻充滿了歧義性，主要是因為詩歌以摶造意象為主，具有跳躍性與不確定性，故而解讀詩歌時，常因讀者之異而有歧義與複義性存乎其中。相反地，繪畫是一種圖像的呈現，具體與具象，是我們可以感知的內容，故而在詩與畫之間，繪畫的具象性大於詩歌。繪畫或圖像中常常刻摹具象之物，並且呈示色感鮮麗、音聲響亮、取景層次分明的圖景特色。

詩與畫不同媒材，詩若有畫意，則貶低了詩歌的言外意、想像力及繪畫所未能達到的心志幽微之處。故而詩歌是精神的、時間的藝術；而繪畫是視覺的、造型的藝術。詩歌是歷時性的，通感的移情作用不可充作繪畫素材來表現；圖畫不能繪聲、繪影、繪情，因二者媒材不同，不可等同視之。詩歌是高度想像、意象化、時空不確定性；繪畫則是具實指涉、圖像化、時空編排較確定的造型藝術。是故，從表現張力與思維向度而言，因為文字具有任意性，可以翻轉跳躍，而圖像則是具實象實體，或形象化，不可改易，想像度較文字為低。萊辛（G. E. Lessing）曾就造型藝術指出其限制在於只能就某一片刻、某一角度來表現，而且具象能見之物才能表現出來，至於詩卻可以用文字孕育最豐富的想像將歷時性的、移情性、抽象等幽微之心情、心境表現出來，而繪畫卻未能達到如此細緻幽微處。

　　據此，我們用以解讀《畫詩》可以得到什麼樣的效能呢？詩的歧義性與複義性、畫的單一性與具實性，如何重複交疊出現在《畫詩》之中呢？二者之關涉如何呢？

　　從圖文創作過程觀之，席慕蓉詩畫合刊作品之創作模式以詩為主，圖像僅是輔助之用。通常在詩歌完成之後，再配合詩境找一些適合情境的插圖來搭配，例如《迷途詩冊》、《七里香》、《無怨的青春》等皆是。其中，《迷途詩冊》還是採用一詩一畫的方式呈現，只是繪畫仍是配合詩歌內容的插圖。席慕蓉鮮少以詩畫各自開展的作品，僅《畫詩》是詩畫相襯，以詩題為畫題構設出來的作品，不同於其他作品是詩歌完成之後再找插圖來配合的，其特殊性於焉可見。

　　從圖文意涵之彰顯觀之，《畫詩》一書，藉由詩歌導引讀者進入作者的語境，其意涵是清晰流暢的，而繪畫圖像的呈現，反而讓意象更複雜難測。如此一來，形成詩歌易懂、繪畫難知的情形。照常理觀之，以詩歌為主導的作品，應以繪畫配合詩歌內容呈現詩意，但是，《畫詩》中的繪畫，卻呈現抽象的、臆想的情形，詩與畫必互相交涉互通，才能透過詩歌意涵的單一、直線式與繪畫意象繁複交感互通，也才能讓讀者體會繪畫與詩歌互涉之美感。

　　復次，亮軒曾揭示：「以席慕蓉自己與自己比較，又寫詩又寫散文又畫畫的席慕蓉，創作生涯大致是這樣的：如果某種心緒畫得出來，她就畫，畫不出來，她就寫詩，詩難以表達，她才出諸於散文。基本上，她是以畫家自許的，從少年的時代到現在，如此的自我定位應無改變。」[6]揭示身兼畫家及詩人的席慕蓉以繪畫為第一順位，若不能表現則以文字中的詩歌為主，若再不能表現，則以散文表述。繪畫是圖像化的作品，詩歌是文字化的作品，二者，是否可能形成對話？

6　見亮軒：〈為《寫生者》畫像：看席慕蓉的畫〉，收入於《邊緣光影》（臺北市：爾雅出版社，1999年），頁198-199。

　　對話，原是人與人的一種談話方式，衍生成不限於語言之對談，而有所謂的「對話意識」，超出人類交談範圍，滲透於人類的一切行為、生產的意識或哲學。對話是敞開自我，進行平等、開放，富有美感和情趣地協調，可擴大眼界，讓精神生活進入新的或更高層次，更可激發新意或遐想的交談方式。[7]而對話的過程，有兩極對立互斥，有反向作用力，亦有相輔相成的加乘效果。

　　詩與畫的關涉，也就是對話的關係，表現的方式有：1.詩為主，畫為輔，畫是以插畫的形式出現，作為補襯作用。2.畫為主，詩為輔，例如題畫詩；《畫詩》一書以詩畫互襯的關係呈現，與題畫詩不同。題畫詩是先有畫，再有詩，以畫為主，詩為輔，詩歌是用來彰顯繪畫的內容；然而席慕蓉的詩畫關係，往往是以文為主，畫為輔，無論先後創作的是詩或畫，皆以詩為主述內容，繪畫用來插補之用。例如〈山月〉：

詩在右，圖在左，宣示閱讀的順序是先有文再有畫，詩歌是用來表述詩人的情志意涵，而繪畫是用來補襯文字的意義，讓內容更具有圖像的美感。

　　詮釋學有四個對話階段：其一是狄爾泰（Dilthey），訴諸理解和體驗；透過心理複製式的對話，達到體驗一致和真正的理解。其二是

7　見滕守堯：〈導言：對話的基本含義〉，《對話理論》（新北市：揚智文化事業公司，1997年），頁21-25。

佛洛伊德的發掘式詮釋，進行表層之後的深層或言外意的發掘。其三是伽德默爾（Gadamer）的對話式詮釋學，是重在作者和讀者視野融合後的新東西。其四是文本和文本之間的對話，就是後現代主義的「文本互文性」，人文領域和藝術領域的創造是文本之間的交融與對話，而非絕對真理的發現。[8]據此，席慕蓉的《畫詩》達到了什麼樣的對話效能呢？讀者必須和作者融合才能體會作意所指，而席氏之詩與畫之間的文本互文，可讓讀者二維向度地理解作者所要傳遞的意涵，同時也在閱讀繪畫之後，興發與詩歌同體美感，或啟迪更深刻的言外重旨。

盱衡《畫詩》對話形式有：

一、作者與詩畫對話，透過詩歌文字的時間、繪畫的空間藝術，將時空二向度同體表現作者之意，傳達情志。

二、詩與畫的對話，詩主畫輔，文字清明流暢，繪畫則充滿意象與臆想。

三、詩畫與讀者對話，先文後圖，用來補強文意，強化作者意念。

四、作者利用詩畫與讀者對話，透過文圖並茂的方式，讓讀者在字裡行間尋覓文理脈絡，也讓具象的圖式彰顯詩意，達到補襯對勘的作用。

雖則上述四者似可以各自獨立，卻有互融映現的情形，據「多向文本」（Hypertext）的理論考察，不同媒材之間亦可以以非線性進行各書寫片段的鏈結。其特色是文外有文，本中有本的多重擴散作用。[9]我們用來觀察詩畫互涉的情形，亦可朝向多向文本的思維進行，詩與畫皆具有多重擴散作用，讓作者之複義與單義同時並現而興發讀者的

8　見滕守堯：〈第一章　走向對話的當代文化〉，《對話理論》，頁36-43。

9　見鄭明萱：〈第一章　釋名〉，《多向文本》（新北市：揚智文化事業公司，1997年），頁3-6。是電腦專家 Ted Nelson 首創。

美感意趣。

　　伊雷特‧羅戈夫（Irit Rogoff）曾揭示視覺也是一種批評的方式，除了口傳和文本之外，意義必須借助視覺來傳播，圖像可傳達信息，影響風格，進而可決定消費，調節權力關係。[10]我們在觀察詩與畫的過程，合刊的《畫詩》不僅呈現文字視覺效果，更補強了具象的圖式，讓讀者藉由圖像強化意義，並增加美感的想像。

六　結語

　　《畫詩》一書之詩畫合攝的表述方式，版面形式以詩畫單頁並呈為主的一詩一圖、右文左圖方式，色調則以黑白簡約針筆素描出繁簡並融的畫面，閱讀動線先文後圖，背景配置則是詩歌之時間性與繪畫之空間性並置流動；詩風與畫風互涉的情形，詩歌基調以纖柔淡漠情愛為主，形成自我對話；畫風則是以花草樹木及女子形成構圖，或正或側視，皆以凝視遠方為主；詩與畫的語言則以詩歌清暢、繪畫意象共構題旨，互相合融含攝，使詩與畫互融，而讀者也透過詩畫審視作意而有視野融合之勢。職是，席慕蓉的詩與畫，達到了互補互融的加乘效應，補足了讀者的視覺效果，應和心理效應，得到圓成的互補交流與互動。

　　席氏自云：「我一直相信，一個創作者所能做到和所要做到的，應該就只是盡力去呈現他自己而已。」[11]這就是她的創作意圖，努力真實的呈現自己，無論是詩或畫皆然。故而閱讀其作品，亦可感受她真實情感同時流露在詩與畫之間。

---

10 見伊雷特‧羅戈夫（Irit Rogoff）：〈視覺文化研究〉，羅崗、顧錚主編：《視覺文化讀本》（桂林市：廣西師範大學出版社，2003年），頁3。

11 見《寫生者‧睡蓮》（臺北市：大雁書店公司），頁50。

引用及參考書目

席慕蓉　《心靈的探索》　自印　1975年

席慕蓉　《畫詩》　臺北市　皇冠雜誌社　1979年7月

席慕蓉　《七里香》　臺北市　大地出版社　1981年7月

席慕蓉　《雷射藝術導論》　臺北市　中華民國雷射推廣協會 1982年

席慕蓉　《畫出心中的彩虹：寫給年輕母親的信》　一作《畫出心中的彩虹：學前美術教育》　臺北市　爾雅出版社　1982年3月

席慕蓉　《無怨的青春》　臺北市　大地出版社　1983年2月

席慕蓉　《三弦》　臺北市　爾雅出版社　1983年

席慕蓉　《有一首歌》　臺北市　洪範出版社　1983年

席慕蓉　《同心集》　臺北市　九歌出版社　1985年

席慕蓉　《山水》　臺北市　敦煌藝術中心　1987年

席慕蓉　《在那遙遠的地方》　臺北市　圓神出版社　1988年3月

席慕蓉　《信物》　臺北市　圓神出版社　1989年1月

席慕蓉　《寫生者》　臺北市　大雁書店公司　1989年3月

席慕蓉　《水與石的對話》　花蓮縣　太魯閣國家公園管理處　1990年2月

席慕蓉　《我的家在高原上》　臺北市　圓神出版社　1990年7月

席慕蓉　《花季》　臺北　清韵藝術中心　1991年

席慕蓉　《涉江采芙蓉》　臺北　清韵藝術中心　1992年6月

席慕蓉　《河流之歌》　臺北市　臺灣東華書店公司　1992年6月

席慕蓉　《邊緣光影》　臺北市　爾雅出版社　1999年5月

席慕蓉　《迷途詩冊》　臺北市　圓神出版社　2002年

萊辛著　朱光潛譯　《拉奧孔：詩與畫的界限》　臺北市　蒲公英出版社　1985年

滕守堯　《對話理論》　新北市　揚智文化事業公司　1997年

鄭明萱　《多向文本》　新北市　揚智文化事業公司　1997年

羅崗、顧錚主編　《視覺文化讀本》　桂林市　廣西師範大學出版社　2003年

美魯道夫‧阿恩海姆著　滕守堯、朱疆源譯　《藝術與視知覺》　成都市　四川人民出版社　2001年

易讀‧延讀‧誤讀
──席慕蓉分行詩的閱讀體驗

余境熹

美國夏威夷華文作家協會香港代表

摘要

　　席慕蓉詩得到廣大讀者的喜愛，若以側重受眾的接受理論觀之，其文學成就當獲充分肯定。由接收者的向度出發，閱讀席慕蓉《迷途詩冊》、《我摺疊著我的愛》的分行詩，起碼可有「易讀」、「延讀」、「誤讀」三個層次──「易讀」指輕鬆理解訊息，「延讀」為深入思索聯想，「誤讀」乃主動參與創造──「讀」法不同，所得的體驗也迥異。

關鍵詞　席慕蓉　分行詩　易讀　延緩　誤讀

一 引言

　　文本若未經閱讀，就只能算是半製成品——擁護「接受美學」者持守這一看法。在讀者接受理論裡，作者創製的文本僅為等待理解的符號體系，文本的實現和意義的產出，仍需等候作為接收者的讀者來加以完成[1]。席慕蓉（1943-）詩集風行華人社區，擁有海量讀者，其聲勢自上世紀八十年代延至今天，由讀者接受的角度評價，譽之為「當代詩壇第一」，似乎也自有根據[2]。

　　是次研究，便以席慕蓉千禧年後出版之《迷途詩冊》[3]、《我摺疊著我的愛》[4]為焦點，徵引中外文論，細析兩部著作所收分行詩「易讀」、「延讀」之設置，並將在「誤讀」時兼及席慕蓉其他詩集之作，借題發揮，從藝術接受的向度——對美學客體的感受，以及對作品美學結構的不同反應[5]——出發，分享閱讀、欣賞、介入席慕蓉詩的一得之見。

1　Arthur Asa Berger, *Cultural Criticism: A Primer of Key Concepts* (Thousand Oaks, California: Sage Publications, 1995) 24.

2　席慕蓉（1943-）詩集的暢銷情況，可參考張萱萱：《邊緣獨嘶的胡馬：析論席慕蓉詩學中無怨的尋根情結》（新加坡：新加坡國立大學中文系碩士論文），頁2-4。

3　席慕蓉：《迷途詩冊》，第2版（臺北市：圓神出版社，2006年）。

4　席慕蓉，《我摺疊著我的愛》（臺北市：圓神出版社，2005年）。白靈（莊祖煌，1951-）曾指前期的席慕蓉詩悲情傷懷，自《邊緣光影》後則飄身一變，「風花萎落，雪月溶去，頓然有繁華卸盡、淒然寂然之感」。見白靈：〈懸崖菊的變與不變——我讀《席慕蓉世紀詩選》〉，《慢活人生——白靈散文集》（臺北市：九歌出版社，2007年），頁201。《迷途詩冊》與《我摺疊著我的愛》，按出版年份算，都屬席慕蓉異於前期表現的創作。

5　黎漢傑：〈詩學探微：批評（criticism）〉，《城市文藝》第3卷第12期（2009年），頁71。

二 「易讀」的席慕蓉

　　所謂「易讀」，是指訊息能夠讓人輕鬆接收[6]。席慕蓉曾自評道：「我自認是個簡單而真誠的人，寫了一些簡單而真誠的詩」[7]，其詩確亦鮮少艱澀難解之作，原因之二，應是能善用接近日常的語言，及建構確切完整的情境，使讀者容易掌握文本的內容，並為進一步的審美活動奠定基礎。

（一）接近日常的語言

　　俄國形式主義靈魂人物維克托‧什克洛夫斯基（Viktor Shklovsky, 1893-1984）以「奇異化」詩學顯名於二十世紀西方文論史，其核心觀念——「陌生語言」，即強調詩歌應使用「困難的、扭曲的話語」，減少「普通的、節約的、容易的、正確的」日常語言[8]。然而，在席慕蓉的詩裡，散文化的生活語言卻穩佔主流，如〈頌歌〉對成吉思汗（1162-1227，1206-1227在位）和蒙古國的評論：「何等遼闊　何等輝煌」、「那統御萬邦的深沉智慧　是今日的我們所望塵莫及」、「那廣納百川的浩蕩胸懷啊／我們今日只能以歌聲來讚頌」，直接謳歌，用語肯定，表達的意思非常明確；抒情之作〈初版〉、〈遲來的渴望——寫

6　沃納‧賽佛林（Werner J. Severin）、小詹姆斯‧坦卡德（James W. Tankard, Jr.）著，郭鎮之等譯：《傳播理論起源、方式和應用》（*Communication Theories: Origins, Methods, and Uses in the Mass Media*）（北京市：華夏出版社，2000年），頁129。

7　席慕蓉：〈論席慕蓉〉，《意象的暗記》（上海市：上海文藝出版社，1997年），頁235。

8　Viktor Shklovsky, "Art as Device," *Theory of Prose*, trans. Benjamin Sher (Elmwood Park, Illinois: Dalkey Archive Press, 1990) 13；中譯文字見維克托‧什克洛夫斯基著，茨維坦‧托多羅夫（Tzvetan Todorov）編選，蔡鴻濱譯：〈藝術作為手法〉，《俄蘇形式主義文論選》（北京市：中國社會科學出版社，1989年），頁77。

給原鄉〉均不轉彎抹角，前者篇末的「昔日　新鑄的鉛字／在初版的書頁上曾經留下／多麼美麗的壓痕！」後者結尾的「此刻　求知的渴望正滿滿地充塞在／我的心中　而我心／我心何等疼痛！」皆顯豁真意，隨性興歎，使人如親耳聆其歡呼、其哀嘯，易於感會，易於共鳴；副題「給邱邱」的〈花開十行〉，則是喃喃低語：「親愛的女子請你／聽我解釋／／不是承諾　不能約定／也不見得可以實行」，直錄口白，毫無理解上的隔閡，與「困難的、扭曲的話語」迥然相異，不構成讀詩的障礙。

為了避免歧義，使聽者不致誤解，人們在日常對話中常會將語句重複，而讀席慕蓉的詩，也常可遇見「重複」的寫法。「重複」與易讀的關係，或許可先借席慕蓉有份參與、隱地（柯青華，1937-）的〈池邊〉來做進一步說明：

曲線隱藏在衣服裡　　衣服隱藏在曲線裡
春天隱藏在圖畫裡　　圖畫隱藏在春天裡
影子隱藏在鏡子裡　　鏡子隱藏在影子裡
白髮隱藏在黑髮裡　　黑髮隱藏在白髮裡
滄桑隱藏在皺紋裡　　皺紋隱藏在滄桑裡
痛苦隱藏在歡樂裡　　歡樂隱藏在痛苦裡
死亡隱藏在生長裡　　生長隱藏在死亡裡[9]

最初的顛倒吸引讀者逆轉思維，洞察身體上優美的曲線是人們最可誇

---

9 隱地（柯青華，1937-）曾與席慕蓉通電話，討論如何修改〈七種隱藏〉，而席慕蓉提出「一正一反對照著唸」的構想，並建議把〈七種隱藏〉首行的「裸體」改為「曲線」，〈池邊〉因之面世。詳情見隱地：《法式裸睡》（臺北市：爾雅出版社，1995年），頁40-41。

耀的華服，繼而「圖畫」、「春天」、「鏡子」、「影子」、「白髮」、「黑髮」等的翻轉，則依次讓人想及春日景致如畫、影像反映實體、老者活力猶然等情境。由於結構重複，顛倒的邏輯相同，一行一行讀去，讀者對逆向思考的方法也會愈加熟練，掌握訊息的難度於是得以下降。在席慕蓉的詩集裡，以〈紅山的許諾〉為例，詩中即有兩組結構相似的文字：「如果我從千里之外跋涉前來　只是因為／曾經擁有的許諾　今生絕不肯再錯過」、「如果我從千里之外輾轉尋來／只是因為啊／有人　有人還在紅山等我」，透過類同情境的複現，主人公不遠千里只為兌現承諾的主題得以深化，讀者對詩作所要傳達的內容也就有了更為清晰的把握。另外，〈我摺疊著我的愛〉吸收了蒙古長調迂迴曲折的表現方法，迴環往復，一唱三嘆，〈亂世三行〉連續設譬的「憂煩是蠅　憂慮是潮水／我們的憂愁啊／是一整座的日不落帝國」，也都因其「重複」，而讓讀詩的人一步步產生熟悉感，消減了接收文字意義的難度，有利於閱讀的投入、審美的展開[10]。

　　席慕蓉棄複雜扭曲的所謂「詩歌語言」而取平實自然的姿態，大概與其本身的文藝喜好有關──她初讀《古詩十九首》，即讚歎「世間竟然會有這樣驚心動魄、直抒胸臆的文字」，頓時醒覺：「那些平日散散漫漫在生活各個平淡角落裡的文字，如果精選之後再架攏起來，竟然會有這樣強猛的力量！」[11]因此，當她寫詩時，她也不求雕飾淫巧的「奇異」，而是單純地譜出了一篇篇更易為讀者所感知、所接收、所愛上的佳章。

---

10 廚川白村（Kuriyagawa Hukuson），林文瑞譯：《苦悶的象徵》再版（臺北市：志文出版社，1999年），頁53-59。

11 席慕蓉：〈詩教〉，《意象的暗記》，頁155。

（二）完整確切的情境

　　蕭蕭（蕭水順，1947-）視「小說企圖」為新詩發展的一項重要指標[12]，強調「經由人事時地物的敘事描寫」，能讓讀者感知作品並體會箇中之美[13]。從敘事角度看，席慕蓉詩確也恰當地安排了各種時地人事物，呈現給讀者完整可感的情境，使人得以較輕鬆地接收文本的訊息，為進一步的欣賞預作鋪墊。

　　要舉出席慕蓉具有完整結構的傑作，〈父親的草原母親的河〉實在堪稱典型，該詩前半篇由「曾經」、「如今」串連，蒙古草原的變貌就在「今」、「昔」的清楚脈絡中全面展開；後半篇由「雖然」、「我也」接通，轉折關係中道出來客觀的事實與主觀的心態──個我雖無法用母語一訴衷情，內心卻充分認同自己「高原的孩子」的身分，對草原懷有無比的愛──整首詩在「曾經」「如今」、「雖然」「我卻」的佈局裡，給讀者拼出捕捉詩意的航圖。

　　在另一種情況，席慕蓉會暫時放下大跨度的敘述，只截取某一時刻，加以表現，例如〈燈下之一〉：「有多少繁複狂野的意象／都簇擁在我身邊／／只等我一提筆／就嘻笑著　四散奔逃而去」，以短小的詩戲說意象之靈光乍現，節奏快速，固然相當合適，而擬人化的意象先「簇擁」後「嘻笑奔逃」，不待作者「提筆」錄下，事件的因果、連續性都相對完整，情節具足，更彷彿是為讀者演了一齣精短的趣劇，便於認知及記憶。

　　除因有明確的結構而便於掌握外，席慕蓉詩亦以清晰的主體減少

12 蕭蕭（蕭水順）：《鏡中鏡》（臺北市：幼獅文化期刊部，1977年），頁11。

13 陳政彥：《蕭蕭詩學研究》（桃園縣：國立中央大學中國文學系碩士論文，2002年），頁57；並參考陳魏仁：《臺灣現代散文詩研究》（臺北市：國立臺灣師範大學國文所碩士論文，1998年），頁45。

其理解的難度。主體清晰，緣何便能令詩較為易讀？姑先以拙作〈同志詩〉為一反例，略加闡釋：

我說秋天絮落的時候
雁不是成群向溫馨翔去嗎
獵人說得比季節冰冷
哪裡都不是溫馨的所在
這一個世代
只有鐵與血表達出生存的法則
他的話剖傷了我的單純
既然生存乃如此不快樂
文明不過愚人的妄想罷了
憑什麼我眷戀這呼吸你不捨洞穴的光

邊擦亮銀箭頭獵人邊說
我也不解總期待日出有何意義
繫上胡轆夜也能來一場安全的羽狩
即使在另一朝代另個空間
獵物無助的表情總精煉出鐵的硬度
我想這非我的位置所能理解了
我需要真正同節奏的呼吸
獵人不答
獨行飛雁這時闖進了視線
了悟的箭響嗖出來淡然味道既腥又興奮[14]

---

14 秦量扉（余境熹）：〈同志詩〉，《創世紀詩雜誌》第182期（2015年），頁108。

這裡第一節一、二、七至十行俱屬「我」的部分，三至六行則屬「獵人」的部分，第二節一至五、八至十行同屬「獵人」，只有六、七兩行為「我」的說話，若不註明，實在不易辨識，一般讀者會很易在文字的迷嵐霧嶂裡蕩失，甚至選擇中止閱覽。與此作相反，席慕蓉詩往往清清楚楚地標明所述的主體，如〈南與北〉有「她說」和「他說」，將詩行劃給了專有的說話者；〈二○○○年大興安嶺偶遇〉也用「我向他們倉皇詢問」、「他們笑著說」等語句，明確表示某段落是詩人或開發者的話，不會使人迷惑。有時，席慕蓉更會以括號文字作出補充，令所述的主體加倍明晰，如在〈遲來的渴望——寫給原鄉〉可見：「而在我們的夢裡（無論是天涯漂泊／還是不曾離根的守候者）是不是／都有著日甚一日的茫然和焦慮？」括弧內的話落實「我們」涵蓋背景相異的漂泊者、居守者，令讀者一目了然；在〈兩公里的月光〉開頭，席慕蓉則寫道：「有人說　時光總在深夜流逝／（是的在十三歲的日記本裡／我也寫過相類似的詩句）」，指明「有人」的「人」竟甚至包括少女時期的自己——由於「人」的具體化，讀者乃對「時光總在深夜流逝」這一說法之普遍有了更為深刻的印象。

　　席慕蓉反對學界流行的「讀者的準備總是不夠」之說，認為詩應該是「一種最抽象、卻又最能直指人心的語言」，能讓廣泛的讀者不必「準備」，就能親近[15]。可是，一旦在詩涉及的事物上認為讀者未必有相關的知識背景時，席慕蓉還是會以便於理解為依歸，用上比較「具體」的篇末附記，親自「準備」她的讀者。舉例來說，〈蜉蝣的情詩〉寫小昆蟲生命只一瞬，眾人皆說「蜉蝣的愛／都是些短得不能再短的歌」，但席慕蓉卻聲言牠們能「成為無限悠長的生命記憶」——原因何在呢？席慕蓉於詩後補充道：「遠古松林深埋在地下

15 席慕蓉：〈詩人啊！詩人！——之一〉，《意象的暗記》，頁158-59。

幾百萬年之後，松脂化為溫潤透明的琥珀，其中有些還藏有細小的葉片與昆蟲」，給出渺小生命能由短暫延展成長久的例證，讓讀者不因識見未廣而無法理解詩的所指。同樣地，〈契丹的玫瑰〉寫但願一首詩的生命能像「契丹的玫瑰」一般，由於明瞭讀者多不認識此一喻體，於是在詩後，席慕蓉補敘了契丹人製作玫瑰油、「珍惜並學會如何留住玫瑰的芳香」的史跡，讓人知悉其「不可名狀的香馥」，確實有「正穿越過　千年的時光」的特質。此外，席慕蓉在篇末補述時事的例子有〈悲歌二〇〇三〉，附記部分指二〇〇三年八月十日內蒙古根河市官方粗暴草率地遷徙獵民，既損傷馴鹿的命，又戕害獵民的心，卻以為這是「提升獵民生活水平」，讓後者「接受現代文明」的德政，相當荒謬；還有的，便是對個人經驗的細緻說明，如〈荒漠之夢〉，詩後說出「夢」包括作者在達來庫布鎮夢到過去，以及在居延海旁領略眼前的荒漠也曾有繁華的舊夢，分別呼應著正篇的「我　夢到了昔時的／年輕而又安靜的戀人」和「沈默的大地在暗夜裡／與我　以夢溝通」——這些寫作背景的交代，都給予人更多讀懂詩文的線索[16]。

　　胡亞敏（1954-）曾指，「為了便於讀者閱讀，文本必須具有明確性，即它必須通過讀者熟悉的慣例和結構增加可理解性」[17]，上論席慕蓉詩的語言接近日常、情境完整確切，有著甚多的易讀元素，可謂充分符合了胡亞敏的說法。然而，胡亞敏亦指認，「如果文本太容易理解」，則「會使人索然無味」，因此文本必須通過種種辦法「延長理解的過程」[18]。這便帶出了另一課題——席慕蓉詩如何激活讀者的聯想，減緩其接收的過程？

---

16 林于弘：〈席慕蓉新詩的草原書寫研究——以《我摺疊著我的愛》為例〉，《群星熠熠——臺灣當代詩人析論》（臺北市：秀威資訊科技公司，2012年），頁77-78。

17 胡亞敏：《敘事學》，第2版（武漢市：華中師範大學出版社，2004年），頁191。

18 胡亞敏：《敘事學》，第2版，頁191。

三 「延讀」的席慕蓉

　　所謂「延讀」，即是延緩──當作品展示文學技法，或製造特異的驚喜，或更新感知的方式，到足以引人停住目光、仔細品味時，儘管其篇幅沒有擴充，讀者接收的時間也會放緩，使審美的過程延長，這通常可促成閱讀深度的提升[19]。在席慕蓉的詩裡，「空白」和「互文」是成就「延讀」的最主要因素。

（一）邀請參與的空白

　　要達致接收的延緩，運用前述什克洛夫斯基揭櫫的「詩歌語言」許是一條坦途，畢竟該說自提出以來，就一直廣獲文界的響應支持[20]。可是，對於粉飾雕琢，席慕蓉總以其有損詩的感人力量，聲言若字裡行間有一絲造作、誇張，讓人們「感覺到了詩人在文字的後面藏有想要為自己定位的那種居心，整首詩就會馬上在我們眼前頹倒下去，只能剩下一些浮面的架構而已了」[21]──什克洛夫斯基代表著人稱「形

---

19 Shklovsky 6；畢研韜、周永秀：〈解讀什克洛夫斯基的批評理論〉，《瀋陽農業大學學報（社會科學版）》第2卷第4期（2000年），頁308。

20 鮑里斯・托馬舍夫斯基（Boris Tomaskevsky），張惠軍、丁濤譯，姜俊鋒校，什克洛夫斯基等著：〈藝術語與實用語〉，《俄國形式主義文論選》（北京市：生活・讀書・新知三聯書店，1989年），頁83-84。Bohuslav Havránek, "The Functional Differentiation of the Standard Language," *A Prague School Reader on Esthetics, Literary Structure, and Style*, trans. Paul L. Garvin (Washington: U of Georgetown p, 1964) 10；David Mickelsen, "Type of Spatial Structure in Narrative," *Spatial Form in Narrative*, eds. Jeffrey R. Smitten and Ann Daghistany (Ithaca and London: U of Cornell p, 1981) 72；邁克爾・萊恩（Michael Ryan），趙炎秋譯：《文學作品的多重解讀》（*Literary Theory: A Practical Introduction*）（北京市：北京大學出版社，2006年），頁3。

21 席慕蓉：〈詩人啊！詩人！──之二〉，《意象的暗記》，頁162-163。

式主義」的學派，而不願只剩「浮面的架構」的席慕蓉，則斷然是與「形式主義」無法契合的[22]。

　　不加厲，不增華，席慕蓉詩的延緩乃以素淡的「空白」為重心。考諸文論史，在使「空白」成為研究焦點的一事上，德國接受美學的代表人物沃夫爾岡‧伊瑟爾（Wolfgang Iser, 1926-2007）可謂厥功至偉，他指出文本隱藏的部分留下不少「不確定性」，需靠讀者調動想像、進行補充，方能重構成完整的、綜合的圖景，故文本留置的「空白」每每是「讀者想像的催化劑」，在延宕感知方面起著關鍵的作用[23]。席慕蓉詩的「空白」姿態多樣，涵蓋「中斷」、「邏輯空白」、「語義空白」、「外聚焦型視角」等種種方式[24]，頗能牽動讀者，邀請其深入文本。以下試分點簡略說明：

1 中斷

　　「中斷」的作用是破除敘事的整全結構，其辦法是對人物、事件的結局暫時不作交代或索性不去交代[25]——前者構成「懸念」，能誘使

---

22 臺灣詩壇亦多重視技巧上的實驗與創新，但席慕蓉顯然未因此改變作風。她的一篇散文說：「如果只因為形成了族群就要互相讚美，或者只為了害怕被否定就要加入族群，那麼，詩人到了這個地步，早就已經失去詩心，所謂的『盛宴』，也不過就是令人心生憐憫的喧嘩罷了。」見席慕蓉：〈詩與詩人〉，《意象的暗記》，頁237。席慕蓉〈詩的圈圍〉一作，寫鷹鷗灰蝶各有其志，別人「苦守的王國　其實就是／我們從來也不想進入的　圈圍」，似亦可看作對不同風格詩人、群體的回應。

23 沃夫爾岡‧伊瑟爾（Wolfgang Iser），金惠敏等譯：《閱讀行為》（*The Act of Reading: A Theory of Aesthetic Response*）（長沙市：湖南文藝出版社，1991年），頁249-51。

24 此處提及的各類「空白」，本來主要是針對敘事作品如小說的分析而設，筆者曾指出當其移用至新詩欣賞時，需要作出調整，以消除扞格枘鑿之處，使討論更中肯綮。詳參余境熹：〈「可寫的文本」遇上「生產性讀者」：鄭愁予新詩「誤讀」初議〉，《臺灣詩學學刊》第24期（2014年），頁49-55。

25 羅蘭‧巴特（Roland Barthes），屠友祥譯：《S/Z》（*S/Z*）（上海市：上海人民出版社，2000年），頁158。

讀者在尾聲臨到之前多加思索，是小說的慣見技法，而後者則容易造成「開放式結尾」，引導人自行延續故事，兩者均具阻緩接收之效。席慕蓉常常在詩裡提出各種疑問，卻最終無法或沒有肯定地回答，以致留下謎團，供人參酌，故「開放式結尾」應為其詩「空白」的大宗。

席慕蓉詩「開放式結尾」的出現，有時是由於詩人提問後沒能作答，如〈異鄉人〉開首即說：「與自我的和好　在今生／恐怕終究是不可能的事了」，那麼原因呢？作者問道：「是源於無知　還是／源於時空的錯置？」抑或兩者兼而有之？詩作到底未能確切地給出答案；寫對舊日戀情念念不忘的〈此心〉，則更加直言無法解答心中所思：「困惑於此心的不移　至於／我們的靈魂究竟有沒有老去／其實並無答案」，把難題留給願意參與的讀者，讓其在思索中放慢閱讀，在想像中延緩感知。

有時，席慕蓉於提問之後會選擇不說出自己的看法，像在〈迷途〉一作中，她問道：「誰又比誰更強悍與堅持呢／是那些一心要趕路的人／還是　百般蹉跎的我們」、「可是　誰又比誰更強悍與堅持呢／是那些一心要到達要完成的人／還是　終於迷失了路途的我們」，雖然自己屬於「百般蹉跎」、「迷失了路途」、所謂無成而有終的一分子，她卻沒有為所作的選擇放言爭辯，高揚那些路途中「流轉」、「停滯」、「稽延」、「反覆」的價值，只是留下題目，讓人生願景與己或同或異的讀者自行評斷得失；另一例〈悲傷輔導〉的結尾寫道：「那麼請問／有誰可以回答我們／一片草原　究竟是他年能夠再生的／還是　還是／永不復返的記憶？」事實上，現代文明對自然的破壞如何殘酷、如何不可挽回，席慕蓉應是了然於胸的，在詩裡她卻問而不答，迴避正面的評論或抒情，遺下「空白」，誘使讀者作主動的反思，其實也客觀地減緩了後者接收文本的速度[26]。

---

26 黃麗貞：《實用修辭學》（臺北市：國家出版社，1999年），頁178。

　　連續設問在席慕蓉詩中也有出彩的表現，〈夢中街巷〉是就著同一問題，連連追問：「究竟是誰的邀請　誰的渴望／是誰／在心裡為我暗暗留下的地方」，令讀者也急切想要知道答案，或思索猜測，或藉聯想、幻想填補「誰」的位置；〈詩成〉則是帶出一連串不同的問題，如第三、四節的「是什麼在慢慢浮現？／是什麼在逐漸隱沒？／是誰　在真正決定著取與捨？／是何等強烈的渴望終於有了輪廓？／／我們的一生　究竟能完成些什麼？」問句如排浪連波，滔滔不絕，只稍一歇息，詩的結尾又云：「窗外　時光正橫掃一切萬物寂滅／窗內的我　為什麼還要寫詩？」留下了滿紙「無從回答的疑問」，亦留下了無數發揮想像的空間。

　　可茲補充的是，席慕蓉的〈落日〉寫舊日的戀人重遇，只是雙方容顏已改，鉛華洗盡，「黯淡了下來」，令人不勝欷歔。當男子即將「在頃刻之後辨識出佇立在路旁的婦人」時，這首詩以兩行長串的省略號收結，軒然將飛，卻戛然而止，留下沒有結局的結局，讓讀者自行想像二人相逢後的故事──這是席慕蓉詩裡不用提問而一樣能構築「開放式結尾」的例子，其餘音嫋嫋，不絕如縷，固亦有助於使閱讀延宕。

2 邏輯空白

　　「邏輯空白」是指挑戰邏輯學的「不矛盾律」[27]，將相互衝突的概念並置在一起，產生悖論，令讀者深入思索該如何消弭其間的裂縫或融合矛盾的項目，從而自動地參與到文本之中[28]。席慕蓉詩這方面

---

27 張清宇主編：《邏輯哲學九章》（南京市：江蘇人民出版社，2004年），頁194；張智光：《邏輯的第一本書──生活一切智慧的根源》（臺北市：先覺出版公司，2003年），頁28-36。

28 William Empson, *Seven Types of Ambiguity*, 2nd ed. (London: Chatto and Windus, 1949)

的例子不少，如〈舞者──給靜君〉有「不動之動　不舞之舞」，有
「沈默的說法者」，又有兼列光明與晦暗的「絕美　而又絕望」；〈幸
福〉謂華貴的極致是平淡：「要有一支多麼奢華的筆／才能寫出一首
素樸的詩」；〈洪荒歲月〉混一了空間的飛離與困處：「即使可以旅行
／去到任何距離的星球　我們／依舊還是一個又一個／在黑暗的荒莽
中穴居的人」；〈迷途〉寫痛是美的：「是何等甘美又遲疑的刺痛」；
〈燈下之二〉寫面對充盈的虛無：「時光與美／巨大到只能無奈地去
浪費」；凡此種種，都因結合了不般配的東西而頗耐詮解，值得讀者
流連其間，細加尋味。

3 語義空白

　　借助語詞的複義或含糊性，讓讀者反覆咀嚼、思考詞句的意思，
即是運用了「語義空白」的手段。有時候，讀者對某些字詞的不同詮
釋，可能會導出來絕然相異的訊息[29]。在席慕蓉詩裡，〈拂曉的林間〉
有如下數行：「其實　我愛／一切都只是『經過』而已／捨此之外
也別無他途」，當中特別以引號強調「經過」，而該詞同時有「路經」
（pass）與「過程」（process）二義，二義也分別自後文的「也只能
不斷不斷地穿行」、「一顆在多年前曾經／為你而那樣躍動過的　心」
獲得呼應，引人細研「經過」的確切所指──「我」的愛究竟是剛巧
「路經」的偶然，根基淺薄，緣起緣滅不應繫念；抑或那是個我成長
必履的痛苦「過程」，唯願磨難後、學習後懂得放手？〈冰荷〉寫分
手多年的戀人，彼此只能「互寄一張　文字恰當／經過精心挑選之後

176；Cleanth Brooks, *The Well Wrought Urn: Studies in the Structure of Poetry* (New York: Reynal & Hitchcock, 1947) 17；趙忠山、張桂蘭：〈文學空白類型及其意蘊〉，《齊齊哈爾師範學院學報》第4期（1998年），頁43。

29 Empson 48, 102；趙忠山、張桂蘭：〈文學空白類型及其意蘊〉，頁43。

的賀年卡」，其中的「精心挑選」是否反映二人相互的重視、不捨？
那麼，「恰當」是指跟對方保持「適當」距離，還是餘情未了、藕斷
絲連、能夠「準確」傳遞心意的文字？由於「語義空白」使詮釋多於
一種可能，「延讀」就在讀者對字詞意義的變化思考中達成了。

4 外聚焦型視角

在使用「外聚焦型視角」的作品裡，敘事者會側重講述各種外部
情狀，如角色的舉止動靜、容顏服飾、環境的裝置擺設、距離大小
等，而不涉及人物的心理活動或敘述者自身的評論，故寫人寫景的
「動機」都是留白了的——在偵探小說中，主人公破案之前特別需要
保持這一有限制的視角[30]。席慕蓉的〈尋找族人〉、〈候鳥〉等都是活
用「外聚焦型視角」的詩篇，前者全文謂：「是何等異於尋常的靜默
／那一雙眸子卻在黑暗中燃燒起來／在我朗誦了一首詩之後／／置身
在喧嘩的世界裡／我是如此辨識出 哪些／是我的隱藏著的族人」，
只寫了環境的「靜默」、「黑暗」、世界的「喧嘩」，以及「燃燒」、「朗
誦」、「辨識」等幾項活動，未有為讀者剖明諸如「燃燒」的緣故、
「辨識」的依據，誦詩人與聽詩人心靈觸碰的微妙過程，確實需要讀
者介入補充，才能趨向完整。在〈候鳥〉一作中，席慕蓉也只捕捉鳥
兒一連串自然的活動，包括「群飛」、「解羽」、「繁衍」、「棲息」來
寫，至於詩人的感受如何？是喜悅？是憂傷？又或只是純粹地旁觀，
無喜無悲？詩的意旨為何？是對天地化育生命滋長的禮讚？是對周而
復始意義缺失的無奈？又或只是單純的素描，無念無想？這些都全憑
讀者發揮，詩人已以「空白」為引，邀請眾人「駐」目，參與文本意
義的生成。

---

30 林明玉：〈淺論小說敘事視角的雙重功能〉，《漳州師範學院學報（哲學社會科學
版）》第1期（2006年），頁58。

　　記得席慕蓉〈父親的故鄉〉有這樣的話：「生命如果是減法／記憶　就是加法」、「昨天如果是加法／這今天和明天　就是減法」，詩句饒富哲趣，對時間的觀察非常細膩，教人難忘。那麼，在詩中設置「空白」，則應該既是減法，又是加法──「中斷」、「邏輯空白」、「語義空白」、「外聚焦型視角」使得文字簡約，卻因催發了讀者的想像，延展了接收之過程，加增了閱讀的深度，能有力地使作品免於純然易讀、快速流逝的局面，其藝術效益不小。

（二）拓寬聯想的互文

　　與「空白」相比，「互文」是席慕蓉詩較次要的延緩手段。羅蘭・巴特（Roland Barthes, 1915-1980）曾明確指出，文本乃由各種訊息、回音和文化語言交織而成，是個多維空間，容納著各種非原始寫作，因此在閱讀時，按文本的設置，讀者或會記起其他的文本並觸發豐富的聯想[31]，在腦中織成跨文本之「網」──這種流連於外在文本的反應，便令對現下文本的感知放緩，足以延宕審美的時間，不使閱讀過程一往無前。在實際操作中，文本亦可主動連結、提及另外的文本，方法如有「戲謔（parody）、諧仿／拼貼（pastiche）、呼應（echo）、暗指（allusion）、直接引用（direct quotation）、結構對位（structural parallelism）」[32]等，而對文學讀者來說，文本中藝術、歷史、心理等資訊一般較易引起外部的聯想，最有裨於延緩其接收。

---

31 Roland Barthes, "From Work to Text," *Image, Music, Text*, ed. and trans. Stephen Heath (London: Fotana, 1977) 157-60. 巴特之說得益於學生茱莉雅・克莉絲蒂娃（Julia Kristeva, 1941- ）現已成為文化研究常識的「互文性」理論，見Julia Kristeva, "Word, Dialogue and Novel," *Desire in Language: A Semiotic Approach to Literature and Art*, ed. Léon S. Roudiez, trans. Thomas Gora, Alice Jardine and Léon S. Roudiez (New York: Columbia UP, 1980) 64-91.

32 大衛・洛吉（David Lodge），李維拉譯：《小說的五十堂課》（*The Art of Fiction*）（臺北縣：木馬文化事業公司，2006年），頁136。

　　席慕蓉在漢語語境中學習、成長，其詩最常「互文」的對象亦為中國古今的著作。例如，席慕蓉〈川上〉的題目和詩句「逝者如斯　逝者如斯／逝者　如斯　如斯　如斯」，乃直錄自《論語・子罕》的「子在川上，曰：『逝者如斯夫！不舍晝夜。』」[33]〈秋光幽微〉的「行行重行行」、〈黎明〉的「道路阻且長　會面安可知」，都取自〈古詩十九首其一〉[34]；〈除夕〉的「父貽我以甘酪兮／母貽我以彩衣」，則是轉化自弘一法師（李叔同，1880-1942）「感親之恩其永垂」的〈夢〉的句子：「母食我甘酪與粉餌兮，父衣我以綵衣」[35]；林海音（1918-2001）《城南舊事》、夏祖麗（1947-）記錄母親一生的《從城南走來：林海音傳》，則是自然而然地走進了席慕蓉的〈迴向的擁抱——給祖麗〉中；至於〈頌歌〉與《詩經》諸「頌」同樣宏大而直率，〈我摺疊著我的愛〉參考蒙古長調而與《詩經》的「疊章法」相似，都讓席慕蓉詩與《詩經》有了奇妙的聯繫——這種種與其他文本連結的情況，都能夠觸動讀者，啟發聯想，從而使審美的時間延伸。

　　此外，席慕蓉也不時在詩中提及蒙古的歷史，織起更寬廣的「互文」之網。較重要的例子為〈色顏〉，該篇最後一節寫道：「讓我想起花剌子模悲愁的蘇丹／最後舉起的那一把佩刀／在裡海的孤島上　不戰而敗亡」——這位亡於裡海孤島的花剌子模蘇丹，便是被成吉思汗擊敗的阿拉丁・摩訶末（ʿAlā al-Dīn Muḥammad, ?-1220）。其「不戰而敗亡」的事蹟為：當成吉思汗揮軍進攻花剌子模首都玉龍杰赤時，摩訶末並未奮起抵抗，反是丟棄國民，逕奔巴里黑，再逃呼羅珊，在

---

33 楊伯峻譯注：《論語譯注》，第2版（北京市：中華書局，1980年），頁92。

34 隋樹森：《古詩十九首集釋》（北京市：中華書局，1955年），頁1。

35 《弘一大師全集》編輯委員會：《弘一大師全集》，第7冊（福州市：福建人民出版社，1991年），頁459。

巴里黑、尼沙普爾一帶徘徊若干時後，又因害怕蒙古人而避到更遙遠的伊剌克阿只迷，最後在名將哲別（?-1223）、速不台（1176-1248）的追擊下，轉往阿必思渾對面裡海中的一個小島上避禍，並死於該地[36]。志費尼（Ata-Malik Juvayni, 1226-1283）所作的《世界征服者史》（*The History of the World Conqueror*）詳細地描述了蘇丹末日的「悲愁」：「他獲悉他的嬪妃遭到蹂躪，他的侍從備受侮辱，他的幼子們已被處斬，他的戴面紗的婦孺在異姓人的掌中，而且所有他的已婚妻妾已落入他人的懷抱，在叫花子的懷裡給糟踏」[37]，而他的臣屬也已「引頸於劫數的套索中，涉足於災禍的泥潭，落入苦痛的羅網和毀滅的深淵，並已成為不過是這世上的笑料，朋友中的陌生人」[38]。據此例言，席慕蓉的詩亦因與歷史的聯結而使人憶記起、翻檢出風雲變幻的古遠敘事，能令閱讀的深度甚至廣度都有所提升。

　　綜合而言，席慕蓉詩的「空白」與「互文」共同使「延讀」發生，讀者能在「不確定性」的填補、「外在文本」的思索中穿梭出入，延宕接收的過程，增加閱讀的趣味，避免全然的易解。不過，除「空白」、「互文」這些明顯的文學設置外，讀者實際還可主動開闢道路，積極地「誤讀」文本。

---

36 雷納・格魯塞（René Grousset），龔鉞譯，翁獨健校：《蒙古帝國史》（*The Mongol Empire*）（北京市：商務印書館，1989年），頁195；藍琪譯，項英杰校：《草原帝國》（*The Empire of the Steppes: A History of Central Asia*）（北京市：商務印書館，1998年），頁306-07。

37 志費尼（Ata-Malik Juvayni），何高濟譯，翁獨健校訂：《世界征服者史》（*The History of the World-Conqueror*），下冊（呼和浩特市：內蒙古人民出版社，1980年），頁449。

38 志費尼（Ata-Malik Juvayni），何高濟譯，翁獨健校訂：《世界征服者史》（*The History of the World-Conqueror*），下冊，頁450。

四 「誤讀」的席慕蓉

「誤讀」是一種後現代的詮釋策略，作者的意圖讓位於讀者個性化的解讀，後者有時愈出格、愈言人所不言、愈與慣常的理解離水萬丈，則所論愈激愈豐富、愈有趣、愈有效果，能視為一種「再創造」[39]。席慕蓉在〈早餐時刻〉、〈詩中詩〉裡都提出過好詩不用詮釋的看法，「誤讀」之強作解人，本身便已可說是對其作者意圖的違反了。

（一）打開摺疊著的愛

若果稱聯繫較直接、顯著的外在文本為「基本互文」的話，以「基本互文」為礎，再作推展的部分，則姑且可稱作「延伸互文」。巧妙運用「延伸互文」的例子，如有辛棄疾（1140-1207）〈南鄉子・登京口北固亭有懷〉：「何處望神州？滿眼風光北固樓。千古興亡多少事，悠悠，不盡長江滾滾流。年少萬兜鍪，坐斷東南戰未休。天下英雄誰敵手？曹劉。生子當如孫仲謀。」[40]下闋「生子當如孫仲謀」一語，如所周知，取自《三國志・吳書・孫權傳》注引的《吳曆》，很易令人想到原文獻的後句：「劉景升兒子若豚犬耳」[41]，實暗諷南宋統治者如劉表（142-208）諸子般水平低下。至於上闋，「不盡長江滾滾來」轉自杜甫（712-770）〈登高〉的「不盡長江滾滾流」，亦令人想

---

39 Tzvetan Todorov, *Introduction to Poetics*, trans. Richard Howard (Minneapolis: U of Minnesota P, 1981) xxx.

40 劉斯奮選注：《辛棄疾詞選》（香港：三聯書局公司，1998年），頁170。

41 陳壽著，裴松之注：《三國志》，第2版，第5冊（北京市：中華書局，1982年），頁1119。

到原詩上句為「無邊落木蕭蕭下」[42]，繼而由「落木」移想杜甫〈詠懷古跡五首〉的「搖落深知宋玉悲」[43]，或甚至推及宋玉（約前298-約前222）〈九辯〉的「蕭瑟兮草木搖落而變衰」[44]，透露昏庸管治下國運飄搖的訊息。

　　席慕蓉詩與中國古典的連結，或許並沒有要推及「延伸互文」的心思，但詮釋者若以發掘「延伸互文」的心態注視文本，加以附會，並創造出新的意涵，「誤讀」亦同樣能夠生成。細究之下，若考慮到席詩「互文」對象的進一步延伸，席詩實每每翻轉其所「互文」的文本。舉例來說，席慕蓉〈驛站〉的「白日已盡」可使人想到王之渙（688-742）〈登鸛雀樓〉[45]的「白日依山盡」，延伸下去，便是〈登鸛雀樓〉的名句「欲窮千里目，更上一層樓」，有勸人坐而言不如起而行、故應積極進取之意；然而，〈驛站〉與〈登鸛雀樓〉之「行」相反，其文乃懇切地籲請所愛暫「止」：「請你在此稍停／我心中的驛站正燈火通明」，兒女情長，對映志向遠大的英雄氣，兩者實各擅勝場。又例如，席慕蓉在〈川上〉的「逝者如斯　如斯　如斯」後寫道：「陽光下這層層碎裂著的眩目波光／使得／我們好像從來沒有來過」，表示由於時間不絕奔流，未嘗止息，人事輕易便在「眩目」的浪花之中淘盡，故生命彷彿沒有發生，萬事皆屬虛無；但從《論語·子罕》引出各種傳統的見解，孔子（孔丘，前551-前479）在川上慨嘆，實有促人把握寸陰、惜時建樹、進德修身、外聖內王之意，相當入世[46]，故席慕蓉的〈川上〉可謂反寫了「互文」對象的傳統解釋。

42 葛曉音：《杜甫詩選評》（上海市：上海古籍出版社，2002年），頁185。

43 葛曉音：《杜甫詩選評》，頁167。

44 傅錫王注譯：《新譯楚辭讀本》（臺北市：三民書局公司，1976年），頁157。

45 卞孝萱、朱崇才注譯，齊益壽校閱：《新譯唐人絕句選》（臺北市：三民書局公司，1999年），頁27。

46 伍振勳：〈「逝者」的意象：孟子、荀子思想中的流水、雲雨隱喻〉，《成大中文學

至於〈黎明〉一作，詩句「道路阻且長　會面安可知」取自〈古詩十九首其一〉，後者最末兩句為「棄捐勿復道，努力加餐飯」[47]，或云是思婦自慰，或云是勸游子善自保重，而以「加餐飯」為辭，則非常務實；同樣面對離別，席慕蓉詩的結尾則希望「為你　尋索一些比較／溫柔的　字句」，脫出現實的考量，沉浸浪漫的氣氛，與〈古詩十九首其一〉互異而給人特別的新鮮感。凡此種種比照而觀的讀法，未必是詩人席慕蓉的本意，卻可派生出新的理解，「誤讀」實賦予了文本更多的可能性和生命力。

（二）為迷途的詩找家

藉著「誤讀」，一些未被視為相互影響的作品，也可因發掘出種種冥契暗合，而讓人反思文本之間的暗藏關係[48]。比如說，在席慕蓉的《我摺疊著我的愛》裡，〈二〇〇〇年大興安嶺偶遇〉和〈悲歌二〇〇三〉便跟田雅各（1960-）小說〈最後的獵人〉[49]存著不少相似之處，令人猜想後者乃前兩者的源頭。

〈二〇〇〇年大興安嶺偶遇〉寫開發者無情地破壞山林，「從前啊　在林場的好日子裡／一個早上　半天的時間／我們就可以淨空擺平／一座三百年的巨木虬枝藤蔓攀緣／雜生著松與樟的　森林」，以致山脊「完全裸露了」，動物流離失所，「茫然無依」；同樣地，〈最後的獵人〉也寫官方林務局大量砍伐貴重的原木，使棲地嚴重縮窄，野生動物數量大幅減少。〈悲歌二〇〇三〉寫狩獵部落向政府交出打

報》第31期（2010年），頁4-5。

47 隋樹森：《古詩十九首集釋》，頁2。

48 余境熹：〈陳映真《哦！蘇珊娜》與聖經後典《蘇姍娜傳》的互文聯想——「誤讀」詩學系列外篇之一〉，《韓中言語文化研究》第25期（2011年），頁385-410。

49 收入田雅各：《最後的獵人》（臺中市：晨星出版社，1987年）。

獵所用的槍枝:「我用雙手交給你的/不只是一把獵槍　還有/我們從來不曾被你認可的生活/我們祖祖輩輩傳延的/虔誠的信仰」,被迫放棄傳統,〈最後的獵人〉也寫原住民被禁止以槍狩獵,主人公比雅日即遭警察臨檢,還被批評殘忍成性,骯髒不守法,其生活可說是「不曾被認可」,故最後警察囑其改個名字,換個營生,只是不要做獵人;〈悲歌二〇〇三〉的「你為我所規劃的幸福/並不等同於　我的幸福」,也適用於困窘愁苦的比雅日;最特別的,是席慕蓉此詩的篇末也竟然喊出「最後的獵人」數字:「我向你保證　我向你保證啊/我已經是使鹿鄂溫克最後最後的/那一個　獵人」,詩與小說的對應,著實教人驚奇。

　　除〈二〇〇〇年大興安嶺偶遇〉和〈悲歌二〇〇三〉可以跟〈最後的獵人〉「成功配對」外,席慕蓉的詩集裡尚有其他「迷途的詩」嗎?收於《邊緣的光影》的〈綠繡眼〉[50]一詩,看其所附日期,或許是以一九九五年四月十九日奧克拉荷馬市爆炸案為寫作對象,但若嘗試「誤讀」,則它與耶穌基督後期聖徒教會的標準經文《聖經》(*The Holy Bible*)、《摩爾門經》(*The Book of Mormon*)實在能夠扣連。《聖經》和《摩爾門經》都有大量「在戰爭與戰爭之間/我們歡然構築繁華的城市/在毀滅與毀滅之間/我們慎重地相遇相愛　生養繁殖」的記事,〈摩賽亞書〉("The Book of Mosiah")所載挪亞王(King Noah)的管治與失敗,便與此完全吻合。值得一提的是,席慕蓉詩的「生養繁殖」可對應〈創世記〉("Genesis")首章「生養眾多,遍滿地面」的命令;「林間的微風」輕輕拂過,則接近經書對聖靈的描述;席詩寫天上有嘆息的聲音,某雙眼睛正「無限悲憫地　俯視著

---

50 席慕蓉:《邊緣光影》(臺北市:爾雅出版社,1999年),頁70-71。在詩集的編次上,接續〈綠繡眼〉的一篇乃是較早完成的〈試煉〉,其題目也有宗教意味,姑俟後論。

我」，則大可理解作看顧世人的天父，整首〈綠繡眼〉有甚多足與宗教經典契合的細節，「誤讀者」正可發揮想像，將詩與信仰繫在一起。

另一「重大發現」，是席慕蓉《迷途詩冊》輯一的所有詩作（包括〈詩成〉、〈夢中街巷〉、〈洪荒歲月〉、〈四月梔子〉、〈詩中詩〉、〈拂曉的林間〉、〈明信片〉、〈果核〉、〈落日〉、〈之後〉、〈多風的午後〉、〈神話〉、〈月光插圖〉、〈迷途〉，共14首），都可跟丁亞民（1958-）導演《人間四月天》中戲劇化的徐志摩（徐章垿，1897-1931）、林徽因（林徽音，1904-1955）情事對應。不過礙於篇幅，此處唯有暫時按下不表[51]──這種「中斷」的留白，不知會否引起讀者「誤讀」席詩的興趣呢？

五　結語

總結來說，本文嘗試為閱讀席慕蓉詩提出另類的辦法，從字面的「易讀」、內蘊的「延讀」，到創造的「誤讀」，讀者可隨個人性情、展卷目的，在不同程度、不同層級上參與席慕蓉的作品──向來喜愛席詩的受眾或許可在「誤讀」中獲得更新的感覺，而不盡認同淺白詩風的讀者也可據「延讀」、「誤讀」發現新的欣賞元素。可是，「易讀」的席慕蓉，以其簡單、真誠，在波譎雲詭的社會、驚濤駭浪的時代裡，不是更能打動人心，更加值得純粹地愛上嗎？

---

51 暫擬用「以詩之名紀勝史」、「打開摺疊著的愛」、「為迷途的詩找家」、「檢視邊緣的光影」、「豈能無怨的青春」、「時光九篇延誤讀」為輯名，陸續寫完「誤讀席慕蓉」的計畫。

引用及參考書目

（一）席慕蓉著作

席慕蓉　《迷途詩冊》　第2版　臺北市　圓神出版社　2006年

席慕蓉　《我摺疊著我的愛》　臺北市　圓神出版社　2005年

席慕蓉　《意象的暗記》　上海市　上海文藝出版社　1997年

（二）中文著作

卞孝萱、朱崇才注譯　齊益壽校閱　《新譯唐人絕句選》　臺北市
　　三民書局公司　1999年

《弘一大師全集》編輯委員會　《弘一大師全集》　第7冊　福州市
　　福建人民出版社　1991年

田雅各　《最後的獵人》　臺中市　晨星出版社　1987年

白靈（莊祖煌）　《慢活人生——白靈散文集》　臺北市　九歌出版
　　社　2007年

伍振勳　〈「逝者」的意象：孟子、荀子思想中的流水、雲雨隱喻〉
　　《成大中文學報》　第31期　2010年　頁1-26

余境熹　〈「可寫的文本」遇上「生產性讀者」：鄭愁予新詩「誤讀」
　　初議〉　《臺灣詩學學刊》　第24期　2014年　頁47-72

余境熹　〈陳映真《哦！蘇珊娜》與聖經後典《蘇姍娜傳》的互文聯
　　想——「誤讀」詩學系列外篇之一〉　《韓中言語文化研
　　究》　第25期　2011年　頁385-410

林于弘 〈席慕蓉新詩的草原書寫研究──以《我摺疊著我的愛》為
　　　　例〉 《群星熠熠──臺灣當代詩人析論》 臺北市 秀威
　　　　資訊科技公司 2012年 頁71-87

林明玉 〈淺論小說敘事視角的雙重功能〉 《漳州師範學院學報
　　　　（哲學社會科學版）》 第1期 2006年 頁55-59

胡亞敏 《敘事學》 第2版 武漢市 華中師範大學出版社 2004年

陳政彥 《蕭蕭詩學研究》 桃園縣 國立中央大學中國文學系碩士
　　　　論文 2002年

畢研韜、周永秀 〈解讀什克洛夫斯基的批評理論〉 《瀋陽農業大
　　　　學學報（社會科學版）》 第2卷第4期 2000年 頁307-308

張清宇主編 《邏輯哲學九章》 南京市 江蘇人民出版社 2004年

張智光 《邏輯的第一本書──生活一切智慧的根源》 臺北市 先
　　　　覺出版公司 2003年

張萱萱 《邊緣獨嘶的胡馬：析論席慕蓉詩學中無怨的尋根情結》
　　　　新加坡 新加坡國立大學中文系碩士論文

陳壽著 裴松之注 《三國志》 第2版 北京市 中華書局 1982年

陳巍仁 《臺灣現代散文詩研究》 臺北市 國立臺灣師範大學國文
　　　　所碩士論文 1998年

隋樹森 《古詩十九首集釋》 北京市 中華書局 1955年

楊伯峻譯注 《論語譯注》 第2版 北京市 中華書局 1980年

傅錫壬注譯 《新譯楚辭讀本》 臺北市 三民書局公司 1976年

黃麗貞 《實用修辭學》 臺北市 國家出版社 1999年

葛曉音 《杜甫詩選評》 上海市 上海古籍出版社 2002年

趙忠山、張桂蘭 〈文學空白類型及其意蘊〉 《齊齊哈爾師範學院
　　　　學報》 第4期 1998年 頁43-45

劉斯奮選注 《辛棄疾詞選》 香港 三聯書局公司 1998年

黎漢傑　〈詩學探微：批評（criticism）〉　《城市文藝》　第3卷第
　　　12期　2009年　頁69-71

隱地（柯青華）　《法式裸睡》　臺北市　爾雅出版社　1995年

蕭蕭（蕭水順）　《鏡中鏡》　臺北市　幼獅文化期刊部　1977年

（三）中譯論著

什克洛夫斯基　維克托等著（Viktor, Shklovsky）　方珊等譯　《俄
　　　國形式主義文論選》　北京市　生活‧讀書‧新知三聯書店
　　　1989年

巴特，羅蘭（Barthes, Roland）　屠友祥譯　《S/Z》（*S/Z*）　上海市
　　　上海人民出版社　2000年

茨維坦‧托多羅夫（Todorov, Tzvetan）編選　蔡鴻濱譯　《俄蘇形式
　　　主義文論選》　北京市　中國社會科學出版社　1989年

沃夫爾岡‧伊瑟爾（Wolfgang Iser）　金惠敏等譯　《閱讀行為》
　　　（*The Act of Reading: A Theory of Aesthetic Response*）　長沙
　　　市　湖南文藝出版社　1991年

志費尼（Ata-Malik Juvayni）　何高濟譯　翁獨健校訂　《世界征服
　　　者史》（*The History of the World-Conqueror*）　呼和浩特市
　　　內蒙古人民出版社　1980年

大衛‧洛吉（David Lodge）　李維拉譯　《小說的五十堂課》（*The
　　　Art of Fiction*）　臺北縣　木馬文化事業公司　2006年

雷納‧格魯塞（René Grousset）　龔鉞譯　翁獨健校　《蒙古帝國
　　　史》（*The Mongol Empire*）　北京市　商務印書館　1989年

雷納‧格魯塞（René Grousset）　藍琪譯　項英杰校　《草原帝國》
　　　（*The Empire of the Steppes: A History of Central Asia*）　北
　　　京市　商務印書館　1998年

厨川白村（Kuriyagawa Hukuson） 林文瑞譯 《苦悶的象徵》 再
　　版 臺北市 志文出版社 1999年

萊恩，邁克爾（Ryan, Michael） 趙炎秋譯 《文學作品的多重解
　　讀》（*Literary Theory: A Practical Introduction*） 北京市
　　北京大學出版社 2006年

賽佛林，沃納（Severin, Werner J.） 小詹姆斯‧坦卡德（James W.
　　Tankard, Jr.） 郭鎮之等譯 《傳播理論起源、方式和應
　　用》（*Communication Theories: Origins, Methods, and Uses in
　　the Mass Media*） 北京市 華夏出版社 2000年

（四）外文著作

Barthes, Roland. "From Work to Text." *Image, Music, Text*. Ed. and trans.
　　Stephen Heath. London: Fotana, 1977. 155-64.

Berger, Arthur Asa. *Cultural Criticism: A Primer of Key Concepts*.
　　Thousand Oaks, California: Sage Publications, 1995.

Brooks, Cleanth. The Well Wrought Urn: Studies in the Structure of Poetry.
　　New York: Reynal & Hitchcock, 1947.

Empson, William. *Seven Types of Ambiguity*. 2nd ed. London: Chatto and
　　Windus, 1949.

Havránek, Bohuslav. "The Functional Differentiation of the Standard
　　Language." *A Prague School Reader on Esthetics, Literary
　　Structure, and Style*. Trans. Paul L. Garvin. Washington: U of
　　Georgetown P, 1964. 3-16.

Kristeva, Julia. "Word, Dialogue and Novel." *Desire in Language: A
　　Semiotic Approach to Literature and Art*. Ed. Léon S. Roudiez.
　　Trans. Thomas Gora, Alice Jardine and Léon S. Roudiez. New

York: Columbia UP, 1980. 64-91.

Mickelsen, David. "Types of Spatial Structure in Narrative." *Spatial Form in Narratives*. Eds. Jeffrey R. Smitten and Ann Daghistany. Ithaca: Cornell UP, 1981. 63-78.

Shklovsky, Viktor. *Theory of Prose*. Trans. Benjamin Sher. Elmwood Park, Illinois: Dalkey Archive Press, 1990.

Todorov, Tzvetan. *Introduction to Poetics*. Trans. Richard Howard. Minneapolis: U of Minnesota P, 1981.

席慕蓉詩中的時間與抒情美學

洪淑苓

臺灣大學中國文學系教授

摘要

　　席慕蓉對於時間具有敏銳的感受，因此構成她作品中非常突出的抒情性與美感特質。本文以追憶、日常、生死三個向度來探討席慕蓉對於時間書寫的表現。席慕蓉擅長以「追憶」手法捕捉、重現回憶的「斷片」，反覆歌詠的是夏日、夏夜、四月、月光、山徑等景象與情境，對這些生命印記，常有「言猶未盡」的述說欲望。而對於日常時間的感受，則轉化為對於詩的高度掌握，以詩的超越性來抵抗日常對生命的耗能。面對嚴肅的生死課題，則試圖以詩的熱情來延宕死亡帶來的威脅，展現從容的姿態。面對時光流逝，席慕蓉有時顯現憂傷，但大部分是優雅地與時間之神直面交手，因為她其實已經在詩裡找到生命的安頓之處。

關鍵詞　席慕蓉　時間　追憶　抒情　美學　生死　日常

一 前言

在現代詩壇，席慕蓉彷彿一則傳奇。最初，她以《七里香》輕輕出擊，卻引起詩壇莫大的震撼與回響[1]，但她不辯解，只繼續寫下去，至今已有詩集、散文集、畫冊達五十多部，近年更致力於對原鄉──蒙古文化的關懷與書寫。這在在顯示，讀者對她的喜好、評論家對她的批評與研究，都不曾改變她創作的意志與熱情，使人看到了她的自信與堅持。

席慕蓉的詩為什麼迷人？她的作品〈一棵開花的樹〉幾乎成為「國民歌曲」般，受到普世的歡迎。究其意境，如同詩的開端「如何讓你遇見我／在我最美麗的時刻　為這／我已在佛前　求了五百年／求祂讓我們結一段塵緣」，五百年、輪迴的時間意象，正是此詩令人著迷的地方。而後續的詩集《時光九篇》逕自以「時光」命題，透露的正是她對於「時間」的慎重思考。

時間，可以是生命的框限，也可以是突破。凡抒情詩人莫不經常在詩中展現他對於時間的思索，席慕蓉詩中的「時間」與美感，正是她作品中的重要元素，以下將從幾方面來探討。

---

1 席慕蓉的第一本詩集《七里香》一出版，就受到廣大讀者的歡迎，變成暢銷書，這對詩壇來說，簡直是個異數，難以合理解釋。歷經八〇年代到二〇〇〇年以後的各家言說，無論是批評還是肯定，席慕蓉以持續出版詩集來回應。有關各家言說，詳參陳政彥：《戰後台灣現代詩論戰史研究》第四章第三節「席慕蓉現象論戰」（桃園縣：中央大學中國文學研究所博士論文，2007年6月），頁221-234。筆者亦曾撰寫〈我們去看煙火好嗎──席慕蓉《席慕蓉世紀詩選》評介〉，《中央日報》副刊，2000年11月27日。

二　追憶、斷片的時間美學

（一）撫今追昔的悸動

月光、山徑是席慕蓉詩中經常出現的意象與情境，夏日、夏夜、十六歲、二十歲，亦是她經常使用的時間記號。在這些意象與記號之間流轉的正是「時間」，並且經常是以「追憶」的方式來撫今思昔，泛溢出對生命的輕嘆。例如第一本詩集《七里香》中的〈暮色〉：

在一個年輕的夜裡
聽過一首歌
清冽纏綿
如山風拂過百合

再渴望時卻聲息寂滅
不見蹤跡　亦無來處
空留那月光沁人肌膚

而在二十年後的一個黃昏裡
有什麼是與那夜相似
竟爾使那旋律翩然來臨
山鳴谷應　直逼我心

回顧所來徑啊
蒼蒼橫著翠微

　　　　這半生的坎坷啊
　　　　在暮色中淨化為甜蜜的熱淚[2]

　　〈暮色〉一詩，看似順著時間敘述，但內在的紋理卻應是從「二十年後的一個黃昏裡」、「有什麼是與那夜相似」才觸動了回憶，因此透過第一段提出「在一個年輕的夜裡／聽過一首歌」，揭開了深藏在腦海裡的一段秘密回憶和始終難忘的旋律。「回顧所來徑啊／蒼蒼橫著翠微」轉用李白的詩句[3]，加上白話感嘆的「啊」、語助詞「著」，使語氣變得悠緩，平添惆悵氣息。究竟是怎樣的歌曲，又是什麼相似的情境，似乎都不是重點，而是「我」在二十年後的當下，驟然回到年輕時的那夜，山鳴谷應、怦然心動。當回顧所走過的路，縱使已歷經半生的坎坷，敘述者因為這樣的觸動與「追憶」情境，彷彿所有的遺憾都得到已昇華，「淨化為甜蜜的熱淚」。

　　又如〈青春之二〉：

　　　　在四十五歲的夜裡
　　　　忽然想起她年輕的眼睛
　　　　想起她十六歲時的那個夏日
　　　　從山坡上朝他緩緩走來
　　　　林外陽光眩目
　　　　而她衣裙如此潔白
　　　　還記得那滿是浮雲的天空
　　　　還有那滿耳的蟬聲

2　席慕蓉：〈暮色〉，《七里香》（臺北市：大地出版社，1980年初版），頁62-63。詩末註「——六八年」，殆指寫作時間（民國紀元）。
3　語出李白〈下終南山過斛斯山人宿置酒〉：「卻顧所來徑，蒼蒼橫翠微。」

       在寂靜的寂靜的林中[4]

這裡，「四十五歲的夜裡」是當下，因著某種原因觸動心扉，而憶起「十六歲時的那個夏日」，那時是年輕的，年輕的眼睛看著他，朝著他慢慢走去。林外耀眼的陽光、天際浮雲、滿耳的蟬聲、潔白的衣裙……在追憶之中，這些場景紛紛浮現眼前、耳邊，再現往日情境與年少情懷。

    類似這樣的追憶手法，亦可見於〈夏日午後〉[5]、〈銅版畫〉[6]等作品，都是對於多年以前某個情景的觸動與追撫，而夏日、山間、林間、水邊等場景，一再出現這些作品當中。「我」的情感也總是相知、疼惜、不捨，甚至有悔，就像〈銅版畫〉末段：「若我早知無法把你忘記／我將不再大意　我要盡力鏤刻／那個初識的古老夏日／深沉而緩慢　刻出一張／繁複精緻的銅版／每一劃刻痕我將珍惜／若我早知就此終生都無法忘記」。[7]

    使讀者好奇的是，這裡面的「你」，是作者個人的私密情感、獨特的記憶，還是放諸四海皆準的少年情懷？抑或是一種對美的追尋與嘆惋？〈暮色〉、〈青春之二〉所傾訴的對象「你」，彷彿其中有人，甚至可以對號入座；而〈夏日午後〉、〈銅版畫〉中的「你」，則可能是「出水的蓮」或是山中的景物，甚至是一切美的意象，恨不得可以將之入畫、入心。但無論如何，這也都使讀者在感動之餘，進入自己的想像世界，甚至也召喚起自己內心的年少情懷——每個人總有那個難忘的十六歲夏日，難忘的二十歲時聽到的動人歌曲……席慕蓉的詩正帶給讀者這種朦朧、迷惘與嘆息的感受。

4　席慕蓉：〈青春之二〉，《七里香》，頁78-79。詩末註「——六八・六」。
5　席慕蓉：〈夏日午後〉，《七里香》，頁82-83。詩末註「——六七・九・十五」。
6　席慕蓉：〈銅版畫〉，《七里香》，頁96-97。詩末註「——六七年」。
7　席慕蓉：〈銅版畫〉，《七里香》，頁97。

（二）回憶的「斷片」

　　值得注意的是，席慕蓉的追憶描寫，並不注重細節或是獨特的情境，她使用的是夏日、月光、山徑這類普遍的詞彙，抓住的也只是十六歲、二十歲、二十年前的某個片刻，而這類記憶又反覆在其筆下出現，時時撩動其人與讀者的情思。這些時間、情景的「斷片」，恰恰是追憶手法的重要關鍵。如同宇文所安〈斷片〉一文指出：

> 在我們與過去相逢時，通常有某些斷片存在於其間，它們是過去與現在之間的媒介，……這些斷片以多種形式出現：片斷的文章、零星的記憶、某些殘存於世的人工製品的碎片。[8]

由是可知，「斷片」勾起作者對於往日時光的記憶，可說是開啟追憶的「觸媒」，當然也是重要的關鍵事物，所以才會一再反覆出現在其詩中。因此宇文所安也提示：

> 凡是回憶觸及的地方，我們都發現有一種隱秘的要求復現的衝動。……我們所復現的是某些不完滿的，未盡完善的東西，是某些在我們的生活中言猶未盡的東西所留下的瘢痕。[9]

8　宇文所安著、鄭學勤譯：《追憶：中國古典文學中的往事再現》（臺北市：聯經出版事業公司，2006年），頁93-113。宇文所安係以「追憶」來研究中國古典文學的敘事結構，他認為「追憶」「是追溯既往的文學，它目不轉睛地凝視往事，盡力要拓展自身，填補圍繞在殘存碎片四周的空白。……已經物故的過去像幽靈似的通過藝術回到眼前。」（頁3）而「斷片」更是他提出的獨特見解。這本書雖是以中國古典文學為研究主體，但就創作理論而言，亦可通達於現代詩，故此處藉以申論席慕蓉的創作藝術。

9　宇文所安著、鄭學勤譯：《追憶：中國古典文學中的往事再現》，頁113。

「隱秘的」、「要求復現」的衝動，也就是作者之所以一再重複書寫某些吉光片羽的強烈動機；而復現即再現之意，意即作者試圖透過寫作來再現他回憶中重要的片段，那些不完滿、不完善，遺憾、無法割捨的往事，更進一步說是「言猶未盡」、永遠訴說不完的，生命中重要的印記、斑痕。

　　就席慕蓉的詩來看，夏日、月光、山徑等等，這些「斷片」彷彿已沉澱於記憶的底層，但又會隨著記憶被觸動而重新組構，再次浮現眼前。席慕蓉沒有細說不圓滿、遺憾、不捨的情感，那也許是年少的戀情，也許是一段知心的偶遇，也許是畫家與靜物的神祕感通；她之所以不細說，恰可留給讀者更多的想像空間，用自己的聯想、共鳴去填補。而什麼是她「言猶未盡」的生命印記呢？〈夏日午後〉的句子或許是個可供參考的答案：「是我　最最溫柔／最易疼痛的那一部分／是我　聖潔遙遠／最不可碰觸的年華」[10]。

　　席慕蓉對於這生命中溫柔、敏感、聖潔、青春的印記是「耿耿於懷」的，因此也就一再訴說，像宇文所安說的「言猶未盡」，不斷在各階段的創作中出現。例如第二本詩集《無怨的青春》收錄的〈十六歲的花季〉，詩中構設了一個戲劇化的場景，敘述者在陌生的城市宿醉後醒來，不禁開始追憶往日舊夢，詩的末段點出了這個因由：「愛原來就是一種酒／飲了就化作思念／而在陌生的城市裡／我夜夜舉杯／遙向著十六歲的那一年」[11]。「十六歲的花季」是讓敘述者最為銘心刻骨的往事，也是年少時即已烙下的生命印記。

　　追憶的情緒，往往帶著追尋的動力與奢望。如〈山路〉的開端：「我好像答應過／要和你　一起／走上那條美麗的山路」，為何無端

10　席慕蓉：〈夏日午後〉，《七里香》，頁82-83。
11　席慕蓉：〈十六歲的花季〉，《無怨的青春》（臺北市：大地出版社，1983年初版）；本文使用（臺北市：圓神出版社，2000年四刷），頁40-41。詩末註「——一九七八」。

想起這樣的承諾呢？詩的第三段顯示激起這舊事的係因「而今夜　在燈下／梳我初白的髮／忽然記起了一些沒能／實現的諾言　一些／無法解釋的悲傷」，白髮觸動了心弦，所以才會有貫串全篇的懊悔心情。而如何慰解這般遺憾的心情？詩最後熱切地問：「在那條山路上／少年的你　是不是／還在等我／還在急切地向來處張望」[12]雖然這可能是白問了，但至少可以紓解內心的糾結。

　　有時，追憶也以夢的形式呈現。譬如〈婦人的夢〉，描述婦人在夢境中回到過去的那條小路，月色、樹色都相仿；而春回大地，綠樹抽芽，一切都好像有了新的開始，但婦人警覺地、矜持地了解，這是不可能的，一切都已太遲。詩的開頭寫出一切如昔的景象：

> 春回　而我已經回不去了
> 儘管仍是那夜的月　那年的路
> 和那同一樣顏色的行道樹[13]

詩的結尾透露婦人的無奈和心痛：

> 不如就在這裡與你握別
> （是和那年相同的一處嗎）
> 請從我矜持的笑容裡
> 領會我的無奈
> 年年春回時　我心中的
> 微微疼痛的悲哀[14]

12　席慕蓉：〈山路〉，《無怨的青春》，頁158-159。詩末註「——一九八一・十・五」。

13　席慕蓉：〈婦人的夢〉，《無怨的青春》，頁166。詩末註「——一九八二・四・十八」。

14　席慕蓉：〈婦人的夢〉，《無怨的青春》，頁167。

這裡,「春日」取代了以往慣用的「夏日」,但追憶當年的心情是相同的,而在無法挽回過去的遺憾下,婦人仍舊和「你」握手道別。這個離別的地方,詩人特別用括弧寫下「是和那年相同的一處嗎」的問句,括弧暗示這是輕輕的一問或是悄悄的──自問,也不無可能。終歸,這是在夢境裡的追憶與追尋,只能自問自答,自我釋懷。

(三)永恆的「夏夜的傳說」

縱覽席慕蓉各階段的詩集,她其實一直在回應夏日、月夜等的回憶斷片,這使得「追憶」固然是再現往日情景,但也不斷修改主體對於記憶的感覺和反應,翻閱第三本詩集《時光九篇》的〈夏夜的傳說〉[15],第四本詩集《邊緣光影》的〈秋來之夜〉[16]、〈月光曲〉[17]、〈去夏五則〉[18]等,第五本詩集《迷途詩冊》的〈四月梔子〉[19]等,都可以看到席慕蓉對上述題材的回應與修改,而呈現了詩人隨著年歲、閱歷增長,對時間的反覆思索,對生命的印記也有了不同的詮釋。

這個轉變,最有代表性的是《時光九篇》中的〈夏夜的傳說〉。此詩屬長篇敘事,以序曲、本事、迴聲三個部分組成,正文共二四五行[20]。這首長詩結構謹嚴、篇中處處可見互文式的呼應,可說完整陳

---

15 席慕蓉:〈夏夜的傳說〉,《時光九篇》(臺北市:爾雅出版社,1987年初版),頁170-191。詩末註「──七五・九・十四」。

16 席慕蓉:〈秋來之葉〉,《邊緣光影》(臺北市:爾雅出版社,1999年初版),頁116-119。詩末註「一九八七年十一月八日」。

17 席慕蓉:〈月光曲〉,《邊緣光影》,頁108-109。詩末註「一九九一年五月二十二日」。

18 席慕蓉:〈去夏五則〉,《邊緣光影》,頁110-112。詩末註「一九八七年七月二十七日」。

19 席慕蓉:〈四月梔子〉,《迷途詩冊》(臺北市:圓神出版社,2002年初版),頁30-32。詩末附註「──二○○○・十二・二十二」。

20 全篇句數之計算,係扣除空行和標題。

述席慕蓉對於夏夜、十六歲、時間與美的思考。在「序曲」中，以
「如果有人一定要追問我結果如何」提綱，展開後面的梳理和回答。
「本事」是作品的主體，從五十億年前宇宙的形成開始說起，藉著銀
河星系、太陽的形成，來反思「你」與「我」的相遇，究竟是得自於
什麼樣的助力，又是經過多少年歲的累積。當宇宙遵循著「據說／要
用五十億年才能等到一場相遇　一種秩序」的原則運行，人類的生活
也依此而進行日夜與季節的交替。直到宇宙的秩序穩定，「我們的故
事」才剛剛開始，而這故事又和《但丁》神曲有若干相似性，因為
「我」和「你」的相遇若只是一時的偶然，但卻變成我生命中不可抹
滅的印記，我將如但丁不斷歌詠貝德麗采一樣吟詠、書寫我們的故
事。茲引其中的詩句如下：

> 太陽系裡所有的行星都進入位置
> 我們的故事剛剛開始　戲正上演
> 而星空閃爍　時空無限
> （匍匐於泥濘之間
> 我含淚問你
> 一生中到底能有幾次的相遇
> 想但丁初見貝德麗采
> 並不知道她從此是他詩中
> 千年的話題　並不知道
> 從此只能遙遙相望
> 隔著幽暗的地獄也隔著天堂）[21]

---

21 席慕蓉：〈夏夜的傳說〉，《時光九篇》，頁178-179。原作字體為細明體，而括弧內則
　　用楷體。

在全篇中，括弧內的詩句是用來作為「我」內心的補白，語氣相當溫柔委婉，但卻是敘述者心中最最溫柔、最不可碰觸的部分。這首詩以宇宙生成為大背景，又以但丁故事來連結，使得「我們的故事」具有更深沉、廣闊的時空視野。此外，再添加特洛伊城海倫的故事，「夏天」這個斷片的意義，也昭然若揭：

　　　　整個夏天的夜晚　　星空無限燦爛
　　　　特洛伊城惜別了海倫
　　　　深海的珍珠懸在她耳垂之上有淚滴
　　　　龐貝城裡十六歲的女子
　　　　在髮間細細插上鮮花
　　　　就在鏡前　　就在一瞬間
　　　　灰飛煙滅千年堆砌而成的繁華[22]

海倫的故事、十六歲的少女形象，都只是譬喻、聯想或是代稱，其背後的主體是「美」，人所心心念念的是追求「美」的感動與永恆。就像接下來的詩句說：

　　　　整個夏天的夜晚　　星空無限燦爛
　　　　一樣的劇本不斷重複變換
　　　　與時光相對
　　　　美　　彷彿永遠是一種浪費
　　　　而生命裡能夠真正得到的
　　　　好像也不過

---

22 席慕蓉：〈夏夜的傳說〉，《時光九篇》，頁182。

就只是這一場可以盡心裝扮的機會[23]

或者用另外的譬喻：

為什麼天空中不斷有流星劃過
然後殞滅　為什麼
一朵曇花只能在夏夜靜靜綻放然後凋謝[24]

而面對時光的流逝，詩人是不甘心的，所以她繼續問：

匍匐於泥濘之間
我含淚問你　為什麼
為什麼時光祂永遠立於不敗之地
為什麼我們要不斷前來　然後退下
為什麼只有祂可以
浪擲著一切的美　一切的愛
一切對我們曾經是那樣珍貴難求的
溫柔的記憶

匍匐於泥濘之間
我含淚問你
到了最後的最後　是不是
不會留下任何痕跡
不能傳達任何的

23　席慕蓉：〈夏夜的傳說〉，《時光九篇》，頁183。
24　席慕蓉：〈夏夜的傳說〉，《時光九篇》，頁187-188。

訊息　我們的世界逐漸冷卻

然後熄滅　而時空依然無限　星雲連綿[25]

這裡，前文以括弧帶出的「匍匐於泥濘之間」以轉為正文，可見席慕蓉對此的精心安排。而頻頻叩問的，正是對時間之神的詢問、乞求，但美終究還是敵不過時間的摧折。

到最後的「迴聲」部分，呼應第一部分「序曲」的設問，但代表青春、熱情與美的「夏天的夜晚」還是蘊藏著希望：

如果有人一定要追問我結果如何

我恐怕就無法回答

我只知道

所有的線索　也許就此斷落

也許還會

在星座與星座之間延伸漂泊

在夏天的夜晚　也許

總會有生命重新前來

和我們此刻一樣

靜靜聆聽

那從星空中傳來的

極輕極遙遠的　回音[26]

25　席慕蓉：〈夏夜的傳說〉，《時光九篇》，頁188-189。
26　席慕蓉：〈夏夜的傳說〉，《時光九篇》，頁190-191。

在這裡，我們看到更清楚的訴求，這記憶中、經常追憶、摹寫的「斷片」──「夏天的夜晚」已經是另外的況味了，不再是早期《七里香》、《無怨的青春》裡那種宛如年少情懷或是少女心事，而是嚴肅且有關生命的思索，從宇宙洪荒到宇宙秩序的生成，無數的世界輪轉，個體的「我」的生命歷程隨然會有由盛而衰的一日，但那清新、令人悸動的「夏天的夜晚」仍然會不斷湧現，世世代代有其知音與回響。

三　日常時間中的「詩」與「抵抗」

（一）時日推移下的歲月痕跡

　　文學家E. M. 福斯特將日常生活分為時間生活和價值生活，前者是有順序的線性時間，後者則不用時或分來計算，而是用強度來度量；[27]參照此說，在日常生活的圖像中，亦可區分為日常時間與價值時間。日常時間是日復一日的食衣住行，價值時間則是人生的大事，例如出生、結婚、死亡，或是個人最重視的某段歲月，例如童年、青春期等。前文爬梳席慕蓉對回憶「斷片」的眷戀與書寫，那些「斷片」近似價值時間，但又不是那麼的吻合，缺少明顯的時間期限與事件。但放寬視野來檢視，席慕蓉對時間的感發，可說無時不在，在她筆下，日常生活中的片刻、霎那，往往也都能夠引發對時間的感喟。然而日常生活大多是瑣碎無聊、單調重複的公式化生活，怎樣可以成為書寫的題材，而且達到心靈上的超越呢？席慕蓉展現給我們的是，企圖用「詩」來抵抗日常的平庸與時光的流逝。

---

27 福斯特著、李文彬譯：「所以，當我們回顧過去時，過去並非平坦地向後延伸，而是堆成一些些醒目的山嶺。未來也是如此；瞻仰前程，不是高牆擋道，就是愁雲逼目，再不就是陽光燦爛，但絕不是一張按年代順序排列的圖表。」《小說面面觀》（臺北市：志文出版社，1984年再版），頁23-24。

　　《時光九篇》收有〈中年的短詩　四則〉，這是席慕蓉詩中少見的，清楚地標示自己的年齡狀態。這四首詩寫了自己步入中年以後，感到迷失、記憶壅塞、茫然，但卻又有遺世而獨立的況味；「之四」裡「我說　我棄權了好嗎？」又說「請容我獨行」，最後一段更明確地說：「獨自相信我那從來沒有懷疑過的／極微極弱　極靜默的／夢與理想」[28]以席慕蓉在詩中反覆述說的主題，這裡的「夢與理想」應該就是對詩與美的追求。也正是因為這樣微弱、靜默但卻十分堅毅的信念，所儘管時間流逝，席慕蓉仍然對詩深信不疑。

　　〈中年的短詩　四則〉表現的是面對外在的喧囂時，內心的堅持。但若是內省地去看時間，也可看到譬如《邊緣光影》的〈詩的蹉跎〉有這樣的開頭：

　　　　消失了的是時間
　　　　累積起來的　也是
　　　　時間[29]

這一小段顯示對於時光荏苒，詩句不成的嗟嘆，有相當直率的憂懼。但唯一可以抵抗這種消逝感的，仍是對於寫作、寫詩的熱切渴望。同集〈歲月三篇〉有更為細膩的鋪陳。

　　〈歲月三篇〉以「時日推移」四字來貫穿三首詩，第一首〈面具〉的開頭：「我是照著我自己的願望生活的／照著自己的願望定做面具」寫出人到某一個年紀，出於保護自己也受制於外界，所以不僅戴著「面具」，連「面具」都是按照自己的意願訂做的；這樣的生活

28　席慕蓉：〈中年的短詩　四則〉，《時光九篇》，頁84-87。詩末註「──七三・十・十七」。
29　席慕蓉：〈詩的蹉跎〉，《邊緣光影》，頁4。詩末註「一九九八年六月六日」。

其實是痛苦，但誰來揭穿呢？或是自己何時會醒覺呢？末尾二句說了：「而時日推移孤獨的定義就是 ——／角落裡那面猝不及防的鏡子」，「鏡子」照出了內心的虛假和痛苦。[30]接下來第二首〈春分〉係借春分的到來，那觸動自己對詩的感悟。昔日被深深觸動的痛楚與狂喜，靈感來時泉湧的詩句，如今安在？此時的春分和彼時的春分又有何異同？詩人並沒有給出答案，只是用霧氣瀰漫來替代回答。但第一段的詩句所散發的對詩的執著，已經相當儡人：

> 時日推移　記憶剝落毀損
> 不禁會遲疑自問　從前是這樣的嗎
> 在春分剛至的田野間
> 在明亮的窗前　我真的有過
> 許多如針刺如匕首穿胸的痛楚？
> 許多如鼓面般緊緊繃起的狂喜？
> 許多一閃而過的詩句？[31]

而後第三首的題目就是叫〈詩〉；前段總結前面兩首的內容，仍然以「時日推移」穿插其間。但前兩首的遲疑、恍惚，到這裡已逐漸沉澱下來，呈現靜謐、舒緩的情緒，認清了自己，認清了歲月賜予的禮物，對生命有這樣的反思：

> 曾經熱烈擁抱過我的那個世界
> 如今匆匆起身向我含糊道別
> 時日推移　應該是漸行漸遠

---

30 席慕蓉：〈歲月三篇　面具〉，《邊緣光影》，頁14-15。詩末註「一九九六年」。
31 席慕蓉：〈春分〉，《邊緣光影》，頁15。

為什麼卻給我留下了
這樣安靜而又沉緩的喜悅

重擔卸下　再無悔恨與掙扎
彷彿才開始看見了那個完整的自己
我的心如栗子的果實在暗中
日漸豐腴飽滿　從來沒有
像此刻這般強烈地渴望　在石壁上
刻出任何與生命與歲月有關的痕跡[32]

在這裡，「我」擁有沉穩的步調、自信的姿態，歷經歲月洗禮而完整
的自我，有如飽滿豐腴的核果，也正熱切鼓動，躍躍欲試，希望刻下
「任何與生命與歲月有關的痕跡」。

（二）滿足於用光陰來寫詩

當然，這首詩並不能完全代表席慕蓉在時間與詩之間的徘徊已經
停止，因為有些短詩仍然吐露對於時間的悵嘆，畢竟人力不敵永恆的
時間。《邊緣光影》的〈控訴〉[33]、〈創作者〉[34]，都帶有這種味道。
而之後的《迷途詩冊》的〈詩成〉也問：「我們的一生　究竟能完成
些什麼？」、「如熾熱的火炭投身於寒夜之湖／這絕無勝算的爭奪與對
峙啊／窗外　時光正橫掃一切萬物寂滅／窗內外的我　為什麼還又寫

---

32 席慕蓉：〈詩〉，《邊緣光影》，頁16-17。
33 席慕蓉：〈控訴〉，《邊緣光影》，頁54。詩末附注「一九八八年十二月十日」。
34 席慕蓉：〈創作者〉，《邊緣光影》，頁52-53。詩末附注「一九八八年十一月十五
日」。

詩？」[35]當詩人行走於人生路上，當詩人努力以筆書寫，他深刻感受到的還是時間的威力、無情與無垠，因此才會一再叩問自己。但也因為這樣的擺盪，才促成之後更為悠然、沉著的態度；同集的〈光陰幾行〉便展現這樣的從容[36]。

　　〈光陰幾行〉共九節，短則一行，長則五行；各小節行數依序是2、2、2、2、1、5、5、5、2，可見是有安排的：前半部的二行，短語而警醒；而居中的第五節僅一行，卻有主軸的作用與意義；後半三節的五行，則是企圖用較多的句子來描述歷經的人生百態；最後又以二行的形式收尾，點出主題，回應前半的節奏。短語警醒之例，試看第一、二節：

> 1.
> 無從橫渡的時光之河啊
> 詩　是唯一的舟船
> 2.
> 那不可克服的昨日
> 成就我今夜長久的凝視[37]

第一節直接指陳「詩」是唯一可以擺渡兩岸的舟船，亦即透過「詩」才能連結起過去與現在。第二節之意在於昨日已逝，但我在今夜凝視往昔，代表心中已有蘊藉。而第五節是：

---

35 席慕蓉：〈詩成〉，《迷途詩冊》，頁22-23。詩末附注「──二〇〇〇・二・二十三」。

36 席慕蓉：〈光陰幾行〉，《迷途詩冊》，頁72-75。詩末附注「──二〇〇一・六・二十三」。

37 席慕蓉：〈光陰幾行〉，《迷途詩冊》，頁72。

　　　　　無法打撈的靈魂的重量全在記憶之上[38]

用「無法打撈」來形容一個人的靈魂破碎、如沉船般無可挽救，確實
有震撼的效果。而後半三節的五行，即是較多的句子來描述這些「無
法打撈的靈魂的重量」，昨日已遠，「沒有任何場景可以完全還原一如
當年」（第六節），於是逐漸醒悟到凡事都需要「一段表演和展示的距
離」，往昔的一切榮辱悲喜，當時是無法察覺的，只有經過時間的距
離、記憶的沉澱，才能真正咀嚼其中滋味。如同第八節所述：

　　　　　在半生之後　　才發現
　　　　　那些曾經執意經營的歲月都成空白
　　　　　能夠再三回想的
　　　　　似乎都是像此刻這般徜徉著的
　　　　　無所事事的時光[39]

至此，席慕蓉告訴我們：在摒棄一切的繁文縟節之後，無所事事的閒
靜時光，才是文思泉湧，最好的寫詩的時光。就像最後一節：

　　　　　我無所事事
　　　　　並且滿足於只用光陰來寫詩[40]

這兩句話，席慕蓉說得多麼灑脫啊！有一擲千金的豪氣。以往的詩
中，「時間」一直是牽動詩人情愫的主要力量，而且面對時間的流

38　席慕蓉：〈光陰幾行〉，《迷途詩冊》，頁73。
39　席慕蓉：〈光陰幾行〉，《迷途詩冊》，頁74-75。
40　席慕蓉：〈光陰幾行〉，《迷途詩冊》，頁75。

變，詩人有著莫可奈何的悸動；但在這首詩中，明白顯露的卻是悠遊自在，並且對寫詩這件事感到滿足、喜悅與驕傲。

以上，可以看到席慕蓉對日常生活中時間流逝的感嘆，她選擇「詩」來抵抗這種流失，但漸漸的，這樣的抵抗也變得和緩，甚至和時間取得共生的方式，如同〈光陰幾行〉的最後結語「滿足於只用光陰來寫詩」，至此，時間不是寫作者的敵人，而是他擁有的最大資本，可以專心寫詩，抵抗日常生活的繁冗庸俗。

四　從時間中探索「死亡」與「生命」

（一）與時間直面交手

人生在世，悠悠忽忽，一晃而過。當一般人順時承受生、老、病、死的歷程，哲學家海德格對於時間與死亡問題的討論，很值得我們借鏡。海德格在《存在與時間》點出人的存在本身就是時間性的，人不斷向未來開展，因此死亡乃是人必須隨時面對的事實，坦然接受這種「朝向死亡的自由」，把生活創造成僅屬於唯一的、個人的、有意義的生活，人才能超越人的有限性，真正獲得自由[41]。身為文字藝術家的詩人，也是不斷地回顧生命過的足跡，經常凝視「時間」，進入對「生命」與「死亡」的思索。

回觀席慕蓉，席慕蓉對時間的敏感，不只是和詩歌創作連結在一起，希望「用光陰來寫詩」。愈到近期的作品，她愈是和「時間」直面交手，既談論生命的經驗，也不避諱死亡的話，譬如《時光九篇》

---

41 海德格著，王慶節、陳嘉映譯：《存在與時間》第二篇第一章「此在之可能的整體存在與向死亡存在」（臺北市：桂冠圖書公司，1990年一刷），頁336-357。同時亦參見威廉・白瑞德著，彭鏡禧譯：《非理性的人》對海德格《存在與時間》的評介（臺北市：志文出版社，1979年初版），頁215-229。

的〈時光的復仇〉[42]、《邊緣光影》的〈留言〉都試圖處理「死亡」的問題。

〈時光的復仇〉以三首詩組成，前二首〈山芙蓉〉、〈海邊〉，都是對年少時光的嘆惋，海潮與月光可以重複盛裝登場，但為何我們的盛年無法重來，於是詩人輕唱：「這無法盡興的一生啊！」[43]無法逆轉的人生、無可複沓的青春，和自然界的日夜循環、四季更迭相比，的確是令人傷感。於是在第三首〈骸骨之歌〉，詩人便進入對死後世界的凝想：

> 死
> 也許並不等於
> 生命的終極　也許
> 只是如尺蠖
> 從這一葉到另一葉的遷移
> 我所知道的是多麼的少啊
>
> 骸骨的世界裡有沒有風呢
> 有沒有一些
> 在清晨的微光裡
> 還模糊記得的夢[44]

這裡，沒有透露對死的恐懼，也沒有過度的樂觀，只是用「知道得很少」來帶出輕微的疑慮。而最終，「我」所在意的，還是那年少的夢

---

42 席慕蓉：〈時光的復仇〉，《時光九篇》，頁90-94。詩末附注「——七四・一・七」。
43 席慕蓉：〈時光的復仇〉，《時光九篇》，頁93。
44 席慕蓉：〈時光的復仇〉，《時光九篇》，頁93-94。

境是否會留存在骸骨的世界裡，哪怕僅僅只是一點點的、模糊的記憶。這首詩讓我們看到席慕蓉猶是「努力愛春華」的心態，所以對死後世界的想像，還是希望它保有這些東西。

〈留言〉則是長篇，共四節，第一節以「在驚詫與追懷中走過的我們／卻沒察覺出那微微的嘆息已成留言」揭開序幕，而關鍵句子「這就是最後最溫柔的片段了嗎？當想及／人類正在同時以怎樣的速度奔向死亡」在四節中分別出現於第2、1、1、2段[45]，具有穿插呼應的效果。[46]整首詩是對時間驟逝的驚覺與感嘆，「留言」顯示的正是錯過，卻又希望時間延宕的心態。但時間並不會因此停滯，也不會因任何原因而靜止或是倒退，所以「二月過後又是六月的芬芳／在紙上我慢慢追溯設法挽留時光」，詩人能做的就是用紙、筆寫下昔日所見所聞、心中所思所感，書寫的意圖和行為，以及「詩篇」這個詞彙經常出現在此詩中，甚至可說這組意念是充塞在整首詩的。反覆出現的還有對美好事物或悲劇事物已然流逝的驚覺，而「我」只能相信細細寫就的詩篇，也就是「想要讓世界知道並且相信的語言」，「要深深相信啊 不然／還能有什麼意義」[47]。但這樣的信仰還是令人有所遲疑，因此第三節峰迴路轉，質問「為什麼即使已經結伴同行／而每個人依然不肯說出自己真正的姓名」等問題，但「我」仍決心橫渡那深不可測的海洋，因為躍過巨浪的狂喜、登上絕美的彼岸的屏息，都令「我」奮不顧身，勇往直前。詩的最後一節更展現了這樣的決心：

「啊！給我們語言到底是為了

45 第四節作「這就是最後最溫柔的辰光了嗎？當想及／人類正在同時以怎樣的速度奔向死亡」
46 席慕蓉：〈留言〉，《邊緣光影》，頁40-45。詩末附注「一九八八年十二月二十四日」。
47 席慕蓉：〈留言〉，《邊緣光影》，頁42。

禁錮還是釋放」

這就是最後最溫柔的辰光了嗎？ 當想及
人類正在同時以怎樣的速度奔向死亡

波濤不斷向我湧來
我是螻蟻決心要橫過這汪洋的海
最初雖是你誘使我酩酊誘使我瘋狂
讓尼采作證
最後是我微笑著含淚
　　　　沒頂於
　　　　　去探訪
　　　　　　你的路上[48]

顯然，當人類正趨向死亡，「我」卻懷抱著對語言、對詩的高度熱忱，往海洋深處去探險，甚至不惜「沒頂於去探訪你的路上」，此處的「你」也仍然是「詩」，是「詩」、文字、語言的魅惑，才能誘使人酩酊、瘋狂。這首長詩讓我們理解席慕蓉以「詩」的熱情來擱置死亡的威脅。

《邊緣光影》的〈謝函〉、〈晚餐〉、〈生命之歌〉對生命的思考則展現了不一樣的風情。〈謝函〉是散文詩，共五段。詩中的「你」無疑是時間、生命之神或是藝術之神，因為在「我」耽美於月光與各種誘惑，甚至不顧危險，為慾望驅使而進入濕暗的叢林，而「你」總是一直在暗示，或者及時出手搭救，以冰霜、洪水摧毀叢林，阻斷即將

---

48 席慕蓉：〈留言〉，《邊緣光影》，頁44。

發生的危險。直到「課程到此結束」,「你」也知道「我已經學會了一切規則並且終於相信生命只能在詩篇中盡興」[49]。詩中用「時間的長廊」來形容人生過處所見的風景,而美的誘惑也就隨處可見,因此若不是有「你」的睿智與包容,「我」怎能躲開那些招惹來的試煉與危險。這段課程,是人生也是藝術的課程,經過時間的歷練,席慕蓉展現對自己創作心靈的省視,而確認自己將徜徉在「詩」的世界裡,這也就是在「詩」的國度安頓了自我。

(二)疼痛又優雅的生命之歌

但席慕蓉對生命與自我的安頓不盡然完全如此理性,〈生命之歌〉就流瀉了一種莫名的傷痛。詩的一開始就說:「如今　必須是在夜裡/當黑暗佔據了最大的位置」等種種情境下,就會突然湧現「一種無法抵擋的內裡的疼痛/如此尖銳又如此甘美/才會讓在黑夜裡急著趕路的我/慢慢地流下淚來」,於是「我」不禁反思「生命裡到底還有什麼不肯消失的渴求/明知徒然卻依舊如此徘徊不捨地一再稽留」,接下來的結尾便是:

> 時光其實已成汪洋淹沒了所有的痕跡
> 今夕何夕　我是何人為何在此哭泣?[50]

最後一段,僅此兩句;先是給了答案,又提出了無解的問題——是時間的無情,淹沒、毀滅了一切的過往;而「我」又為何還有痛感,還在哭泣。

---

49 席慕蓉:〈謝函〉,《邊緣光影》,頁120-122。詩末附注「一九八八年三月三十一日」。
50 席慕蓉:〈生命之歌〉,《邊緣光影》,頁170-171。

　　但更進一步說,「今夕何夕　我是何人為何在此哭泣?」不只是私密情感的痛楚,未嘗不是在叩問人的處境與存在問題。連同上一段的兩句「生命裡到底還有什麼不肯消失的渴求／明知徒然卻依舊如此徘徊不捨地一再稽留」,揭露的正是普遍的人生問題,難以割捨、午夜夢迴的心痛感,甚至產生迷惘、迷失自我的感覺,因此才會叩問今夕何夕、我是何人。

　　另一首〈晚餐〉,表現的卻是從容優雅,等待、接受生命之神的造訪。詩的前半部細述今晚精心布置的餐桌,燈燭點亮了,有去年夏天從遠方帶回的碗盤,更有貯存了半生的佳釀;更重要的是,有「微笑微醺的他頻頻向我舉杯」,兩人在共同回味往事,「年少時的淺淡和青澀／在回味的杯底　都成了無限甘美的話題」。而那個已經在我心裡窺伺、徘徊和盤踞著的陌生人,正在打量這一幕幕恬靜的情景,於是詩的最後,席慕蓉說:

> 我當然知道窗外暮色正逐漸逼近
> 黑暗即將來臨　但是
> 已經在我心裡盤踞著的陌生人啊
> 可不可以請你稍遲　稍遲再來敲門
> 此刻這屋內是多麼明亮又溫暖
> 我正在和我的時間共進晚餐[51]

由此可推知,「陌生人」應該就是生命之神,甚至可以說是死神,晚餐、黑夜,暗示的正是人生之旅的末端,此際的「我」也是歷經人事而成熟穩重,所以才能從容不迫地享受美酒佳餚,和「你」對飲暢

---

51 席慕蓉:〈晚餐〉,《邊緣光影》,頁166-167。詩末附注「一九九四年五月二十一日」。

談。無論這個「你」是某個人物，或是「我的時間」的代稱，都顯現席慕蓉好整以暇地度過這寧靜而豐美的夜晚，和生命之神有著溫和、沉穩的商榷和抗衡。

人生在世，要追求的是成功、完美或是適意地度過一生？席慕蓉在《迷途詩冊》的〈迷途〉詩中給我們很好的提示。[52]詩劈頭即問：「誰又比誰更強悍與堅持呢」，以下鋪展開來的是屢屢因為尋奇而使人蹉跎、迷途的風景，極地的冰河綠、曠野的夜藍、霧中暗丁香紫以及薄暮時分旅途中的茶金秋褐與鏽紅——這別緻俊秀的景色，若只是一心要趕路是看不見的。所以在第四段又再問一次：「誰又比誰更強悍與堅持呢／是那些一心要趕路的人／還是　百般蹉跎的我們」，答案昭然若揭。而接下來的兩段，席慕蓉再用一些情感經驗與情境來說明，成功、完美的人生，未必是最佳的結局，因為生命中的種種細節，才是使我們的生命更豐富的元素，請看詩的最後兩段：

　　是光影在軀殼內外的流轉和停滯
　　是許多徒然和惘然的舊事
　　是每一步的踟躕每一念的失誤
　　是在每一個岔口前的稽延和反覆
　　是在每一分秒裡累積的微小細節啊
　　讓生命有了如此巨大的差別

　　可是誰又比誰更強悍與堅持呢
　　是那些一心要達到完成的人
　　還是　終於迷失了路途的我們[53]

---

52 席慕蓉：〈迷途〉，《迷途詩冊》，頁56-58。詩末附注「二〇〇二‧五‧四」。

53 席慕蓉：〈迷途〉，《迷途詩冊》，頁57-58。

針對詩最後的問句，答案不難猜到。為詩意的失誤、細節而迷失路途，才是一種具有美的意涵的人生，非為功利為任何世俗的價值而生。

五　結語

　　席慕蓉在第四本詩集《我摺疊著我的愛》的代序〈關於揮霍〉中引述齊邦媛教授的話：「對於我最有吸引力的是時間和文字。時間深邃難測，用有限的文字去描繪時間真貌，簡直是悲壯之舉。」但她接著寫：「可是，每當新的觸動來臨，我們還是會放下一切，不聽任何勸告，只想用自身全部的熱情再去寫成一首詩。所謂的『揮霍』，是否就是這樣？回答我，錦媛。」[54]可見她認同「時間」是個不可忽視的基本元素，但仍然要把握住生命悸動的時刻，去「揮霍」時間、去悸動、去書寫。

　　這也就像她在〈回函——給錦媛〉對錦媛解釋甚麼叫「揮霍」：「生命是一場不得不如此的揮霍／確實有些什麼在累積著悲傷的厚度」「暮色裡已成灰燼的玫瑰／曠野中正待舒放的金盞花蕊」[55]而〈燈下　之二〉「生命中的場景正在互相召喚」、「時光與美／巨大到只能無奈地去　浪費」。[56]這些「揮霍」、「浪費」，都是因生命的悸動而使然，「不得不」、「無奈地」，都是內在強大的驅動力不斷推動的結果。

　　又如在最近期的詩集《迷途詩冊》，席慕蓉以〈初老〉為題寫了序文。這篇序文讓我們看到詩人如何迎接人生的「初老」階段，仍然為四月的相思花而悸動，一次又一次感受「恍惚若有所失落又恍如有

---

54 席慕蓉：〈關於揮霍〉，《我摺疊著我的愛》（臺北市：圓神出版社，2005年初版），頁14。

55 席慕蓉：〈回函——給錦媛〉，《我摺疊著我的愛》，頁32。詩末附注「——二○○三・十一・三十」。

56 席慕蓉：〈燈下　之二〉，《我摺疊著我的愛》，頁44。

所追尋」的迷惘。但除了惆悵，詩人又有更深刻的感受：

> 真正刺痛我的，卻是自身那些在變動的時光裡依舊沒有絲毫改
> 變，並且和初春的山林中每一種生命都能歡然契合的所有的感
> 覺。是何等全然而又華美的甦醒！
> ……
> 惆悵由此而生，無關於漸入老境，華年不再，反倒是驚詫憐惜
> 於這寄寓在魂魄深處從不氣餒從不改變也從不曾棄我而去的渴
> 望與憧憬。[57]

這些敘述，使我們深刻地體會，時間、自然、詩與自我，四者恆常在
席慕蓉的心中纏繞盤旋，由此而激發出美的感悟。

綜合本文所述，席慕蓉對時間的書寫，擅長以「追憶」手法捕
捉、重現回憶的「斷片」，反覆歌詠的是夏日、夏夜、四月、月光、
山徑等景象與情境，對這些生命印記，常有「言猶未盡」的述說欲
望。而對於日常時間的感受，則轉化為對於詩的高度掌握，以詩的超
越性來抵抗日常對生命的耗能。面對嚴肅的生死課題，席慕蓉試圖以
詩的熱情來延宕死亡帶來的威脅，展現從容與優雅的姿態。雖然，面
對時光流逝，她也曾徘徊躑躇，但她其實已經在詩裡找到生命的安頓
之處。尤可注意的是，席慕蓉的超越不是棄世遁逃，而是仍然在這世
間流連往返，就像〈迷途〉詩指出「迷途」經驗的珍貴，認為應該為
每一個剎那間的詩意與美而感動，這樣的人生才是別具意義。

席慕蓉對於時間的敏銳感受、一再書寫，正好構成她作品中非常
突出的抒情性與美感特質，值得我們細細品味。

---

57 席慕蓉：〈初老〉，《迷途詩冊》，頁8-10。

引用及參考書目

（一）席慕蓉詩集

席慕蓉　《七里香》　臺北市　大地出版社　1980年7月初版

席慕蓉　《無怨的青春》　臺北市　大地出版社　1983年2月初版

席慕蓉　《時光九篇》　臺北市　爾雅出版社　1987年1月初版

席慕蓉　《邊緣光影》　臺北市　爾雅出版社　1999年4月初版

席慕蓉　《我摺疊著我的愛》　臺北市　圓神出版社　2005年3月初版

席慕蓉　《迷途詩冊》　臺北市　圓神出版社　2002年7月初版

（二）他人著作

宇文所安著　鄭學勤譯　《追憶：中國古典文學中的往事再現》　臺
　　　　北市　聯經出版事業公司　2006年

海德格著　王慶節、陳嘉映譯　《存在與時間》　臺北市　桂冠圖書
　　　　公司　1990年

威廉‧白瑞德著　彭鏡禧譯　《非理性的人》　臺北市　志文出版社
　　　　1979年10月

洪淑苓　〈我們去看煙火好嗎──席慕蓉《席慕蓉世紀詩選》評介〉
　　　　《中央日報》副刊　2000年11月27日

陳政彥　《戰後台灣現代詩論戰史研究》　桃園縣　中央大學中國文
　　　　學研究所博士論文　2007年6月

草原與長河
——論席慕蓉《我摺疊著我的愛》的時空追索

羅文玲

明道大學中國文學系副教授兼系主任、國學所所長

摘要

席慕蓉這麼說：「詩人能寫出觸動人心的詩，多半不是因為他在詩中放進了許多偉大的字，而是因誠實。」[1]筆和心是純淨質樸的，然而席慕蓉的情，始終是深厚的，很多人認為席慕蓉的詩太過浪漫，筆者認為她只是悄悄的喚醒讀者心底那塊與她相通的部分，不管是浪漫或感動，都是讀者自身賦予詩的情緒。讀者與詩人心中相連結的部分，其實是席慕蓉不斷為自己的寫作定位時，所透露的心靈結構：「我當然還是在慢慢往前走，當然是在逐漸改變，但是那是順著歲月，順著季節，順著我自己心裡的秩序。」[2]不造作自然而然與心靈的感應，她的字字句句都是一種生命的紀實。[3]

筆者曾經去過蒙古兩次，對蒙古一望無際的大漠與草原印象深刻，也曾經依循著席慕蓉書中提到的蒙古聚落走訪過，因此本文聚焦在席慕蓉的詩集《我摺疊著我的愛》，探索席慕蓉的文學心田，追尋

1　席慕蓉：〈前序〉，《世紀詩選》（臺北市：爾雅出版社，2000年）。

2　席慕蓉：〈後記〉，《時光九篇》（臺北市：爾雅出版社，2006年），頁197。

3　席慕蓉：〈關於揮霍〉，《我摺疊著我的愛》（臺北市：圓神出版社，2005年），頁13-14

她走訪蒙古之後寫的詩作，對寬廣草原的書寫，以及對時間長河意象的呈現，這篇論文的討論重心在草原與長河的時空追索，希望可以將蒙古草原與席慕蓉的詩歌做深刻的連結，希望可以在席慕蓉抒情詩之外，探索席慕蓉詩歌與蒙古草原所開啟的寬廣世界。

關鍵詞　席慕蓉　草原意象　長河　我摺疊著我的愛

一　傾聽來自曠野的聲音——蒙古詩人席慕蓉

席慕蓉（1943年10月15日），出生於重慶市，成長於臺灣，父母皆是來自內蒙古的蒙古人，蒙古語名為穆倫·席連勃，意即大江河，「慕蓉」是「穆倫」的諧譯。臺灣現代中文散文家、女詩人、知名畫家。曾於東海大學美術系任教。

生於重慶，祖籍內蒙察哈爾盟明安旗（今為內蒙古自治區錫林郭勒盟正鑲白旗），父親是察哈爾盟明安旗的拉席敦多克（漢名席振鐸），蒙古察哈爾部選出之第一屆立法委員；母親是昭烏達盟克什克騰旗的巴音比力格（漢名樂竹芳），蒙古察哈爾八旗群選出之第一屆國民大會代表。

一九八一年出版第一本詩集《七里香》，出版後引起轟動，熱銷以致短時間內重印六次。數年後出版第二本詩集《無怨的青春》。她的詩可柔婉，可豪放；能深邃但不見奇譎；亦擅說情。代表作〈出塞曲〉[4]經過蔡琴、張清芳以流行歌曲演繹。她的作品中浸潤東方古老哲學，帶有宗教色彩[5]，流露出對生命的關懷。

席慕蓉出版的詩集有七本：《七里香》、《無怨的青春》、《時光九篇》、《邊緣光影》、《迷途詩冊》、《我摺疊著我的愛》、《以詩之名》。

4　席慕蓉：〈出塞曲〉「請為我唱一首出塞曲／用那遺忘了的古老言語／請用美麗的顫音輕輕呼喚／我心中的大好河山／那只有長城外才有的清香／誰說出塞歌的調子太悲涼／如果你不愛聽／那是因為歌中沒有你的渴望／而我們總是要一唱再唱／想著草原千里閃著金光／想著風沙呼嘯過大漠／想著黃河岸啊陰山旁／英雄騎馬壯／騎馬榮歸故鄉」。

5　如席慕蓉最有名的代表作，《一棵開花的樹》，這首作品就帶有佛教的濃郁色彩。「如何讓你遇見我／在我最美麗的時刻為這／我已在佛前求了五百年／求他讓我們結一段塵緣／佛於是把我化作一棵樹／長在你必經的路旁／陽光下慎重地開滿了花／朵朵都是我前世的盼望」。

散文集:《有一首歌》、《江山有待》、《金色的馬鞍》、《席慕蓉精選集》、《人間煙火》、《寫生者》、《評論十家》、《我家在高原上》、《寧靜的巨大》、《寫給海日汗的21封信》、《成長的痕跡》、《給我一個島》。

　　蒙古的國土是古代匈奴、鮮卑、柔然、突厥、契丹等多個游牧民族生活,也是他們曾經建立政權的地區。西元一二〇六年成吉思汗建立了蒙古帝國。一二七一年他的孫子忽必烈建立元朝。元朝滅亡後蒙古人退回蒙古草原,但經常在邊境與明朝發生衝突。十六到十七世紀起蒙古開始受到藏傳佛教影響,十七世紀末時蒙古全境被納入清朝統治範圍。至一九四五年開始取得國際確認。蒙古國國土面積為一五六四一一六平方公里,是世界上國土面積第十九大的國家,也是僅次於哈薩克斯坦的世界第二大內陸國家。人口約三百萬人,是世界上人口密度最小的主權國家。蒙古國可耕地較少,大部分國土被草原覆蓋。北部和西部多山脈,南部為戈壁沙漠。約百分之三十的人口從事游牧或半游牧。蒙古國的主要宗教為藏傳佛教與薩滿教[6]。

　　在席慕蓉詩中的深層內在裡,她為原鄉和族人推開的空間大且寬闊,以致容納整個的草原,她曾經寫過:「從蒙古高原飛到台北的灰沙,把我停在家門口的紅色汽車變成黃泥車了⋯⋯後來聽新聞廣播才知道這是從我的蒙古高原吹過來的,又有點捨不得,便頂著一車的蒙古沙子在台北街頭巷尾多開了兩天,才去洗乾淨。」[7]那蒙古來的沙子,似乎又成了她最親近的親人。

6　「薩滿」來自滿語及其他通古斯語族語言。此詞語在通古斯語中是「智者」、「曉徹」的意思。薩滿教認為,天地生靈都是有溝通的可能的,通過薩滿的各種儀式活動,能夠與某些生靈,特別是與有修為者進行溝通,從而到達問卜、醫療,甚至控制天氣的目的。佛教在十四世紀後在相信薩滿教的族群例如藏族人(藏人稱之為苯教)、蒙古人、滿洲人中變得流行。薩滿教儀式在草原騰格里信仰中一直扮演著通天巫的角色並參與多種祭天活動,後與藏傳佛教結合在一起的宗教形式被元時代末期和清代制度化為國教。

7　見《沙起額吉納・附記》蒙文版。

　　席慕蓉在《諾恩吉雅——我的蒙古文化筆記》一書,〈白登之圍〉寫下這樣的一段話:「《史記‧匈奴列傳》中的記載,說是當漢朝初定中國之時,漢高帝曾經因為輕敵冒進,被冒頓單于的四十萬騎精兵圍困於白登,整整七天。」[8]「年輕的時候,這段文字只是一掠而過,並沒有進到我的心裡面去,也不能察覺,他和我自己的生命有些什麼實質的關聯。事情是慢慢開始轉變的」。席慕蓉提到這些年,走在原鄉的土地上,逐漸發現游牧文化的源遠流長。走著走著,任眼前的天光雲影映照著書中的歷史陳跡,才終於明白,千年不過是一瞬,這一切的一切其實代代緊密相傳。

　　無論是匈奴還是蒙古,最早的根源都來自亞洲北方阿爾泰語系文化的先民,在深受薩滿教影響的這個文化領域裡,到今天還能在日常生活裡見到許多幾乎傳承自薩滿教的蹤影。〈野性與和諧〉一文中,席慕蓉也做了這樣的記錄:[9]

　　　　我問白龍,為什麼一匹馬不能長期作為乘騎,必得要常常更換呢?

　　　　他是這樣回答我的:「對於牧馬人來說,一匹馬身上那種天生的『野性』是非常重要的。你固然可以說是蒙古人愛馬心疼馬,不想讓它多受委屈,所以不願意長期驅使一匹馬為己用。然而,真正的原因是不能讓它失去了最寶貴的野性,你必須給它自由,讓它重新加入野放的馬群,因為那才是馬兒最正的力量的源頭。在茫茫天地之間,對於所有生命中那野性本質的敬重,是游牧文化傳承到今日也難以盡言的美麗與神秘之處。」

8　席慕蓉:《諾恩吉雅——我的蒙古文化筆記》(臺北市:正中書局,2003年)。
9　席慕蓉:《諾恩吉雅——我的蒙古文化筆記》。

　　如果從最初的時刻，在啟蒙的課程中，就能讓孩子們明白，人與人之間，族群與族群之間，其實有著許多與生俱來的差異，想要和諧相處，就必須了解彼此之間的不同，有了最基本的常識，才能夠彼此尊重或者容忍，否則，在任何一個角落裡都會有無法避免的傷害。

　　蒙古學學者札奇斯欽教授在《蒙古文化與社會》[10]第一章的緒論提到了這樣的概念，「在東南亞，是以中國文化為主的，它的影響，曾廣被於東北方的高麗與日本，和位於南方印度支那半島的越南。可是直到近代，它對於長城以北游牧社會，文化發展的影響，並不顯著。同樣的，游牧民族，雖然也曾在長城以南，建立過朝代，但是他們的文化，也未能對農業社會產生了什麼大的影響。」說明這兩個世界的地理距離雖然很近，可是文化距離卻是相隔頗遠。

　　白少帆等人主編的《現代台灣文學史》[11]中，有一章「台灣少數民族文學」，這在坊間各本臺灣文學史裡卻屬罕見。此章雖然標示為「少數民族文學」，其實只討論了兩個對象：一是「高山族文學」（包括口傳文學與作家創作），一是「蒙古族女詩人席慕蓉」。因為該書認為席慕蓉詩、散文中表現了鮮明的蒙古民族的意識。這種民族意識具體表現為那種與蒙古草原和歷史文化相聯繫在一起的鄉愁和具有蒙古民族哲學宗教特徵的佛禪觀念；這是迥異於其他民族的作家的。

　　鄉愁，是席慕蓉的另一重要主題。「溪水急著要流向海洋，浪潮卻渴望重回大地」，表達了一個身在臺灣的詩人對於父母生長的蒙古眷戀和喜愛。但是，作為一個在典型的蒙古族家庭環境中生活和成長的少數民族詩人，席慕蓉詩所表現的鄉愁不能不染上一層鮮明的民族特色。[12]

10　札奇斯欽：《蒙古文化與社會》（臺北市：臺灣商務印書館，1987年）。

11　白少帆等主編：《現代台灣文學史》（瀋陽市：遼寧大學出版社，1987年）。

12　白少帆等主編：《現代台灣文學史》，頁864-865。

　　從上述敘述中，可以看見兩點：第一，以祖籍而論，席慕蓉可算是蒙古詩人；第二，席慕蓉詩中的確有部分作品主題正是鄉愁。強調席慕蓉詩文中表現了，「鮮明的蒙古民族的意識」。

　　其實席慕蓉的「鄉愁」，最早散見於她前幾部出版的詩文集。一直到一九八八年《在那遙遠的地方》面世，她才將與此主題相關的新舊作品一齊收入書中。不過在數量上，一九九○年代前席慕蓉以情詩為主題的詩作，依然遠比這類抒發鄉愁的詩來得多。再觀察其詩語言的使用，蕭蕭老師說：「席慕蓉不曾浸染於現代詩掙扎蛻化的歷程，她的語言不似一般現代詩那樣高亢、奇絕，蒙古塞外的豪邁之風很適合現代詩，卻未曾重現在她的語字間，清流一般的語言則成為她的一個主要面貌」（蕭蕭，1991：246-247）。席慕蓉之魅力與詩人是否為「少數民族」似乎無多大關係。

　　筆者曾經去過蒙古兩次，對蒙古一望無際的大漠與草原印象深刻，也曾經依循著席慕蓉書中提到的蒙古聚落走訪過，因此本文聚焦在席慕蓉的詩集《我摺疊著我的愛》，探索席慕蓉的文學心田，追尋她走訪蒙古之後寫的詩作，對寬廣草原的書寫，以及對時間長河意象的呈現，這篇論文的討論重心在草原與長河的時空追索，希望可以將蒙古草原與席慕蓉的詩歌做深刻的連結，希望可以在席慕蓉抒情詩之外，探索席慕蓉詩歌與蒙古草原所開啟的寬廣世界。

二　時間的長河──席慕蓉的時間追索

　　文學中的意象，呈現文學創作者的心靈與語言風格，意象研究是摸索作家心靈結構和風格形成的一種可能方式。「意象」一詞在中西方的文學理論與批評中，已有非常普遍的研究與使用，本文不再重新贅述，然而有幾個重要的定義與說法，仍值得在此處提出，作為本文

思維的依據。首先，研究單一意象的單一用法，也許不足以成為繪測作者風格之據，但是當意象成為「象徵」時，它便獲得更普遍更深刻的意義了，而意象與象徵之別為何？韋勒克與華倫在解釋意象、隱喻、象徵和神話的區別時，認為：「象徵具有反覆的和固定的涵意。如果一個意象一度被引作隱喻，而它能固定地反覆著那表現的與那重行表現的，它就變成象徵，亦可變成象徵（或神話的）的體系之一部分。」[13] 以此觀點來審視席詩花的意象的重複，其象徵性和與文學原型的隱然呼應，有了系統性的觀察論點。

意象的使用與作家風格的關係，可以觀察意象研究已頗為豐碩的中國古典詩歌研究的討論：「詩的意象和與之相適應的詞藻都具有個性特點，可以體現詩人的風格。一個詩人有沒有獨特的風格，在一定程度上即取意於是否建立了他個人的意象群」。袁行霈在以上的說明之後，進一步以歷代重要的詩人為例：「屈原的風格與他詩中的香草、美人，以及眾多取自神話的意象有很大的關係。李白的風格，與他詩中的大鵬、黃河、明月、劍、俠，以及許多想像、誇張的意象是分不開的。杜甫的風格，與他詩中一系列帶有沉鬱情調的意象聯繫在一起。李賀的風格，與他詩中那些光怪陸離、幽僻冷峭的意象密不可分。」[14]

現代詩壇，詩的意象群使用與作家風格，仍有無法切割的關聯性。以席慕蓉為例，過去常被以柔弱、傷逝、愛情至上等風格來評價，近年來的兩本作品《以詩之名》、《我摺疊著我的愛》收錄許多關於蒙古的長河與草原書寫。

劉勰的《文心雕龍》是最先使用「意象」一詞的，在對《詩經》

---

13 王夢鷗、許國衡譯：《文學論——文學研究方法論》（臺北市：志文出版社，2000年再版），頁77。

14 袁行霈：《中國古典詩歌的意象》（北京市：北京大學出版社，1994年），頁66。

的創作手法作闡釋時，他提出「擬容取心」的原則：「詩人比興，觸物圓覽；物雖胡越，合則肝膽；擬容取心，斷辭必敢。攢雜詠歌，如川之渙。」[15] 這段總結可視為一種對意象本質的說明，物與人必須如肝膽相連，並且彼此滲透。

　　時間是很長的一段，寬廣漫長綿延不絕，用漫長的時間延伸情感的無限。關於時間的書寫，「長河」代表著奔流恆長不斷，意味著河水潤澤大地，席慕蓉的詩中常常與半個世紀前父輩們居住過的清香草原與奔流大河同在，常常與八百年前蒙古草原上的輝煌同在。也常常與數千年北方月光下的人文故事同在。在詩中呈現飛馳的時光的解答。

　　　　當月光澄明如水　融入四野
　　　　彷彿是在風中紛紛翻動的書頁
　　　　帶著輕微的顫慄和喘息
　　　　時光在我們眼前展示出
　　　　千世的繁華和千世的災劫[16]

　　　　　　　　　　　　——〈兩公里的月光〉，頁147

　　　　有些羞愧與不安開始侵入線路
　　　　他們都自由　彼此是亂世
　　　　憂患從天邊直逼到眼前

---

15 劉勰：《文心雕龍‧比興》（臺北市：三民書局，1994年），頁355。此段意為：《詩經》運用比興的方法，凡是遇到事物就加以周密的觀察。詩人的情感和用來做比喻的事物，雖然像胡越兩地那樣的遙遠，但在詩中卻像肝膽一樣緊密相連。描寫外物的形貌，要能透顯人的情志意念，選用文辭來表達時，必須果決。用比興將各種事物聚集在詩裡描繪，詩作就會像河水那樣多彩了。

16 席慕蓉：《我摺疊著我的愛》。

> 只是柚子花渾然不知
>
> 雪不知　春日也不知

──〈南與北〉，頁26

筆者從幾個層面來追索席慕蓉對時間書寫：

1 時間永恆的書寫

> 憂煩是蠅　憂慮是湖水
>
> 我們的憂愁啊
>
> 是一整座的日不落帝國

──〈亂世三行〉，頁28

「日不落帝國」一詞最早是用來形容十六世紀時的西班牙帝國的，它來源於西班牙國王卡洛斯一世（亦即神聖羅馬帝國皇帝卡爾五世）的一段論述：「在我的領土上，太陽永不落下。」在十九世紀這一詞則被普遍作為大英帝國的別稱，特別是在維多利亞時代，那時候英國出版的世界地圖把大英帝國用粉紅色標出，生動地表現出英國在全球範圍內的霸權。

日不落帝國的描寫，日不落，就是一種對時間無限延伸的企盼以及渴望，憂愁如同日不落帝國，其實也呈現這樣的憂愁是厚重的，重重無盡的呀！

> 我的心　是否還是傾慕於
>
> 昔日的夢境？
>
>
> 從古舊的版本裏　誘引出

一種揉合著紙頁與歲月的香氣
一種想要細細閱讀過往的渴望
我的心是否還是傾慕於
昔日的夢境？

昔日新鑄的鉛字
在初版的書頁上曾經留下
多麼美麗的壓痕！

—— 〈初版〉，頁30-31

2 短暫與長久的對比

在〈蜉蝣的情詩〉，用漫長歲月埋在地下形成的琥珀，與短暫生命僅僅數日的蜉蝣來做時間的對比。

如今　終於可以向你證明
時光是以何等緩慢的方式
在顯現著真象
這僅有的僅有的金色夏日啊
被包裹在琥珀裡　已經
成為無限悠長的生命記憶
儘管他們總是說
蜉蝣的愛
都是些短得不能再短的歌
　　——遠古松林深埋在地下幾百萬年之後，松脂化為溫潤
　　　　透明的琥珀，其中有些還藏有細小的葉片與昆蟲

　　「琥珀」，是遠古松科松屬植物的樹脂埋藏於地層，經過漫長歲月的演變而形成的化石。透明似水晶，光亮如珍珠，色澤像瑪瑙。品種有金珀、蟲珀、香珀、靈珀、石珀、花珀、翳珀、水珀、明珀、藍珀、蠟珀等，尤以含有完整昆蟲或植物的琥珀為珍貴。而「蜉蝣」幼蟲成長後，浮出水面，或爬到水邊石塊、植物莖上，日落後羽化為亞成蟲；過一天後經一次蛻皮為成蟲。稚蟲水生，成蟲不取食，甚至沒有內臟。壽命很短，約有數小時至數日不等。〈蜉蝣的情詩〉，用漫長孕育的琥珀，與短暫的蜉蝣做時間的對比，對於時間的書寫是一種巨大對比。

　　　　夏日的風　從海面上吹來
　　　　穿拂過山林間光影的隙縫
　　　　親親撫摸我此刻的　以及
　　　　記憶裡的肌膚

　　　　每一首詩　也都是
　　　　生命裡的長度跋涉
　　　　遙遠的回顧
　　　　在風中　歲月互相傾訴與傾聽
　　　　在詩中　我們自給自足

　　　　田埂邊依舊有艷紅的蕉花
　　　　這滿山層疊隨風波動的
　　　　依舊是細密又堅實的相思樹

是的　我愛　半生之後
一切已經水落石出

──〈夏日的風〉，頁40-41

你　遲來的了悟
是那一朵　遲開的荷
困於冰　困於雪
困於北地的永夜

我完全同意你　是的
再怎麼細緻美麗的傾述
最後　總是應該復歸於沉寂
我們也許還是只能每隔十年
或者二十年
互寄一張　文字恰當
經過精心挑選之後的賀年片

像那短暫的月光
偶爾　前來見證
已經久久在湖面上凍結了的
喜悅和　悲傷

──〈冰荷〉，頁50-51

十六朵曇花一起綻放的這個夜晚
生命　正以多麼敏感的肌膚
向幸福觸碰　而月光如此明亮

我們的胸臆間充滿了
如此清冽又如此熟悉的芳香

你說　要記住啊　記住這一刻
多年以後　如鯨之重新沉潛於大海
我們的記憶將會撫慰我們的軀體

是的　我愛　我完全明白
其實　無視於時日推移
我們的軀體　也會
不斷地呼喚著我們的記憶

月光下　一如鯨和曇花
在不被人所測知的靈魂深處
所有的渴望正紛紛甦醒
當暗潮起伏　當夏夜芳馥

——〈鯨・曇花〉，頁56-57

3 流動的時間書寫

對時間流動的追索，孔子面對川流不息的泗水，曾發出「逝者如斯夫，不舍晝夜」的慨嘆，席慕蓉與北宋蘇東坡相近似，「寄蜉蝣於天地，渺滄海之一粟。哀吾生之須臾，羨長江之無窮。挾飛仙以遨遊，抱明月而長終。知不可乎驟得，託遺響於悲風。」蘇子曰：「客亦知夫水與月乎？逝者如斯，而未嘗往也；盈虛者如彼，而卒莫消長也，蓋將自其變者而觀之，則天地曾不能以一瞬；自其不變者而觀之，則物與我皆無盡也，而又何羨乎？」

　　席慕蓉在〈川上〉，運用重複句法的運用，在閱讀上有一種流動的感覺，卻有隱約呈現出對時間流逝的莫可奈何。

　　　逝者如斯／逝者如斯／逝者如斯／逝者　　如斯

　　或是如另一首詩〈驛站〉（頁62-63）提到的，白日已盡，黑夜已經來臨，這首詩本身就有白天黑夜在畫面中流動的感覺，讀席慕蓉的詩中有畫，畫中有詩。「白日已盡／黑夜已然來臨／奔馳著奔馳著的時光啊／請你在此稍停／我心中的驛站正燈火通明」，通過這首詩的描寫，白日與黑夜的交錯，如一幅畫在詩中展現。

三　無邊無際的空間書寫

1　「曠野無涯」的蒙古草原

　　〈契丹舊事〉詩中提到：「在海東青巨大的雙翼裡，可還藏有當年的記憶？千年之後，你在台上熱烈地描摹著我們的草原，我卻在黑暗的台下淚落如雨。」草原本身就是一種一望無際，曠野無涯的書寫，從文字中可以感受到作者傳遞對契丹舊事的民族情懷，即使千年之後，依然迴盪在心中。

　　「在六月的陽光裡，和風依依對我輕拂，是誰？是誰曾以無限的耐心等待？等待這一次的相聚，等待所有漂泊離散了的記憶，終於，從天涯歸來。」

　　　祖先創建的帝國舉世無雙／何等遼闊　何等輝煌……／立足於
　　　曠野　奔馳於無邊大地／馬背上看盡了世間的繁華興替／那統

御萬邦的深沉智慧／是今日的我們所望塵莫及

——〈頌歌〉，頁106-107

2 以星辰日月無垠的書寫

〈六月的陽光——訪敖漢旗城子山四千年前遺址〉一文中記錄，「身旁的朋友轉過頭對我說，在考古的工作裡，在發掘的現場，陽光與和風常會帶著一種依依不捨的氣息，好像有些什麼渴望向你顯示那猶在徘徊逡巡的記憶。」陽光與風是無情的，有情的是人，當陽光日復一日升起，當風日復一日吹拂，卻帶有一種依依不捨的氣息，這就是一種巨大的空間中，情感的流動畫面呀！

> 「有誰在風沙撲面的今日還能歌唱？有誰，在自己的土地上還要流浪？
> 有誰不遠千里跋涉而來，只為了在博物館裡，與一朵鏨金飾牌上的忍冬花，遙遙相望？」
> 「這裡曾經開滿了大朵的牡丹，英雄凱旋歸來，君主以花相贈，是榮耀，也是神恩。還有荷與柳，遍野的玫瑰，傲世的繁華，以及天下第一的鞍轡。」
> 「從粉黃到蜜紅的琥珀，都拿來雕出豐碩的花果或是交頸而眠的鴻雁和鴛鴦，還有那以蔓草紋相纏的水晶瓔珞，以狩獵紋鑄飾的金碟蹀帶，都成為公主的收藏。
> 在溫潤的玉杯裡，曾經傾注過幾滴玫瑰露脂，千年之後，還留有一絲淡淡的芳香。」
> 墓道兩旁的壁畫上，有衣服已經備好鞍馬，侍從有三人，面色肅穆地佇立，靜候在坐騎之旁，然而，主任並不在馬上。
> 如果說這墓室是在生前營造的，可能是表示主人還沒有來，如

果是死後才繪上的，就是主人已經走了嗎？

空空的鞍馬，等待著一位不知道是還沒來臨或是已經離去的主

人……

在海東青巨大的雙翼裡，可還藏有當年的記憶？

千年之後，你在台上熱烈地描摹著我們的草原，我卻在黑暗的

台下淚落如雨。

──〈契丹舊事〉，頁88-91

「看哪　　在這兩公里的山徑上

月光如何向我說法

（帶著輕微的顫慄和喘息）

我們想必曾經無數次地重臨故土）」

──〈兩公里的月光〉

3 一望無際的草原

　　蒙古情懷，用遼闊的大草原，流著蒙古的情懷和對蒙古民族的嚮
往，寬廣茫茫天地書寫

父親曾形容草原的清香

讓他在天涯海角也不能相忘

母親總愛描摹那大河浩蕩

奔流在蒙古高原我遙遠的家鄉

如今終於見到遼闊大地

站在芬芳的草原上我淚落如雨

河水在傳唱著祖先的祝福

保佑漂泊的孩子找到回家的路

　　　　父親的草原母親的河

　　　　雖然已經不能用母語來訴說

　　　　請接納我的悲傷我的歡樂

　　　　我是高原的孩子啊

　　　　心裡有一首歌

　　　　歌中有我父親的草原母親的河

　　　　　　　　　　——《父親的草原母親的河》

草原的意象，有清香、芬芳，寬廣、一望無際，草原支持著牛羊與牧民的生活。吹拂了八百年的草原疾風，在眾多的文化裡成為泉源和火種，展現出廣納百川的浩蕩胸懷啊![17]

　　　　有人說　時光總在深夜流逝

　　　　（是的　在十三歲的日記本里我也寫過相類似的詩句）

　　　　可是一直要到今夜　到了今夜啊

　　　　我才能明白

　　　　彷彿是在風中紛紛翻動的書頁

　　　　時光也會在深夜翩然重回

　　　　當月色澄明如水

　　　　當月色澄明如水　溶入四野

　　　　彷彿是在風中紛紛翻動的書頁

　　　　帶著輕微的顫慄和喘息

　　　　時光在我們眼前展示出

17　〈頌歌〉，頁106-107。

千世的繁華和千世的災劫

一切歷歷在目　包括
這四野起伏的山巒和松林
這橫斜了一地的深深淺淺的樹影
這如此清晰又如此熟悉的場景
（月光逼迫著我去凝視邈遠的來處）
一切歷歷在目　包括胸臆間
隱約的不安與畏懼　包括
對這人世無盡的貪戀與渴慕
以及　生命同時栽植的豐美和空蕪

看哪　在這兩公里的山徑上
月光如何向我說法
（帶著輕微的顫慄和喘息）
我們想必曾經無數次地重臨故土）
我心疼痛我的靈魂卻極為安靜
只為　今生的枷鎖已經卸下
關於往昔　從此
終於可以由我自己來回答

無人能夠前來搶奪大地的記憶
月光下疊印著的其實是相同的足跡
（我們身披白衫或是玄色的長袍）
胸前的配飾或是黃玉或是骨雕
鷹笛聲高亢而又清越　好像

還伴隨著蒼穹間驚鵰的呼嘯）

在每一次月圓之夜的祭典裡

我們想必都曾經一如今夜這樣的

攜手並肩前行

而月色何等明亮

穿越過松林　在這兩公里的山徑上

我終於相信　此刻

與我們靜靜相對的　應該就是

那五千五百年完完整整的時光

——二〇〇二年夏，初訪紅山文化牛河梁二號遺址，見先民手砌之圓形祭壇及其三道邊線，石塊歷經五千五百年猶自不離不變，心中大為驚動。二〇〇三年秋，復求友人帶我重訪牛河梁。是夜，朱達館長帶領我們一行人穿越松林遍布的山徑，前往已經回填的女神廟考古現場。時當陰曆八月十七日，來回兩公里的路程上，月光極為清澈明亮，我心宛轉求索，歸來後經過多次的修改和謄寫，遂成此詩。

——〈兩公里的月光〉，頁146-150

在戈壁之南／東從大小興安嶺西到陰山到賀蘭／幾千年綿延的記憶在此截斷／無論是蒼狼還是雄鷹　都已經／失去了大地也失去了天空／只剩下　那還在惶急地呼嘯著的／天上的風

天上的風啊　不繫那多餘的韁繩／地上的我們　包括草原／都只剩下一個寂寞的靈魂／出入都無人察覺　無人接近／也無人前來相聞問

——〈夢中篝火——記內蒙古鄂爾多斯所見的一位老牧民〉，頁196

　　席慕蓉在一篇題為〈追尋之歌〉的散文中說過：「有些詩人，可以把自己的創作經驗和作品分析，寫成一本又一本有系統可循的書，……有些詩人，則是除了他的詩作之外，從不多發一言。……而我呢？我當然絕對做不成前者，但是，也更做不成後者。」[18]

　　席慕蓉對空間的追索是寧靜而巨大，是天寬地闊的，〈詩的曠野〉[19]這首詩完全展現這樣的特質：「詩的曠野裡／不求依附　不去投靠／如一匹離群的野馬獨自行走／其實　也並非一無所有／有遊蕩的雲　有玩耍的風／有潺潺而過的溪流／詩　就是來自曠野的呼喚／是生命擺脫了一切束縛之後的／自由和圓滿」。

　　記得這首詩在明道大學十周年校慶蕭蕭老師籌畫「十大詩人朗誦會」，當時席慕蓉就是朗誦這首作品，真實的曠野空間廣袤，有雲遊蕩，有風嬉戲，有溪流潺潺而過，自在自如；詩的天地亦如是，然已抽象化，在其中，詩人可以不依附任何幫派勢力，不投靠任何達官顯貴，這不去不求，特有一種獨立自足的生命形態，在這樣的空間，詩人〈如一匹離群的野馬獨自行走〉，這野馬之獨行的譬喻，說明「詩的曠野」之可貴；也看到具象的曠野和心靈的曠野的相互融合，也看到二者與詩的關係重組：詩即「來自曠野的呼喚／是生命擺脫了一切束縛之後的／自由和圓滿」。

　　連翻譯詩這件事她都有詩〈譯詩〉[20]。她的一首〈母語〉本詩送給一位蒙古國詩人巴・拉哈巴蘇榮，大意是為什麼可以一生都用母語來寫詩，而她卻不能：「從母親懷中接受的／是生命最珍貴的本質／而我又是何人啊／竟然　竟然任由它／隨風而逝……」不能用母語寫詩的遺憾，席慕蓉在一個動亂的時代，一位出生四川、臺灣成長的蒙

18　席慕蓉：《寧靜的巨大》，頁36。
19　席慕蓉：《以詩之名》（臺北市：圓神出版社，2011年），頁90。
20　席慕蓉：《我摺疊著我的愛》，頁42。

古孩子，注定已喪失了學習母語的環境，多年以後，她以成長過程中習得的漢字，不斷地書寫蒙古草原之美及其困境，父親的蒙古已漸轉成她的了，無法使用母語寫詩的遺憾，也算是有所補償了。

四　星月朗照——席慕蓉詩的悟境

　　席慕蓉開始席捲書市時，臺灣新詩前輩詩人張默是這樣為她的風格定義的：「作者對生命的禮讚，對愛情的歌頌，對青春的詠歎，應是這本詩集所包含的絕大部分的素材。……由於她的那些十分光潔晶瑩而又親切的詩句，正好渾渾攀中時下一些年輕入的心靈。……席慕蓉的詩，有些調子近似民歌，但比民歌更耐人回味。」[21]題材是生命、愛情、青春的抒發，語言是樸實親切的，而讀者是年輕人。還是相去不遠：「輕柔、瑩潤、略帶傷感的純淨的抒情、青春、光陰、一刹那間的美與永恒的愛的題旨，以及較少難度的閱讀快感和容易輕近的語言形式——完全為個人烹製的燭光晚餐，一時成了詩歌大眾的夢中盛宴，席慕蓉由此陷入既驚喜又尷尬的境地」論者所言的「尷尬」是指當現代詩在急遽膨脹的商業文化擠迫下，陷於空前孤寂之時，不期而遇的「席慕蓉熱」，難免令批評界生疑：她是否恰恰迎合了大眾消費的口味而有媚俗之嫌？[22]暢銷成了席慕蓉的「原罪」，暢銷讓她的風格成為批判詩質的標籤，暢銷甚而也變成她的風格之一，孟樊曾從大眾詩學的角度提出這樣的觀察：「速食式愛情的社會卻能接受席慕蓉這種不染煙塵的情詩」。接著她以阿爾溫·托夫勒的話：「現代人要求通過藝術消費來充實感情、復歸人性，尋找更高級的精神平衡來說明

21 張默：〈感覺與夢想齊飛：試評席慕蓉無怨的青春〉，《文訊月刊》第一期（1983年7月），頁89。

22 席慕蓉：《迷途詩冊·附錄》（臺北市：圓神出版社，2006年），頁162-163。

書籤席慕蓉化的現象，因為社會需要高情感，因為當今社會的男女已缺少真正而又濃厚的情感」[23]。

席慕蓉的詩或直露或迂迴，都是在鋪陳自己的心境，她感傷時間、眷戀青春、相信堅貞的愛情，能夠理解自己與女人的處境，化作一些軟性語調的意象來傳達，語言自然洋溢這些意象的象徵[24]。所以，席慕蓉詩有濃郁的青春緬懷，永恆的少女情懷，因為花是那最美好的季節，花香是片刻停留卻永遠銘刻的記憶；堅貞的愛情，又帶點悲劇性，因她相信有這種永恆不變的愛，但是這種愛被與花比擬，其命運便是美而短暫，令人悵惘；女子柔韌的心情，作者以第一人稱的敘述，那朵朵的花語，彷彿是她親口吐露的，那些意象的確也是她的化身，她相信真善美與相信愛，也看見了時光與美都無法保存的真相。席慕蓉風格不諱言傷逝、追求愛情、柔弱細緻的詩特質，不必附會詮釋任何雄偉與力道，只是或許不該因為她老是寫青春與愛，老是讓年輕人捧卷閱讀，老是這麼容易被看懂，就疏忽了文學的基本意義，語言是否適切傳達，意義是否感人共鳴。

席慕蓉這麼說：「詩人能寫出觸動人心的詩，多半不是因為他在詩中放進了許多偉大的字，而是因誠實。」[25]筆和心是純淨質樸的，然而席慕蓉的情，始終是深厚的，很多人認為席慕蓉的詩太過浪漫，筆者認為她只是悄悄的喚醒讀者心底那塊與她相通的部分，不管是浪漫或感動，都是讀者自身賦予詩的情緒。讀者與詩人心中相連結的部分，其實是席慕蓉不斷為自己的寫作定位時，所透露的心靈結構：「我當然還是在慢慢往前走，當然是在逐漸改變，但是那是順著歲

---

23 孟樊：〈台灣大眾詩學——席慕蓉詩集暢銷現象（下）〉，《當代青年》（1992年2月號），頁53。

24 李癸雲：〈窗內，花香襲人——論席慕蓉詩中花的意象使用〉，《國文學誌》第十期，2005年6月。

25 席慕蓉：《世紀詩選・前序》。

月，順著季節，順著我自己心裡的秩序。」[26]不造作自然而然與心靈的感應，她的字字句句都是一種生命的紀實。[27]

在許多讀者的心目中，席慕蓉是一個多愁善感的女詩人，她的作品多是抒發宛轉動人的情愛小品。但是，細加品味就會察覺，所有席慕蓉的詩都有一個共同的特色：感悟人生、感悟愛情。正是「感悟」二字，使我們可以從她的作品中體味到濃濃的禪的意味[28]。

禪宗的本質在於「感悟」，就其本意而言是參禪悟道，而禪宗的參禪悟道不同於其他佛教流派的地方正在於：在解悟生命、解悟人生的綿綿歷程中了空得道。用禪宗的話來說就是「擔水打柴，無非妙道」，「飢食困睡，即是參禪」。而男女情愛乃人生大事，由此而感悟人生、體味生命，當然與禪悟相通。

由禪悟的角度來看，一切人生的遭遇都由於因緣和合。每個人來到這個世界上都是由於一種偶然的機緣。茫茫人海，兩個人能相遇相識亦是一種偶然的機緣，能相親相愛更是一種偶然的機緣。佛家說：「十年修得同船渡，百年修得共枕眠。」如此難得的機緣我們不該珍惜麼？兩個人在不同的環境裡成長，生成了不同的個性，有著不同的嚮往和憧憬，竟能夠一見鍾情，甚至能一往情深。難道你能不驚嘆那造化之神奇？

面對世事無常的人生，是該惜緣呀！不僅對於情人，而且對於朋友，甚至對於偶然相遇的路人。惜緣就是珍惜感情，就是珍重他人，就是珍重自己，就是珍惜生命。生命是由分分秒秒所構成，是由種種人生情遇所構成。如果我們能以惜緣之心對待每一種人生情遇，那我

---

26 席慕蓉：《時光九篇‧後記》，頁197。

27 席慕蓉：〈關於揮霍〉，《我摺疊著我的愛》，頁13-14

28 李滿：〈席慕蓉作品中的禪意〉，《江西教育學院學報》（社會科學），第29卷第1期，2008年2月，頁78-81。

們就是在享受生命，同時也是在給他人以生命的瓊漿！否則，便是在糟蹋生命，不僅在糟蹋自己的生命，也是在糟蹋他人的生命！那樣便難免煩惱，難免痛苦了。

當然，緣分也有盡的時候，當緣分盡了，就心平氣和地道別。那也是一種惜緣呢！惜緣需隨緣，隨緣便是順乎自然。勉強是不必的，也是不該的。勉強，或委屈他人或委屈自己，終究會給雙方帶來痛苦。投緣的時候珍惜它，緣分盡了，也珍惜這份曾有過的真誠，而且心懷感激，感激他曾給與你一份生命的美麗。這便是惜緣的真意所在。如果我們能在緣存緣盡、緣來緣去的時候都珍惜之，我們就會擁有一個無怨的青春、一份無瑕的美麗、一個完整的生命。我們的一生就會如山崗上那一輪靜靜的滿月，空明澄澈，了無遺憾啊！——這就是席慕蓉詩傳遞的禪悟，也是她呈現給讀者愛之真諦。如席慕蓉「無論是匈奴還是蒙古，再廣大的帝國，如今只能是書頁裡的記憶」、「站在世界的角度記錄熟悉的草原，用一個草原人的淳樸眼光看世界」。

詩到底是什麼？性質與功能如何？這些都是大問題，詩論家真可以寫一本又一本的書去討論。席慕蓉在她上一本詩集《我摺疊著我的愛》有一首〈詩的本質〉（頁80），寫一位女詩人讀自己詩集的校樣（從印刷的字體上重新再閱讀一次自己的詩），「她真切地感覺到了生命正在一頁頁地展現，再一頁頁地隱沒，如海浪一次又一次地漫過沙岸。」她因此而感到這是何等的幸運！

在生命旅程中，她進一步想到歲月之「如此豐美而又憂傷，平靜而又暗潮洶湧」，在這種情況下，「能夠拿起筆來，誠實地註記下生命內裡的觸動，好讓日後的自己可以從容回顧，這是何等的幸運！」她又想到時光，想到詩之寫作越寫越慢，想到紀伯倫說的「愛是自足於愛的」，想到「詩是自足於詩的」，而這就是「詩的本質」，這也是席慕蓉帶給讀者最珍貴的溫暖禮物呀！

引用及參考書目

袁行霈　《中國古典詩歌的意象》　北京市　北京大學出版社　1994年

劉　勰　《文心雕龍》　臺北市　三民書局　1994年

王夢鷗、許國衡譯　《文學論──文學研究方法論》　臺北市　志文
　　　出版社　2000年再版

席慕蓉　《世紀詩選‧前序》　臺北市　爾雅出版社　2000年

席慕蓉　《諾恩吉雅──我的蒙古文化筆記》　臺北市　正中書局
　　　2003年2月

席慕蓉　《我摺疊著我的愛》　臺北市　圓神出版社　2005年3月初版

席慕蓉　《時光九篇》　臺北市　圓神出版社　2006年1月

席慕蓉　《邊緣光影》　臺北市　圓神出版社　2006年4月

席慕蓉　《迷途詩冊》　臺北市　圓神出版社　2006年4月

席慕蓉　《以詩之名》　臺北市　圓神出版社　2011年7月25初版

孟　樊　〈台灣大眾詩學──席慕蓉詩集暢銷現象（下）〉　《當代
　　　青年》　1992年2月號

張　默　〈感覺與夢想齊飛：試評席慕蓉無怨的青春〉　《文訊月
　　　刊》　第一期　1983年7月

李癸雲　〈窗內，花香襲人──論席慕蓉詩中花的意象使用〉　《國
　　　文學誌》　第十期　2005年6月

時繽紛其變易兮
──論席慕蓉詩作中的時間意識及其
與〈離騷〉的對應

陳靜容

明道大學中國文學系助理教授

摘要

　　細讀席慕蓉作品，發現其詩作中之於「時間」的憂思，相近於屈原〈離騷〉中所述「時繽紛其變易兮」之感，因此本論文以「時間」為考察軸，尋繹詩人字裡行間所透露的時間感受及其心理反應。

　　屈原洞見生命的有限性，在〈離騷〉中申述「時不我與」的無奈、存在的孤獨，亦慨嘆時俗所引發的變易。時間一去不返的線性發展，成為屈原憂慮的根源，其常以空間的追尋影射時間的焦慮，將希望寄託在個人天賦美質的保存與美好世界的追尋上。

　　同樣面對時間一去不返的現實，席慕蓉的文字則醞釀出一種深沈的焦慮韻律。她在時間裡反覆檢證「永恆」的意義與可能，雖然透露出憂惶之感，但最終總有一些隱含在其內心或文字中獨具的溫柔，轉圜焦慮無奈的心緒而為舒淡的美感。

關鍵詞　席慕蓉　離騷　時間意識　焦慮

一　前言

在文學的創作書寫中，當作家建立一定的藝術地位時，流派歸屬
與影響論等相關論述隨即應運而生，如楊牧的抒情、周夢蝶的禪意、
洛夫的超現實等。流派與思潮，意味著美學價值的建構與創作風格的
縱向影響，特別是單一作品成為典律時，更易受到詩評家的關注。不
過，席慕蓉在這之中算是特例，因為她具有畫家、學者、詩人、散文
家等多重身分，又因其少數民族的特殊出身，使得她的創作形式雙棲
於詩畫，主題遍及遠方的蒙古草原、長河，又近至眼前的荷塘月下，
因此難被單一風格框限，是故唯美纏綿與明快清新可同時並存於其作
品中。[1]亮軒曾評論：「席慕蓉從來就不是一個刻意求變的藝術家，無
論是她的詩文還是她的畫，她求的是真，情感的以及觀察的。」[2]以
此而言，欲理解席慕蓉的詩作風格，最需要避免的就是削足適履的理
論先行，而「就詩論詩」式的「細讀」[3]不啻為可行的進路之一。

1　古繼堂認為席詩以「淡淡哀愁、淺淺思索的通俗語言」來滿足「小市民、青春期少
　女的幻想情調」，故將席慕蓉視為「詩中的瓊瑤」。沈奇則評其詩作題旨是：「輕
　柔、瑩潤、略帶感傷的純靜的抒情、青春、光陰、一剎那間的美與永恆的愛」，而
　其文字風格是：「較少難度的閱讀快感和容易親近的語言形式。」至於鍾玲認為席
　詩：「大抵文字流利，節奏明快，寓意明白，常用大自然的意象，時而用詩詞典
　故，加上纏綿的語調，故很吸引人。」蕭蕭也曾評論席慕蓉的詩作文字特色：「清
　流一般的語言則成為她的一個主要面貌。」以上參古繼堂：《台灣新詩發展史》（臺
　北市：文史哲出版社，1997年）；沈奇：〈邊緣光影佈清芬——重讀席慕蓉兼評其新
　集《迷途詩冊》〉，收入於席慕蓉：《迷途詩冊》（臺北市：圓神出版社，2006年）；
　鍾玲：《現代中國謬司——台灣女詩人作品析論》（臺北市：聯經出版事業公司，
　1989年）；蕭蕭：《現代詩縱橫觀》（臺北市：文史哲出版社，1991年）。
2　亮軒：〈為「寫生者」畫像——看席慕蓉的畫〉，收入於席慕蓉：《邊緣光影》（臺北
　市：圓神出版社，2006年）。
3　陳芳明：「唯有經過細讀，才能發現作者未曾發現的文字意義，也因此能夠開發更

　　詩,是什麼?面對這個大哉問,席慕蓉回應:「詩,不可能是別人,只能是自己。」而這個「自己」──「絕對是靈魂全部的重量,是生命最逼真精確的畫像。」[4]當創作收攝在對自己的價值觀念與生命理念,甚至是對悠悠天地、時空流轉的深刻扣問時,文字便牽涉記憶的流動、慾望的浮現與情緒的種種衝擊。席慕蓉擅長以文字為載體,利用文字的溫度、色澤與味道去對應生命中可預期、不可預期的各種遭逢,她曾以詩娓娓道:「如果在我們心中/放進一首詩/是不是也可以/沈澱出所有的/昨日」。[5]昨日已逝,但是對於詩人來說,昨日是記憶的堆疊,是「散落在時光裡的生命的碎片」[6],因此面對時間的逝去,席慕蓉以詩的文字踸舞,或挽留或追憶或憂憂惶惶,卻又偶爾淡定自悟,使其詩作讀來別有情致。

　　初讀席慕蓉作品,因為文字簡樸、溫婉、明朗,詩作中又多見花鳥草木等意象,頗類於《詩經》的民歌之風;然反覆細讀,則詩作中之於「時間」的憂思,更相近於屈原〈離騷〉中所述「時繽紛其變易兮」[7]之感,因時間的推移造成世事之多變所引發詩人在時間中存在的無助與焦慮,故本論文將以「時間」為考察軸,以席慕蓉《時光九篇》與《邊緣光影》兩本詩集中的作品為考察對象,尋繹詩人字裡行間所透露的時間感受及其心理反應。另外通過古今的遙遙對映,除可見「時間」確為古往今來詩人共同關注的主題外;昔之屈原與今之席

豐富的信息。閱讀往往就像戀愛,從來都不是一見鍾情,而是多看了一眼。這也是為什麼細讀帶來了更多的再閱讀(re-reading)。」陳芳明:《很慢的果子:閱讀與文學批評》(臺北市:麥田出版社,2015年),頁42。

4　席慕蓉:《邊緣光影・序言》,頁5。

5　席慕蓉:〈試驗之一〉,收入於《無怨的青春》(臺北市:圓神出版社,2006年),頁138-139。

6　席慕蓉:《邊緣光影・序言》,頁5。

7　〔宋〕洪興祖:《楚辭補注》(臺北市:大安出版社,1995年),頁59。

慕蓉，穿越時間的甬道化身為時空穿梭的旅者，於是過去與現在，恍然已無隔閡。

雖然林于弘認為席慕蓉一九九九年出版的《邊緣光影》：「某種程度的受到她回歸原鄉後所受到的啟示」，因此可視為探討席慕蓉系列原鄉詩作的代表作品[8]；但據筆者觀察，《時光九篇》逕以「時光」為題，內容多與「時間」主題相關；《邊緣光影》中除有原鄉故土的呼喚，亦以時間與記憶作為連結「我」與「原鄉」間的棧道。值得注意的是，這兩本著作的出版相距十二年[9]，但由詩作中可見詩人對於「時間」的憂思未嘗稍減，因此在以「時間」為軸的一貫考量下，《邊緣光影》反而可視為是《時光九篇》的延續之作，具有相對的研究價值及意義。

二　《時光九篇》與《邊緣光影》中的時間意識

時間，是既具體又抽象的概念。具體的時間，被量化成一秒、一分等單位；抽象的時間，則是「單向的相續」，成為無始無終的時間流，無法回復與逆轉。[10]時間的不可逆雖是事實，但個別主體對於時

8　林于弘：〈席慕蓉新詩的草原書寫研究——以《我摺疊著我的愛》為例〉，收入於《群星熠熠：臺灣當代詩人析論》（臺北市：秀威資訊科技公司，2012年），頁72。

9　席慕蓉：「這是我為我的第四本詩集《邊緣光影》所寫的序言全文，出版時間是一九九九年五月，離上一本詩集《時光九篇》的出版，已經有十二年之久。時光疾如飛矢，從我身邊掠過，然而，有些什麼在我的詩裡卻進行得極為緩慢。……但是，要等到把這十二年之間散落在各處的詩稿都集在一起，成為一個整體的時候，才發現我的詩即使寫得很慢，卻依然忠實地呈現出生命的面貌，今日的我與昨日的我，果然距離越來越遠，因此而不得不承認——我們曾經有過怎麼樣的時刻，就會寫出怎麼樣的詩來。」席慕蓉：《無怨的青春‧生命因詩而甦醒》，頁Ⅱ。

10　海德格為「一般時間」與「時間化」的區別下定義時，曾針對「一般時間」進行說明：「時間是單向的相續，它是無始無終的時間流，所以各時態是獨立的：現在是

間流動的感受不一，因而形成相類或相異的時間意識。古往今來許多的文學作品中，時間的魅影或隱或現，而從作者對於時間的體會及描述，確實可見個人對於有限生命的態度與自我宣示。

（一）時間與記憶

席慕蓉在《時光九篇》的開卷扉頁裡明白寫下：「獻給時光——那永遠立於不敗之地的君王」[11]；又在〈夏夜的傳說〉[12]裡寫道：

> 我含淚問你　為什麼
> 為什麼時光祂永遠立於不敗之地
> 為什麼我們要不斷前來　然後退下
> 為什麼只有祂可以
> 浪擲著一切的美　一切的愛
> 一切對我們曾經是那樣珍貴難求的
> 溫柔的記憶

詩人面對真實世界的失去與殘缺，透過詩的表述深刻扣問，用以自我遣懷、自我慰藉。時間的不可逆，決定了記憶「再現」（representation）的失落，而這種無限的追尋與喟嘆，還包含了面對生命終究「退下」的現實及焦慮，因為在時間與「我」的拉鋸中，臨之於「我」的只會是節節敗退的窘境，可見詩人的焦慮感來自於時間「君臨一切」[13]所

當下，它尚未到達將來，也未過去；過去已經消失，它不在現在中，更不可能在將來裡；將來尚未到達現在，更不在過去中。」以上定義參陳榮華：《海德格存有與時間闡釋》（臺北市：臺大出版中心，2006年），頁224。

11　席慕蓉：《時光九篇》（臺北市：圓神出版社，2006年）。

12　《時光九篇・夏夜的傳說》，頁199。

13　〈素描時光〉：「在等待中／歲月順流而來／君臨一切」。收入於《時光九篇》，頁36。

引致的無可轉圜。面對時間永遠不停止的持續作用，詩人將心緒與省思寄託在伴隨著記憶的「曾在」[14]（Gewesen）中，讓記憶成為未來延續的基礎，以回應時間在變動中所欲開顯的一切意義；如此一來，記憶並非「過去」，而是可不斷被翻閱的「曾經存在」，隱含在一首又一首的詩作中。席慕蓉在《邊緣光影》中也曾以詩對應這種時間的影跡。

　　《邊緣光影》是席慕蓉的第四本詩集，詩集名稱或來自於〈邊緣光影〉[15]這首詩，是席慕蓉贈給喻麗清之作：

　　　　多年之後　你在詩中質疑愛情
　　　　卻還記得那棵開花的樹　落英似雪……
　　　　美　原來等候在愛的邊緣
　　　　是悄然墜落時那斑駁交錯的光影

　　　　是一瞬間的分心　卻藏得更深
　　　　原來人生只合虛度
　　　　譬如盛夏瘋狂的蟬鳴　譬如花開花謝
　　　　譬如無人的曠野間那一輪皓月
　　　　譬如整座松林在陽光蒸騰下的芳香
　　　　譬如林中的你
　　　　如何微笑著向我慢慢走來　衣裙潔白

---

14 在海德格（Martin Heidegger）的定義中，「過去」與「曾在」是不同的意義。Walter Biemel曾依海德格說法而論：「生存者沒有過去，只有曾在。曾在意味著還是，即還存在著。」表示「曾在」並非指已經過去的時間段落，而是未間斷的，未來得以延續的基礎。以上參Walter Biemel著，劉鑫、劉英譯：《海德格爾》（北京市：商務印書館，1996年），頁58-59。

15 《邊緣光影‧邊緣光影》，頁212-213。

依舊在那年夏天的風中微微飄動
彷彿完全無視於此刻的　桑田滄海

詩人以「美／原來等候在愛的邊緣／是悄然墜落時那斑駁交錯的光
影」為「邊緣光影」寫下註腳，卻也徹悟了：「原來人生只合虛度／
譬如盛夏瘋狂的蟬鳴／譬如花開花謝」。盛夏的蟬鳴是與時間的競
走；花開花謝，是時間展現在具體事象上的必然，超越人為所能干預
或控制的範圍，就如同在立於不敗之地的時間面前，我們只能「不斷
前來／然後退下」。時間在這首詩裡不斷被切割成不同的單位，從
「多年之後」到「一瞬間」，再到當下「此刻」的桑田滄海，回憶雖
如斑駁的光影，卻指向存在真實的意義，療癒了此刻的滿目滄桑，即
便記憶無法再現，卻成為未來之所以延續的重要憑藉[16]，因此詩人說：

在開滿了野花的河岸上
總會有人繼續著我們的足跡
走我們沒走完的路
寫我們沒寫完的故事
甚至　互相呼喚著的
依舊是我們彼此曾經呼喚過的名字[17]

伴隨著時間所堆疊而成的記憶，轉化成了席慕蓉詩作中重要的創作主
題，她在時間的流動中感嘆，卻也在時間所帶來的變動中自我沈澱；

---

16 李癸雲：「如果時間不是周而復始，可循環的，那麼詩人以詩的書寫來讓時間循
　　環，讓記憶在詩行間回返拉回那花般的歲月，再以深情來端詳。」李癸雲：〈窗
　　內，花香襲人──評席慕蓉詩中花的意象使用〉，《國文學誌》第十期（2005年6
　　月），頁6。
17 《時光九篇・素描時光》，頁36-37。

而這些對於自我的更深一層的認識，都繫連在「時間」與「記憶」的命題之下。她也曾用盡一切方式企圖挽留逝而不返的時間，如〈留言〉：「二月過後又有六月的芬芳／在紙上我慢慢追溯設法挽留時光／季節不斷運轉　宇宙對地球保持靜觀／一切都還未發生一切為什麼都已過去」。[18]也在另一首詩中寫下：「我們用文字／將海浪固定／將記憶訂死／努力記述／許多輪廓模糊的昨日／然後／裝訂成冊」，然終究面對：「可是／水與岩石從不肯如此／在永遠的流動與沖激之中／他們不斷描繪並且修正／那時光的／面容」。[19]文字能記述的細節有限，因此記憶在變動的時間中無法被定格，這也呼應前文所論，席慕蓉詩中所保留的「記憶」，並非單純指「過去」，而是與時間相互包含的「曾在」。那些曾經存在的，沒有辦法用文字「訂死」保存的過往，其實是詩人安排在時間中漫遊的老靈魂。年歲僅過半百，卻懷有千歲之憂的老靈魂，看這世事混沌不清，世事又全如所料，故以文字嵌入詩中，逐一釀成最迂闊的，攸關存在的憂思。

　　席慕蓉詩作對時間、記憶與歷史都進行了深刻反省[20]，然後慢慢在生命的不同階段裡沈澱，這些生命的沈積既是詩，也是「詩的成因」[21]：

　　　　為了爭得那些終必要丟棄的
　　　　我付出了
　　　　整整的一日啊　整整的一生

18　《邊緣光影‧留言》，頁56-57。

19　《邊緣光影‧創作者》，頁70-71。

20　沈奇：「歷史和地緣文化標題的加入，無疑大大擴展了席慕蓉詩歌的表現域度。」
　　沈奇：〈邊緣光影佈清芬〉，收入於席慕蓉：《迷途詩冊》，頁172。

21　《時光九篇‧詩的成因》，頁16-17。

　　日落之後　　我才開始

　　不斷地回想

　　回想在所有溪流旁的

　　淡淡的陽光　　和

　　淡淡的　　花香

詩人通過「回想」希冀彌縫「時間」與「記憶」。一次又一次的回想，其實就是一遍又一遍的記憶翻閱，可是這些記憶的意義又在文字的反省中指向未來：「我的了解總是逐漸的／是那種／遲疑而又緩慢的領悟／（在多年之後才突然掩口驚呼：『啊！原來……』）」。[22]因此，席慕蓉慣常以面向記憶的姿態去反面照映當下或未來，如〈母親〉一詩：「莫傷我心啊　孩子／雖然　無論怎麼樣的刺痛我都會／原諒你／婦人說完　才發現／她的已經不在了的母親／也曾經對她說過同樣的話」。[23]在今昔的照映下，席慕蓉的詩作都成了珍貴的座標，開展了時間的張力與廣度。

（二）追問與焦慮

　　在《時光九篇》與《邊緣光影》的詩文字中，席慕蓉裝載了對於時間逝去不返的焦慮，所以在〈雨中的山林〉寫下：「此去的長路上雨潤煙濃／所有屬於我的都將一去不還／只留下　在回首時／這滿山深深淺淺的悲歡」。[24]〈夏夜的傳說——一沙一界·一塵一劫〉中亦有：「歲月裡也有著黑暗的角落／逐日逐夜／在吞食著我們曾經那樣

22　《時光九篇·蛻變的過程》，頁21。

23　《邊緣光影·母親》，頁86。

24　《時光九篇·雨中的山林》，頁158。

渴望／並且相信會擁有的　幸福與快樂」。[25]席慕蓉認為屬於時間的
「黑暗的角落」，收藏了許多深不可測的秘密，除了讓美好的一切
「一去不還」，日夜交替所影射時光的遞嬗也侵蝕著我們的幸福與快
樂。時間的無情在於「向我默默追索」[26]，所以詩人在文字中透露極
大的焦慮，她在散文詩〈獨幕劇〉[27]中寫下：

> 身為演員當然知道總會有個結局知道到了最後不外就是死別與
> 生離可是總不能就這樣讓整個故事都在錯置的時空中匆匆過去？
> （這也是我們最深的悲哀整整一生我們辛勤種植幸福卻無法攀
> 採）

時間引導的「死別」與「生離」讓人憂傷，可是「憂傷的起源其實起
於豐盈之後的／那種空蕪」[28]，一如一生辛勤耕耘的幸福卻無法歡喜
收成。關於此，席慕蓉的文字中涵存著巨大的悲傷，感嘆時間如流
沙，只能在滄桑之後回顧：「你流淚恍然於時日的遞減　恍然於／無
論怎樣天真狂野的心／也終於會在韁繩之間裂成碎片」。[29]剖析前引諸
多詩作，不難發現席慕蓉對於「時間」的認知其實涵存著「今／昔」
的對照，同時由此產生焦慮感：「昔」多是豐富美好的；「今」則總不
免凋零碎裂。因此，詩人不免埋怨控訴：「是誰啊　把記憶沖刷成千

---

25 《時光九篇‧夏夜的傳說》，頁194。
26 席慕蓉在〈夏夜的傳說──一沙一界‧一塵一劫〉這樣談論時光之神：「憂思的神
祇總是在靜夜裡前來／向我默默追索／一切只有在這樣的時刻裡／才會重新想起的
／曾經發生過的　猶疑與蹉跎／我的神祇總是在中夜前來／默然端坐　俯首依依審
視著我」。席慕蓉：《時光九篇》，頁195。
27 《邊緣光影‧獨幕劇》，頁54。
28 《時光九篇‧夏夜的傳說》，頁196。
29 《時光九篇‧滄桑之後》，頁161。

創百孔／再默默地藏身在歲月逐漸湮滅的隙縫之中」。[30]

　　相較於控訴，詩人更多的時候是倉皇追問，像是〈海的疑問〉：「我們可不可以不走／可不可以／讓時光就此停留／……而永遠到底是什麼呢／在五十年後　什麼是／永不分離／／什麼又是永遠不忘記」。[31]還有〈獨幕劇〉裡的反覆提問：「千年之後有誰還會相信」？[32]席慕蓉不斷以文字檢證「永恆」是否存在，卻又一再落空，面對「回不去」的窘境，她低聲問：「父親　為什麼我不能／讓一切重新開始那時柳色青青／整個世界還藏著許多新鮮的明日」[33]？可是父親不回答，因為父親也成了無法穿越的記憶：

　　　　往昔　在當時也沒有特別珍惜

　　　　直到此刻　弟弟和我

　　　　將您的骨灰盒放在臨窗的書桌上

　　　　才忽然驚覺　大霧瀰漫

　　　　驚覺於一切的永不復返

　　　　（這裡就是終點了嗎　可是還有

　　　　多少未了的願望都被棄置在長路上……）[34]

評論者鄒建軍指出：席慕蓉詩作往往預設「一個悲劇性前提或場景設置」，因此「即便是她對於中國北方那遼闊大草原的懷念之情，也是一種殘缺情感的表現」。[35]這種「殘缺情感」的展現，有不少詩評家歸

30　《邊緣光影·控訴》，頁73。

31　《時光九篇·海的疑問》，頁66-69。

32　《邊緣光影·獨幕劇》，頁50、53。

33　《邊緣光影·烏里雅蘇台》，頁159。

34　《邊緣光影·大霧——獻給父親》，頁177-178。

35　鄒建軍：〈席慕蓉抒情詩創作綜論〉，《西南民族學院學報·哲學社會科學版》19卷第5期（1998年10月）。

之於是席慕蓉浪漫主義的詩創作風格使然；然通過詩作細細體會，卻
不難發現此中的悲劇情感是來自於詩人對於時間流逝後措手不及的焦
慮感與疼痛後的成長甦醒，所以詩人以文字收納悲傷：

> 如我一樣逐漸遲疑逐漸萎謝
> 才驚覺朝霧掩湧時光移換
> 所謂幸福啊
> 早已悄然裂成片段
>
> 從此去精緻與華美都是浪費
> 這園中愛的盛筵將永不重回
> 料峭的風裡　只剩下
> 一襲被淚水漂白洗淨的衣裳
> 緊緊裹住我赤裸熾熱的悲傷[36]

席慕蓉在這首〈子夜變歌〉的附記中寫下初讀〈子夜歌〉的過往，後
又自述：「重讀之際，恍如與舊日時光重新相見，不禁微笑輕輕落
淚。」詩人以眼淚記弔如被漂洗過的蒼白過往，讓今昔的光影和記憶
不斷在眼前對比重現，藉以標記自我生命的當下意義，希望能夠「用
時間／改寫長路上的憂傷」[37]，無奈最後還是只能悵然寫下：

> 時光其實已成汪洋淹沒了所有的痕跡
> 今夕何夕　我是何人為何在此哭泣？[38]

---

36 《時光九篇・子夜變歌》，頁139-140。

37 《邊緣光影・顛倒四行》，頁184。

38 《邊緣光影・生命之歌》，頁197。

席慕蓉近期的詩作，多了與時間撞擊的憂傷。白靈在〈懸崖菊的變與不變〉一文中評論：「晚近的席詩，離現代就更近了一些，風花萎落，雪月溶去，頓然有繁華卸盡、戚然寂然之感。」[39]沈奇亦言：「然而詩畢竟不是哲學，她提交的只是叩問而非解答。是以詩人在這種生命與詩的『對質』中，依然不斷地發出疑問或懸置答案。」[40]詩人的疑問我們無法解答，而詩中惶惶的追問與焦慮，逐漸逐漸，都成為席慕蓉詩作中難解的惆悵。

三　時間焦慮的古今照映

席慕蓉詩作中的時間意識，是記憶與時間的相互包含，是對永恆是否存在的頻頻叩問，也是見證自我存在意義的不斷「對質」，所以因時間逝去而產生的「焦慮」及探問，成為席慕蓉系列詩作中值得進一步探究的主題。[41]不管人們的時間概念從何而來、如何變化，「時間」命題皆是各種文化所依賴的深層結構（語言和心理知覺）中所存在的基本差異和文化多樣性的根源，因此不同時空、不同文化，其實都共同存在一種由時間經驗所衍生的感知範型，時間引起的「焦慮」即為其中之一。[42]

古往今來，已有許多騷人墨客針對時間流逝所導致死生離闊或美好年代之不復返發出喟嘆，屈原就是此中的代表人物。陳世驤〈論

---

39 白靈：〈懸崖菊的變與不變〉，載於《中央日報》「出版與閱讀」，2000年12月27日。

40 沈奇：〈邊緣光影佈清芬〉，頁170。

41 凸顯席慕蓉對於時間流逝的焦慮感受，是希望跳脫對於席詩文字的審美批評，轉由詩人看待時間的態度對照人事的變遷，直逼時光一去不復返的現實，從而沈澱出席詩的深沈韻律。不過這並不代表，席慕蓉所有和時間有關的描述都是焦慮的、急迫的直覺感受。

42 〔法〕路易‧加迪等著，鄭樂平、胡建平譯：《文化與時間》（臺北市：淑馨出版社，1992年），頁1-27。

時：屈賦發微〉[43]一文將〈離騷〉的論述主軸聚焦為時間意識所引起的焦慮與追尋，把〈離騷〉中所展現特殊的時間意識顯題化，與席慕蓉詩作中的時間感知經驗頗有相通之處，故此章節擬將二人作品中所展現的時間意識進行簡要對比，觀照隱藏在古今時差下的創作意趣。

　　歸納席慕蓉詩作，來自於時間的焦慮有三，包括：時間的不可逆與記憶再現的失落；由時間流逝所引致對生命有限性的反省與對「永恆」的疑問和檢證。對照〈離騷〉所述：

> 汩余若將不及兮，恐年歲之不吾與。朝搴阰之木蘭兮，夕攬洲之宿莽。日月忽其不淹兮，春與秋其代序。惟草木之零落兮，恐美人之遲暮。[44]

「汩」，暗示時間的連續流動；「不及」，是相對於「可及」與「及時」的倉皇追趕卻又無法企及的焦慮，更是生命逐漸荒涼的暗示。王逸於此注曰：「恐年歲忽過，不與我相待，而身老耄也。」[45]由此，屈原對於時間流逝的焦慮感受可想而知。學者許又方曾針對屈原面對時間的態度進一步點出：

> 時間如流水，印證在人的年華一去不回的事實上。因此，這個抽象的時間層，對於詩人（屈原）而言，具有實際且客觀的作用。但它不僅止於客觀的計量，而是進入意識與心理的層次，成為詩人憂慮的根源。[46]

---

43 陳世驤：〈論時：屈賦發微〉，《幼獅學刊》45卷2期，頁51-62；45卷3期，頁13-21。

44 《楚辭補注》，頁8。

45 《楚辭補注》，頁8。

46 許又方：《時間的影跡：〈離騷〉晬論》（臺北市：秀威資訊科技公司，2006年），頁84。

另，日月轉換與四季變化遞嬗[47]，一去不返如急流似的自然時間線性發展，亦不斷考驗詩人內在的心志。面對時間的流逝與「老之將至」，屈原以具體的事象如零落草木、遲暮美人等掩映暗示時間的作用與自身的憂慮，同步透露「時不我與」的淡淡哀傷，也詮發了「零落」的個人處境和「遲暮」的無奈。「零落」之感來自於「群／我」的分立；「遲暮」之哀則展現在對時間緊迫的恐懼。而席慕蓉面對古今一如的時間哀愁，除了不斷地問：「我們會怎樣地老去呢？」[48]也在詩作中沈吟：

> 每個人各有他不同的老去方式
> 每個人都只能用他自己的方式老去
> 或是早生華髮　或是
> 越走越濃越貼越緊的焦慮
> 而我的難道就是這樣了嗎？　怎麼也不肯
> 去順從那其實早已將我降服了的生活[49]

在面對生命有限性與生活流轉的當下，詩人用叛逆的姿態提問，醞釀出一種深沈的焦慮韻律，挑戰了存在主義認為個體生命是無從選擇的「被拋擲」。[50]可是，時間的不停流逝終究是殘酷的，面對自然時間的現實，席慕蓉說：

---

47 〔法〕路易‧加迪曾論中國人思維中的時間觀：「在古代農耕文化中，時間概念是與更為具體多樣的『季節』概念結合在一起的。在中國各地，一年分為四季，四季的定義是異常穩定的。……同時，『季節』概念還表示時間的連續，因為依照定義，四季是先後承續的；月和日也是先後承續的。」《文化與時間》，頁30。

48 《時光九篇‧時光的復仇》，頁96。

49 《邊緣光影‧背叛的心》，頁26。

50 〔德〕馬丁‧海德格：人的存在不可避免、無從選擇地將被拋擲（thrown）於時光之流中。陳榮華：《海德格存有與時間闡釋》。

> 請讓花的靈魂死在離枝之前
> 讓我　暫時逗留在
> 時光從愛憐轉換到暴虐之間
> 這樣的轉換差別極微極細
> 也因此而極其鋒利[51]

美好事物的分裂、成長、衰老，總任由時間操縱；與其奢盼永恆，剎那的光華反而更讓人覺得餘味未盡，因此時光之流儘管殘酷鋒利，使得美好漸形遙遠，但是詩人並未放棄追尋，反而逗留、徘徊、若有所思，緩慢穿梭在時間斷層之間，尋找在變動中不變的可能。事實上，今生所希冀的永恆已然失落，因此席慕蓉只能自我回應：

> 今生已矣　且將
> 所有無法形容的渴望與企盼
> 凝聚成一粒孤獨的種子
> 播在來世
>
> 讓時光逝去最簡單的方法
> 就是讓白日與黑夜
> 反覆地出現
>
> 讓我長成一株　靜默的樹
> 就是在如水的夜裡
> 也能堅持著　不發一言[52]

51　《時光九篇・菖蒲花》，頁104-105。
52　《時光九篇・誓言》，頁106-107。

如果時間的變化虛無讓人困窘，那麼就「終生用一種溫柔的心情來守口如瓶」[53]，在來來去去的流轉人事中，溫柔且堅毅地守護著今生對自我生命的承諾和期盼。雖然仍免不去對時間推移、世事變易的憂懼，但渴望與企盼不會隨著時間消逝，因此能不受時光淘汰的信念，更是彌足珍貴。屈原對此也頗有感慨，〈離騷〉中即云：

> 時繽紛其變易兮，又何可以淹留。蘭芷變而不芳兮，荃蕙化而為茅。何昔日之芳草兮，今直為此蕭艾也。……固時俗之流從兮，又孰能無變化。[54]

事物的真理、時俗的變化，都在時光的投影下成為半夢半醒、撲朔難辨的一場迷夢，還有什麼可以永存而不易？許又方說：

> 詩人暗暗以流水比喻時間的消逝（汨余若將不及），「流從」則顯然也是以流水比附人的隨俗漂浮，兩相對照，則「流從」云云，其中便帶著深層的時間底蘊，一方面說順應俗務，另一方面則意味著人一旦被拋擲於時間之流，便失去了堅毅獨立的精神，消極地隨時變化。故而，保存天賦美質，與追尋一個適合這個美質存在的世界，成了詩人畢生努力的目標。也因此，詩人所展開的空間追尋，其實是其時間意識的延伸。[55]

面對著人之被拋擲於時間之流與「永恆」失落的窘境，席慕蓉把自己想像成一株靜默的樹，以沈著因應世間之萬變；屈原則不應流俗，將

---

[53] 《時光九篇・誓言》，頁106-107。

[54] 《楚辭補注》，頁57-59。

[55] 許又方：《時間的影跡：〈離騷〉晬論》，頁87。

希望寄託在個人天賦美質的保存與美好世界的追尋上。近代學者蕭兵
曾點出：

> 〈離騷〉的時間感確實是突出的。空間的變換一直跟時間的追
> 求聯繫在一起，其結構是多維的，立體的。人的求索和尋求也
> 確實帶有一種追求人生的永恆、人生的價值、人生的理想的深
> 刻意義。這跟〈離騷〉裡那種噴薄而出的緊迫感、危機感是一
> 致的。[56]

屈原常以空間的追尋影射時間的焦慮，以此回顧往昔的美好[57]；
相較之下，席慕蓉則更常以「今／昔」對照的方式來暗示時間的流
動。除了前文所論述席慕蓉對於「時間」的認知涵存著「今／昔」的
對照，並由此產生焦慮外，席詩中偶爾可見對於時間的辯證性觀點，
如〈詩的蹉跎〉中：「消失了的是時間／累積起來的　也是／時間」。[58]
消失在昔日的，又在今日堆疊，因此時間的消逝，相對來說亦是昔日
記憶的累積，所以席慕蓉認為有一些已逝的過往情懷其實是：「去又
復返／總有潮音在暗夜裡呼喚」。這種說法似可稍稍寬慰詩人的焦慮
心懷，但是往昔的美好畢竟已遠逝，與時間的對峙膠著，人終究會敗
下陣來。曾經存在的美好時代，只有在記憶中才能反覆溫習體驗；不
過楊牧亦曾說：

> 每一個人都來得太晚，生不逢辰，然而樂土還是可以追求尋覓

---

56 蕭兵：《楚辭的文化破譯》（武漢市：湖北人民出版社，1991年），頁121-122。

57 許又方：「整篇〈離騷〉不斷展現對過往的懷念，在時間的維度上經常停留在「已
逝」的階段。這種敘述方式藉著時間一去不回的特性試圖彰顯某種失落的感
傷⋯⋯。」許又方：《時間的影跡：〈離騷〉晬論》，頁80-81。

58 《邊緣光影・詩的蹉跎》，頁18。

的，這追求尋覓必須自人的心臆開始。有人在想像中為自己為
大眾設計一個完美的國度，發而為哲學的結構，為詩的遠景，
我們不認為那想像的馳發是不著邊際的遁走，反而是充滿責任
感的良心寫照。[59]

許又方認為屈原的死亡並不是形式上的遁走，而是「對故鄉的身
殉」，是「一種即使真有樂土，也不能棄舊獨享的深情表現」[60]相較
於屈原的決絕，席慕蓉選擇在柔腸寸斷的時間感裡學習靜定，所以即
便：「知道再相遇又已是一世／那時候　曾經水草豐美的世界／早已
進入神話　只剩下／枯萎的紅柳和白楊　萬里黃沙」；又或者所有美
好的事物隨著時光暮色漸行漸遠，詩人依然如是說：

>   長廊寂寂　諸神靜默
>   我終於成木成石　一如前世
>   廊外　仍有千朵芙蓉
>   淡淡地開在水中
>
>   淺紫　粉白
>   還有那雪樣的白
>   像一幅佚名的宋畫
>   在時光裡慢慢點染　慢慢渲開[61]

席慕蓉詩作雖然時常在字裡行間的時間罅隙中，憂憂惶惶那些已逝的

---

59 楊牧：《失去的樂土》（臺北市：洪範出版社，2002年），頁15。
60 許又方：《時間的影跡：〈離騷〉晬論》，頁93-94。
61 《時光九篇・歷史博物館》，頁125。

片段，甚至感嘆回憶老去的痕跡斑斑，但總有一些其內心或文字中獨具的溫柔，足以轉圜焦躁的激情成舒淡的美感。〈長路迢遙〉一文中，有一段文字是記錄席慕蓉探訪內蒙古巴丹吉林沙漠後的心情，她說：「原來，這在我們從前根深柢固的概念中所認定的一種荒涼與絕望的存在，竟然也可能會有完全不同的面貌，充滿了欣欣向榮的生命。」[62]這段文字適可以成為席慕蓉時間系列詩作的最佳註腳。雖然青春都會走向衰老，雖然美好不會永遠停留，雖然生命無法拒絕由燦爛至於黑暗，但是我們仍然可以「點燃起自己來尋找你」[63]。於是，在時間籠罩下的有限生命還是可以如〈旅程〉所言，雖是被時光飛掠過的「荒蕪的庭園」，但：「在那裡我曾經種下無數的希望／並且也都曾經／在我無法察覺的時刻／逐一綻放」。[64]

四　結論

　　曾昭旭評論席慕蓉詩作時說：「她只是藉形相上的一點茫然，鑄成境界上的千年好夢。……使人在光影寂滅處，猶見滿山的月色，如酒的青春。」[65]「時間」，是亙古難解的習題，席慕蓉詩作之魅力，正是在時光之流的現實與茫昧中，不忘為生命凝鑄一永恆的期待。此中「期待」之所以可能，是因為席詩中所指向的「記憶」，都不是客觀時間所指的「過去」，而是與時間相互包含的「曾在」，因此即便記憶無法再現，卻指向存在真實的意義，成為未來之所以延續的重要憑藉，足以療癒此刻的滿目滄桑。

62　席慕蓉：〈長路迢遙〉，收入於《時光九篇》，頁217-218。

63　《邊緣光影・光的筆記》，頁118-119。

64　《邊緣光影・旅程》，頁125-126。

65　曾昭旭：〈光影寂滅處的永恆——席慕蓉在說些什麼〉，收入於《無怨的青春》，頁199-208。

　　席慕蓉眼中的「時間」，是個「黑暗的角落」。面對客觀時間逝去所導致美好事物的一去不返、終也有涯的有限生命與永恆的失落，引發了詩人的時間焦慮感，而此種對於時間的焦慮，逐漸醞釀成一種獨特的詩作風格，刻寫出一切人事不敵時間摧殘的「殘缺情感」與疼痛後的成長甦醒，通過對生命的深刻叩問一一朗現。

　　由時間所引生的焦慮，使得席慕蓉在「今／昔」兩端反覆著墨，她讓今昔的光影和記憶在眼前對比重現，用以標記自我生命的當下意義。記憶與時間的不斷「對質」，實際上是席慕蓉因應急迫的時間焦慮所衍生之書寫主軸，與屈原〈離騷〉中時間意識的多層次意義適可古今遙映，展現不同時空下對於時間命題的深層思考。

　　屈原洞見生命的有限性，在〈離騷〉中申述「時不我與」的無奈，存在的孤獨與時俗所引發的變易時時讓詩人措手不及，因此愈形匆忙和焦慮。時間一去不返的線性發展，成為屈原憂慮的根源，因此以零落草木、遲暮美人等掩映暗示時間的作用與自身的焦慮，表明自己生不逢時的悲哀。屈原亦常以空間的追尋影射時間的焦慮，依循曾經存在的軌跡，遙想遠古的美好盛世，同時將希望寄託在個人天賦美質的保存與美好世界的追尋上。

　　同樣面對時間一去不返的現實，席慕蓉的文字則伴隨著時間的流動，醞釀出一種深沈的焦慮韻律。她在時間裡感嘆，或逗留、或徘徊、或若有所思，緩慢穿梭在時間斷層之間，反覆檢證「永恆」的意義與可能，讓人覺得餘味未盡。面對生命的有限性與人事流轉，詩人時常在時間罅隙中憂憂惶惶，但最終總有一些隱含在其內心或文字中獨具的溫柔，轉圜焦慮無奈的心緒而為舒淡的美感。

　　如果「永恆」的追尋注定失落，時間的終點其實是空無一物的，席慕蓉仍決意「終生用一種溫柔的心情」，溫柔且堅毅地守護著今生對自我生命的承諾和信念，找尋一種超越時間的真實；而，這也是詩人以文字摺疊時間最大的渴望。

引用及參考書目

（一）席慕蓉作品集

席慕蓉 《無怨的青春》 臺北市 圓神出版社 2006年
席慕蓉 《邊緣光影》 臺北市 圓神出版社 2006年
席慕蓉 《時光九篇》 臺北市 圓神出版社 2006年

（二）古籍

〔宋〕洪興祖 《楚辭補注》 臺北市 大安出版社 1995年

（三）研究專書

古繼堂 《台灣新詩發展史》 臺北市 文史哲出版社 1997年
許又方 《時間的影跡:〈離騷〉晬論》 臺北市 秀威資訊科技公
司 2006年
陳芳明 《很慢的果子:閱讀與文學批評》 臺北市 麥田出版社
2015年
陳榮華 《海德格存有與時間闡釋》 臺北市 臺大出版中心 2006年
楊 牧 《失去的樂土》 臺北市 洪範出版社 2002年
蕭 兵 《楚辭的文化破譯》 武漢市 湖北人民出版社 1991年
蕭 蕭 《現代詩縱橫觀》 臺北市 文史哲出版社 1991年
鍾 玲 《現代中國謬司──台灣女詩人作品析論》 臺北市 聯經
出版社 1989年

〔法〕路易・加迪等著　鄭樂平、胡建平譯　《文化與時間》　臺北
　　　市　淑馨出版社　1992年
〔德〕Walter Biemel著　劉鑫、劉英譯　《海德格爾》　北京市　商
　　　務印書館　1996年

（四）單篇論文與報章

白　靈　〈懸崖菊的變與不變〉　《中央日報》「出版與閱讀」
　　　　2000年12月27日
李癸雲　〈窗內，花香襲人——評席慕蓉詩中花的意象使用〉　《國
　　　　文學誌》　第十期　2005年6月
沈　奇　〈邊緣光影佈清芬——重讀席慕蓉兼評其新集《迷途詩冊》〉
　　　　席慕蓉　《迷途詩冊》　臺北市　圓神出版社　2006年
林于弘　〈席慕蓉新詩的草原書寫研究——以《我摺疊著我的愛》為
　　　　例〉　《群星熠熠：臺灣當代詩人析論》　臺北市　秀威資
　　　　訊科技公司　2012年
亮　軒　〈為「寫生者」畫像——看席慕蓉的畫〉　席慕蓉　《邊緣
　　　　光影》　臺北市　圓神出版社　2006年
陳世驤　〈論時：屈賦發微〉　《幼獅學刊》　45卷2期　頁51-62
　　　　45卷3期
曾昭旭　〈光影寂滅處的永恆——席慕蓉在說些什麼〉　《無怨的青
　　　　春》　臺北市　圓神出版社　2006年
鄒建軍　〈席慕蓉抒情詩創作綜論〉　《西南民族學院學報・哲學社
　　　　會科學版》　19卷第5期　1998年10月

夢的時空擺盪
──論席慕蓉詩中的夢、焦慮與追尋

李翠瑛

元智大學中語系副教授

摘要

　　席慕蓉的詩中常常使用「夢」字，夢是她的期待盼望，並且是她通向家鄉記憶的重要關鍵，本文統計提出席詩在夢字的使用頻率並說明其意涵，同時，從夢的使用討論席詩中的家鄉記憶與鄉愁，再論析夢所引起的焦慮與渴求。

　　本論文在第二部分討論夢字的出現頻率與意涵，第三部分討論夢與家鄉記憶的關聯，提出席慕蓉的鄉愁是來自父母親口中流傳的鄉愁，夢則是想像中的鄉愁，回鄉後的文化鄉愁以及席慕蓉對於「家」的渴望與焦慮。

　　第四部分則是抽離夢與鄉愁，而從拉康鏡像理論、佛洛伊德的心理學的角度分析席慕蓉夢的追索，夢是內在的反映與渴望，也從她一生追求的夢想中討論她的夢與她內在追索的目標之間的關聯。

關鍵詞　席慕蓉　夢　記憶　鄉愁　時間　焦慮

一　前言——溫婉的時光

　　席慕蓉的詩如她的人一樣，文氣溫婉而抒情，對於讀者而言，她是大眾化詩歌的代表。此者與她的語言與意象表達有關，有別於一般詩人的含蓄婉約，她的語言直率、清晰，不以晦澀的詩語言表現，或許也與她蒙古人的直率特質有關，直率而坦誠的文字書寫，沒有矯情的文字，如此，一方面增加她的詩容易被讀者接受的可能性，另一方面，她寫夢、記憶、青春等也容易顯現她的初心的願望與期待。亮軒說：「她求的是真，情感的以及觀察的。」[1]

　　席詩的特色與她的人格特質是一致的，她的浪漫多感，書之於詩就是詩中的情感，她的詩句特色在於直率而天真，絲毫不包裝的詩句以及偶而跳出精闢的哲理，帶動著讀者的心情。對於閱讀者而言，門檻不高爾詩意動人，同時帶著同理的心情將讀者帶出現實的世界，讓讀者在詩的唯美世界中暫時休憩，並在唯美的浪漫中找到心靈的同理與共鳴，這是席詩淺顯易懂而能擁有廣大讀者的重要因素。

　　如果說詩是小眾閱讀，但是席慕蓉的詩是市場上的異數，歸功於她文字淺顯簡單與直接的情感。記憶就是記憶，青春就是青春，而故鄉總在遠方招手，淡淡的哀愁與追索不得的悲傷總在前面像個幽幽嘆息的古代女子，她的詩風像是讓現實遠離，把古典的夢境帶入現代，讓人有著閱讀的愉悅，忘記悲苦的人生，在共鳴中得到淨化情感的功能。像亞里斯多德《詩學》的悲劇理論，悲劇的情感淨化人們現實的悲苦，而席詩則是以悲傷理解悲傷，將人們情感的淨化透過詩句而已。

1　亮軒：〈為「寫生者」畫像——看席慕蓉的畫〉，收入於《邊緣光影》（臺北市：爾雅出版社，1999年），頁197。

　　大陸詩評家沈奇對於席詩說：「『純真人性的展示』加之以『繪畫與音樂的影響』（陳素琰語），以及青春、光陰、鄉愁與夢的主題，共同構成了『席慕蓉風』的基本品質。」[2]在席慕蓉的詩中，也許她一開始就沒有以詩人自居，她的文字也只是以對生命感動的「初心」而書寫的[3]，所以她沒有刻意避開文字的重複性或是使用同義詞的語言問題，乃至於在她的詩中不斷重複許多字眼，這些字詞在她的詩中幾乎快要變成席詩專有的詩句，例如從閱讀中大約可以找到如青春、光陰、時間、鄉愁、記憶、夢……等等字眼，成為席詩的表現風格。

　　從研究者的角度來看，可以從文字的統計學上看出她的詩句使用狀況，但從側面來看，也可以是創作上的缺點，因為這些字詞的不斷重複出現，導致她的詩的內容侷限於某個書寫的範疇而無法跳出，同時也造成她的詩風一直停留在青春感嘆、光陰流逝、記憶鄉愁中，於是造成學院派批評者對她詩作的負面評價。

　　學院派學者認為席慕蓉的詩非詩，或者認為不足以成為廟堂之文，但是，無法否認「讀者」對於作品的肯定及支持，從羅蘭·巴特所說的：「作者已死」的角度言之，席慕蓉的作品是從讀者的手中獲得作品綿長的生命，席詩以《七里香》、《無怨的青春》創下超過四十幾刷以上的銷售量，為現代詩詩集出版的銷售新紀錄，對於「席慕蓉現象」[4]的研究，從文化現象與銷售行為來看也許也可以分析某些讀者行為的現象。席慕蓉的詩作在臺灣引起的旋風之外，在一九八七年二月於大陸花城出版社出版《七里香》、九月出版《無怨的青春》以

2　沈奇：〈邊緣光影佈清芬──重讀席慕蓉兼評其新集《迷途詩冊》〉，收入於席慕蓉：《迷途詩冊》（臺北市：圓神出版社，2006年），頁166。
3　席慕蓉：《巨大的寧靜》（臺北市：圓神出版社，2008年），頁72。
4　楊宗翰：《台灣現代詩史──批判的閱讀》（臺北市：巨流出版社，2002年），頁173。

及其她的作品,也在大陸的詩壇引起讀者的購買熱潮[5]。

　　然而在思考讀者的現象之際,是否也反思著作品本身具備某些特質,而這些特質值得讀者的愛護,或者真能打入讀者的內心?本文不從讀者的角度探討席慕蓉現象,而主要研究是在作品與作者的連結,從席慕蓉的詩作中不斷提到「夢」字,試圖找到其夢之意與她內心轉折變化,對於席慕蓉而言,悲傷時也許是真悲傷,但「夢」則不一定是真夢,卻也非假夢,夢在她的人生過程中代表不同意涵,也與她生命的歷程息息相關,同時夢也是她的生命哲學與內在焦慮,而這是本文所要討論的主題。

二　夢有多少?——夢字的出現頻率及其鄉愁

　　席詩中相同的字詞不斷出現,例如夢、青春、記憶、月光等等,因而在研究上可以輕易找到重複字的頻率,從七本詩集中可以歸納「夢」字出現的狀況如下:

詩集名稱	全部詩篇	夢字出現總量（含題目）	所佔比率	題目有夢字數量	所佔比率	備註
1. 七里香	63	5	7.9%	0	0	後跋以夢為題,不列入計算
2. 無怨的青春	61	5	8.1%	1	1.6%	
3. 時光九篇	50	8	16%	0	0	
4. 邊緣光影	69	16	23%	1	1.4%	

5　陳素琰:〈不敢為夢終成夢——席慕蓉的藝術媚力〉,《世紀詩選》序(臺北市:爾雅出版社,2000年),頁13。

詩集名稱	全部詩篇	夢字出現總量（含題目）	所佔比率	題目有夢字數量	所佔比率	備註
5.迷途詩冊	42	29	69%	4	13.7%	
6.我摺疊著我的愛	42	5	11.9%	0	0	
7.以詩之名	61	18	29.5%	2	3.2%	

創作者通常不會在題目出現「夢」字，之後又在詩中不斷出現同一個字詞，對於席慕蓉來說，這卻是她常常使用的手法。當然在文學的創作上，或許無法量化為多或是少，只能從數字大致上看出，席詩中的夢字出現的比率是高的，特別是以《邊緣光影》、《迷途詩冊》、《以詩之名》三本詩集中的「夢」字所佔的比率最多，幾乎達詩數的三分之一，《迷途詩冊》還超過一半以上。可以說席慕蓉在詩中用的夢字的比率很高。

「夢」字的出現，其中也包含單一的「夢」字，或是與夢字結合的詞，如夢境、夢想、夢醒、夢中、夢土等與夢複合的名詞。同時，同樣是「夢」有時解為夢想，有時是作夢的夢，有時是夢境，有時是形容詞，也有時是指過去的記憶，特別是後期的夢與前期的夢在意涵上有所不同。

但我們在研究夢字時，如果只是執著於「夢」字出現的意涵，則不免落入數字統計的陰謀中而只就出現的統計表來看，因此，本文所論的夢不一定是文字上出現的「夢」字，而是整體詩意上的夢。

若是從作者的背景，生命歷程與轉折來看，就會發現「夢」在她生命中所代表的意義是不盡相同的，甚至於與她的生命轉折與內心變化息息相關。詩意的傳達與轉變存在著歧義的解釋，「夢」的內容提供許多解釋與發揮的空間。例如在《迷途詩冊》中有四首詩以夢為

名，夢是以圖像的展現而非真夢，具有暗示性的意涵。同時此本詩集中「夢」字的使用高達百分之六十九，是所有詩集中數量最多者，而此本詩集是在席慕蓉回到故鄉之後所寫的作品，此與她的夢的意涵的轉變有相當大的關係。

夢如果做為一個圖騰與衍生的意涵來看，在席詩中的夢有幾個意涵。其一是有夢字卻非夢，沒有寫夢卻隱含著夢的特質。其二是無夢而有夢，詩中有著期望或祈求的夢。有夢的詩如前所統計，真的夢見、夢想、夢境、夢土等，以夢為名，代表著如夢般的特質，想像或是期待，無夢為名者卻有夢想或期待之實，與故鄉的記憶或盼望，屬於夢想一類但未直名為夢，此仍是夢的次範疇。

席慕蓉的詩在研究「夢」字時之所以要擴張其範疇，是因為席慕蓉的文字表現上不一定以表象的文字為符合其義的內涵，有時指的是一個暗示或想像中的對象，例如「你」而不一定指的是「你」這個對象，有時也會跳躍其指涉的範疇，「夢」有時指的是真的夢，有時指的是在現實中渴望的夢想，因此，在研究上以夢而論之，夢有時非夢，無夢有時也就是她的夢。

這些字詞的意涵隨著她的生命歷程與經驗有所轉變的，特別是她一九八九年八月回到故鄉之後，很多的詩意與情感受到極大的震撼，而呈現更多理性的成分，即如沈奇所見：

> 自一九八九年夏天第一次踏上蒙古高原後，祖籍蒙古的席慕蓉，便一發不可收拾地迷醉於對新的「文化鄉愁」的索尋之中，並在連續五部專題散文的寫作之餘，同時將這一主題帶入了她的詩歌寫作中。……應該說，歷史與地緣文化題標的加入，無疑大大擴展了席慕蓉詩歌的表現域度。[6]

---

6 沈奇：〈邊緣光影佈清芬——重讀席慕蓉兼評其新集《迷途詩冊》〉，頁172。

生命的轉折對創作有著很多的啟發與反省，在席詩中，她從想像的家鄉與記憶中的故鄉到她真正回到現實裡的故鄉後，那種內在的情感的轉換，追尋中記憶的印證，或是她面對現實中的文化消亡與記憶中家鄉的塑造形象，兩者之間的落差也顯現在她的詩中。所以後期的文化鄉愁與歷史地域的書寫不只是她的詩，更多在她的散文中對於環保議題、原鄉追尋等與行動力直接證明她所見的原鄉，這些都在她前期與後期的作品中見出差異與區隔。

　　一九八九年之前的夢是一種理想性的夢想，對故鄉想像的美夢，一九八九年之後的家鄉的夢與記憶相關，夢中的故鄉是父執輩口中的家鄉記憶，而當她的先生過逝後，她的夢有時是與夫妻之情相關，但是對於家鄉的記憶則是對於未來的展望，希望透過學習與努力改善或是讓家鄉更美好的理想。

　　因此，她的生命過程中有二大事件影響她詩中「夢」的意涵，一是一九八九年當她回到故鄉蒙古後，當初的追尋與鄉愁突然成為現實時，夢的虛幻性突然消失，而夢的期待與美好的想像也面臨現實的考驗，所以過去的夢的追尋漸漸轉化為歷史性的記憶的夢。其二是當他的先生海北先生過逝後，她的夢的情感有一小部分是寫在他對先生的懷念，另外則仍與她生命的追尋與歷史性的家鄉記憶相關，生命的焦慮與夢境的意涵仍是她生命中重要的追索。

三　夢、焦慮[7]與渴求──鄉愁與「家」的心理需求

（一）鄉愁的移轉──口述的家鄉與想像的鄉愁

　　席慕蓉的鄉愁來自於父母的鄉愁，席慕蓉在四川出生，從未見過蒙古的沙漠與草原，但是她的蒙古草原意象卻不斷在詩中出現，成為她從身分出發特有的意象，但這也在詩中成為席慕蓉的想像的、虛擬的鄉愁。

　　席慕蓉詩中寫的很多蒙古的意象，早期的意象都是透過母親、外婆與父執輩的語言述說，無論是草原、沙漠、月光、野馬、牧羊女……等等，是她想像的鄉愁[8]，而一九八九年八月她回到蒙古之後，意象落實在真實的世界，然而，現實與她的想像終究有所距離，夢想中的家鄉與真實故鄉的落差，詩人從小追求的「夢」與記憶產生內在本質的變化，從全然的想像轉為對未來的期待，並落實在改變環境的理想藍圖。

　　「河」是席慕蓉與家族們的記憶傳承，她的名字慕蓉就是蒙古家鄉的木倫河，她在散文中回想外婆在河邊誕生，成長，「外婆黑夜夢裏的家園」[9]都有著河的影子，在席慕蓉小的時候，外婆一直跟她們講述那些故鄉的故事，但小時候的孩子們常常聽著聽著就跑了，長大

7　佛洛伊德著，葉頌壽譯：《精神分析引論、精神分析新論》（臺北市：志文出版社，1985年），頁370-371。按：「焦慮」一詞，anxiety在心理學上，以佛洛伊德的研究是以深度焦慮與精神官能症視之，但佛洛伊德也認同一般人也有焦慮的情緒，卻未必是精神症者。本文所論是一般人的心理上的焦慮，而非精神官能症，故此一詞不用佛氏之理論。

8　李翠瑛：〈鄉愁與解愁──解讀台灣女詩人席慕蓉詩中的歷史圖像〉，《雪的聲音──臺灣新詩理論》（臺北市：萬卷樓圖書公司，2007年），頁45。

9　席慕蓉：〈舊日的故事〉，《成長的痕跡》（臺北市：爾雅出版社，1982年），頁33。

之後，席慕蓉說：

> 這條河也開始在我的生命裏流動起來了，從外婆身上，我承繼
> 了這一份對那塊我從來沒有見過的土地的愛。……。而希喇穆
> 倫河後面紫色的山脈也開始莊嚴地在我的夢中出現。（《成長的
> 痕跡》，頁34）

對於她「沒有見過的故鄉」[10]，席慕蓉的懷念來自父親講述與外婆說
的那條河，「小時候最喜歡的事就是聽父親講故鄉的風光。」[11]故鄉的
風光是一片一片的拼圖，從父親母親及外婆的口中聽到，一年一次的
聖祖大祭，是小孩子們聽故事，傳承故鄉的時間。

　　在長輩們口中成長的席慕蓉對於故鄉的想念，大多來自於父執輩
們在對大環境的憂心中逐一建立起來的圖像，故鄉的圖像中有著漂泊
不安與無法回鄉的焦慮與痛苦，他者的情緒在建立孩子內心與人格發
展時，也同時加諸在心靈深處，對於故鄉，席慕蓉寫出很多詩句，其
中除了想念，更多的是捉摸不及的民族認知，而產生對「自我」與
「他者」（other）在成長過程中的混淆與模糊[12]，而對於記憶的追尋
或追尋不得的「永遠的焦慮」深植其心。她的詩中寫：「總是在尋著
歸屬的位置／雖然／漂浮一直是我的名字」[13]，〈顛倒四行〉中說：

---

10 席慕蓉：〈無邊的回憶〉，《成長的痕跡》，頁24。

11 席慕蓉：〈無邊的回憶〉，《成長的痕跡》，頁25。

12 狄倫‧伊凡斯（Dylan Evans）著，劉紀蕙、廖朝陽、黃宗慧、龔卓軍譯：《拉岡精
神分析辭彙》（An Introductory Dictionary of Lacanian Psychoanalysis）（臺北市：巨
流圖書公司，2009年），頁222-223。以及王國芳、郭本禹著：《拉岡》（臺北縣：生
智文化事業公司，1997年），頁112-113。案：自我與他者在意義上的區別，以及他
者代表的不同意義，請參見書，本文此處所用是拉康的小寫他者（other），而不是
大寫的他者。

13 席慕蓉：《邊緣光影》（臺北市：爾雅出版社，1999年），頁138。

「用沉默去掩埋一生的錯愕／用漂泊來彰顯故鄉」[14]，沒有故鄉的心靈總是存在著「漂泊」的感受。

「漂泊」是一種心理的感受。因為沒有故鄉與根的心理，漂泊感就會更強。漂泊的心理來自她對於故鄉的渴望，她的文中說：「我本來應該是一個在山坡上牧羊的女孩子」，可是沒有故鄉的她卻是「我所擁有的，僅僅是那份渴望而已。[15]」渴望是她從小根植心中的夢，而對夢的解釋則是人們欲望的滿足[16]。

席慕蓉詩中的「夢」一直與她的家鄉記憶連結在一起，她的父親的夢土與她夢中的圖像，家鄉的記憶與夢的追尋是一連串對於故鄉的記憶，夢是回到故鄉的夢，也是故鄉情景的夢。因此「夢」的意涵與她的蒙古草原、心靈的故鄉一直是不可切割的部分。「夢」的隱喻與顯意中，具有大量的凝縮作用[17]。表象上簡要匱乏的現實世界中，隱藏的夢具有更多豐富的意涵，夢是一個壓縮的場景，卻透顯著更多內心世界的渴求。佛洛伊德說：

> 不僅夢的各個元素決定于夢的多次出現，而且每一個夢念代表好幾個元素。聯想道路可以從夢念的一元素通向好幾個夢念，也可以從一個夢念通向夢的幾個元素。[18]

她的夢記憶著家鄉的情景，指向她的鄉愁，而鄉愁是從小時候開始，父執輩們灌注在她心中的鄉愁，對她而言不是真正離鄉背景的鄉愁。

---

14 席慕蓉：《邊緣光影》，頁160。

15 席慕蓉：〈無邊的回憶〉，《成長的痕跡》，頁27。

16 〔奧〕弗洛伊德著、孫名之譯：《釋夢》（北京市：商務印書館，1996年），頁122。

17 〔奧〕弗洛伊德著、孫名之譯：《釋夢》，頁278。

18 〔奧〕弗洛伊德著、孫名之譯：《釋夢》，頁284。

席詩中與夢相關的家鄉的景色來自於鄉愁之夢,從夢中引發的詩中各種蒙古的意象乃與夢相關的蒙古系列意象群,圍繞著一個鄉愁之夢而衍生。

當故鄉的夢有機會實現時,〈雙城記〉中寫著:「夢裡　母親與我在街頭相遇/她的微笑未經霜雪　四周城郭依舊/彷彿仍是她十九歲那年的黃金時節」,當席慕蓉到了母親曾經住過的北京舊居時,她「於是央求司機繞道去看一看,並且在說出地址之後,還向他形容了一下我曾經從舊相簿裡見過的院落和門庭。司機沉吟半晌,回答我說是還有這麼一個地方,不過絕不像我所形容的模樣;也許,還是不去的好。」聽從司機的建議,席慕蓉並未前去,但「那天晚上夢見了母親」,母親在夢中出現,在詩中寫著母親一一為她指出北京的街城名,但她:

> 而我心憂急　怎樣努力都不能清楚辨識
> 為什麼暮色這般深濃　燈火又始終不肯點起
> 媽媽　我不得不承認　我於這城終是外人
> 無論是那一條街我都無法通行
>
> 無論是昨日的還是今夜的　北京(《邊緣光影》,頁27-28)

外人無法了解她夢中的「焦慮」,來自她回到母親的居所或是故鄉時,卻無法進入母親曾經描述的那個世界。歷史或記憶的斷層造成的隔閡像是無法跨越的橋樑,母親與記憶中的故鄉已經不存在,只存在於腦海中與語言的表述裡。從小到大的夢與渴望在現實世界中被司機與自己的理性扼殺,沒有回去看看的動作是鄉愁的夢的不完成,所以她的焦慮就變成夜裡新的夢。

　　她在〈獨幕劇〉中說：「即或是已經明白了沒有任何現實可以接近我們／卑微的夢想沒有一塊土地可以讓我們靜靜憩息／當作是心靈的故鄉」[19]，故鄉只在記憶裡尋找，心靈的故鄉已經不在，尋找不得的焦慮成為席詩中常有的情感主題。〈婦人的夢〉：「春回　而我已經回不去了／儘管仍是那夜的月　那年的路／和那同一樣顏色的行道樹」[20]回不去的是父母親口中的家鄉，看似一樣的道路與街巷，然而時間不同，歷史時空的更迭，家鄉成為記憶中的名詞，此種焦慮一直存在席慕蓉的詩中。

（二）空間的焦慮——「家」是夢的本質

　　席慕蓉的詩中寫的對於記憶與家的夢，與她從小的鄉愁有著密切的關係。她在〈夢中街巷〉一詩中寫著：「我的生命在夢裡等待／一間全新的房子在一處熟悉的街道」、「無視於時間的流逝／我的生命從容地在夢等待」，在夢境中等待的是什麼呢？是一個形象上的空間，情感上的家，詩中說她等的是：

> 是如此親切安靜的十字路口
> 穿過眼前暗黑而又巨大的車站之後
> 應該有一座城市還一如以往
> 行人將從我窗下走過
> 街角每一棵花樹都按季節綻放（《迷途詩冊》，頁25）

在這個溫馨的城市中，每個街道都是盛開的花樹，安靜而親切城市是她的家，但這個「家」顯然只有在夢中才會出現，現實裡「家」只是

---

19 席慕蓉：《邊緣光影》，頁39。
20 席慕蓉：《無怨的青春》（臺北市：圓神出版社，2000年），頁166。

個夢，所以說「要在夢醒之後才知道又去了一次／那一直在夢裡等待著我的城市／還有歷歷如繪的行程和人生」[21]、「那夢中街巷／究竟是誰的邀請　誰的渴望／是誰／在心裡為我暗暗留下的地方」[22]，詩中敘述著作者的想望，詩人的夢，有著晚風微涼，茉莉花香的城市是一座夢中的城市，也是詩人的人生。此處說明席慕蓉在童年飄蕩的歲月中對於安定的「家」的渴望，在夢的潛意識中呈現對於安定、平靜的渴望，在一處固定地方生活著的冀求，如做夢般的意識轉為表象上對於故鄉強烈的鄉愁。「家」不僅僅是一個空間，還是一個心靈上的空間。

　　家屋對於一個人而言不僅是內在的童年的夢，反映著內心的渴望與需求，當詩中的意象與家屋描繪出現時，夢與家屋就會變得更敏感地指向作者的內在，巴舍拉（1884-1962）的《空間詩學》中說：「雖然只是幾步幾階，卻可能在我們的記憶中，銘刻出一種微妙差異的境界。」[23]家屋的意象是心靈反應的細節，家屋在世間的處境（situation de la maison dans le monde）是具體化人們在形而上的內心世界[24]，所以夢者對於空間的描述無疑是用另一套語言解說著她的內心世界，並隱藏著許多的心靈密碼。巴舍拉說：

> 所有偉大而簡單的意象都在透露一種靈魂狀態。而家屋要比地景更接近一種「靈魂狀態」。即便它看起來從外在被重新創造，它也在顯示著私密感。[25]

---

21 席慕蓉：《迷途詩冊》（臺北市：圓神出版社，2006年），頁24。
22 席慕蓉：《迷途詩冊》，頁26。
23 巴舍拉‧加斯東著，王靜慧等譯：《空間詩學》（臺北市：張老師文化事業公司，2003年），頁91。
24 巴舍拉‧加斯東著，王靜慧等譯：《空間詩學》，頁93。
25 巴舍拉‧加斯東著，王靜慧等譯：《空間詩學》，頁144。

詩人寫出她夢中的空間的意象中，透過花開塑造的溫暖氛圍，寧靜詳和的氣氛，夢中的街道是她心中的空間，而這個空間是她一直的「等待」。由此見出她的內在靈魂處在於一種期望的夢想中，「夢」是她無法達成的現實，是她一直在等待完成的理想。

　　但反觀席慕蓉的生命歷程中，雖然經過戰亂卻沒有真正顛沛流離，實質上的物質環境並不差，她與家人從四川到臺灣，她的父親長年在德國教書，家中姐妹們與母親外婆一起生活，對她而言，夢中顯見的渴求與期待應該是她對於精神上「家」的渴求與「愛」的需求。

　　其實，表象上席慕蓉比其他的兄弟姐妹對故鄉極為強烈的情感，在一九八七年她回到蒙古之後，她說：

　　　　然後就此展開了我往後這二十多年在蒙古高原上的探尋和行走，
　　　一如有些朋友所說的「瘋狂」或者「詭異」的原鄉之旅。[26]

她自稱為瘋狂與詭異的不斷回鄉的席慕蓉，雖然回到蒙古，後續還是不斷回去，學習蒙古語言，學習文化，甚至為了大環境的問題寫了很多散文，述說蒙古草原消失的過程，漢人如何遷移到北方，試圖耕種而將草原上薄薄一層土壤全部挖起來，失去草根的抓力，風沙於是飄浮在空中成了蒙古沙塵暴的原凶，這些後期的散文中透露出席慕蓉幾乎把自己後半生的生命投注在對於蒙古文化與環境上。這些朋友們旁觀者甚至認為她「太超過了現實」[27]。

　　而此種心情也許連她自己都無法想像那是怎樣的情感，她自己說：「我自己也說不清楚我為的是什麼？」直到她寫出了〈英雄哲別〉、〈鎖兒罕·失剌〉、〈英雄噶爾丹〉等詩她才說她的原鄉經驗得到

---

26 席慕蓉：《以詩之名》（臺北市：圓神出版社，2011年），頁15。
27 席慕蓉：《以詩之名》，頁15。

一種釋放，「我終於得以在心中，在詩裡找到了屬於我自己的故鄉。」[28]也許席慕蓉是在詩中找到她的故鄉，但此種追尋她而言是追尋「心中的故鄉」，那麼，真實的現實故鄉又在哪裡？

　　透過夢的追尋，以及像夢一樣模糊的想望，在現實世界裡是否可以找到？雖然她說已經找到了心中的故鄉，但也只是一個暫時性的心靈安定，真正的內涵應是詩人對於「家」的渴求，一種精神上心靈上安定的故鄉。

　　究其原因，過去的「記憶」與歷史的回想或存在，一般人沒有像席慕蓉這樣感受深刻，主要也是因為她的長輩在她的成長過程中不斷給她的灌注，她在〈泉源〉中說：

> 我的童年，其實就是一段流浪的歲月，從四川重慶的鄉間開始，這之後有成都、上海、廣州、香港，最後才來到台灣定居。……有時候家裏所有的人都異口同聲認為你在那個年齡根本不應該有記憶的能力，可是自己卻又明明記得一些聲音、一些面容、一種模糊的甜蜜，或者是一種隱約的悲傷。（《人間煙火》，頁30）

童年對於一個人的影響，有時會是一輩子無法擺脫的潛意識[29]。記憶的不斷堆疊，流浪的歲月給她的漂泊的感受，使得她一直對於記憶中的故鄉、她的族人原鄉有著相當大的期望，如此以造就她不斷追尋的內心，而她從小對於家鄉的記憶與感受有著甜蜜與隱約的悲傷，這些都建造她詩中的議題與情感的基調。

28　席慕蓉：《以詩之名》，頁16-17。
29　佛洛伊德著，葉頌壽譯：《精神分析引論、精神分析新論》，頁493-497。

　　早期的席慕蓉，在她的詩中總有著遺憾與殘缺的部分，這也是她的夢的追索來源，〈殘缺的部分〉詩中說：「生命中所有殘缺的部分／原是一本完整的自傳裡／不可或缺的　內容」[30]，在她早期的詩中對於自己的生命，總是存有某種憂慮，對生命不完整的憂愁。「悲傷」雖然說不清楚，但從小種下的心靈是否在生命的追索中得以獲得釋放與緩解？巴舍拉《空間詩學》一書中說：

　　　　如果我們在我們的回憶中重新取得了夢境，如果我們已經超越
　　　　了只是在收集確切的回憶，那麼失落在時光迷霧中的家屋，就
　　　　會一點一滴從陰影當中，現身出來。我們不需要重新組構它。
　　　　在內在生活的甘美和不求精確之中，它自然會帶著私密感，復
　　　　原它的存有。[31]

從夢的陰影中現身出內在心靈的想望，隱約的悲傷像是內心說不清楚的陰影，總是存活在內在的記憶中，小時候的席慕蓉也許不明白流浪的童年，與在戰亂中的家給予她的內心作用，但是，居住的家屋沒有留下太多的記憶，便在流浪的歲月中不斷變動著「家」的存在，這些失落的情感最後在她的詩中化為意象，或隱或顯地透露出她生命的訊息。

　　夢與家的空間意識一直到席慕蓉回到故鄉之後，現實中有所和解，前期的夢中帶有期望，後期的夢呢？〈二○○○年大興安嶺偶遇〉中說：「昨天經過的時候　這裡分明／還是一片細密修長的白樺林／在秋風中閃動的萬千碎葉」，那是「從前啊／在林場的好日子

---

30 席慕蓉：《時光九篇》（臺北市：圓神出版社，2006年），頁38。
31 巴舍拉‧加斯東著，王靜慧等譯：《空間詩學》，頁127。

裡」，可是今天「所以　此刻就只有我／和一隻茫然無依的狐狸遙遙相望」、「牠四處搜尋　我努力追想／我們那永世不再復返的家鄉」[32]，大興安嶺已經不是原來外婆口中的大興安嶺。當她回到故鄉，卻發現故鄉不是口述歷史中的圖像，她的記憶與渴望不是達到釋放，而是永遠停留在歲月之中了。

所以她的內心裡：「要怎麼才能讓你相信／從今以後　我已一無所有／除了靈魂裡那一丁點兒自由」[33]，所以詩人最後把對過去的家鄉的夢想收起，轉換，轉化為積極的「愛」，在〈我摺疊著我的愛〉中說：「我摺疊著我的愛／我的愛也摺疊著我／我的摺疊著的愛／像草原上的嘗河那樣宛轉曲折／遂將我層層的摺疊起來」[34]，摺疊收起愛，將它隱藏，詩中說：「我隱藏著我的愛／我的愛也隱藏著我」，「請你靜靜聆聽　再接受我歌聲的帶引／重回那久已遺忘的心靈的原鄉」。透過蒙古的啟發，透顯出詩人對於故鄉的愛是一種心靈原鄉的期望，而不是外在的具體的景物。

詩人追尋的「心中的故鄉」是心靈的與靈魂安定的渴求，換言之，是因為不安定的心與不安全感的情緒所反映出來的表象追尋，席慕蓉真正渴望的是一個安定的家，是心靈上的「家」，而不是物質世界的故鄉，所以無論她是否回到故鄉，夢與追索的心情是永不止息的。然而，在童年時種下的心靈漂泊的種子，心的不安定的感覺，塑造了一個夢的成形，也塑造一個詩人的內心。

（三）記憶的焦慮——夢與現實的落差

人生像是一場夢，席慕蓉卻將夢的不真實感用來書寫她的感受，

32　席慕蓉：《我摺疊著我的愛》（臺北市：圓神出版社，2005年），頁116。

33　席慕蓉：《我摺疊著我的愛》，頁119。

34　席慕蓉：《我摺疊著我的愛》，頁130。

生命是一場摸不清楚的旅程，像是一場似真若假的夢，〈恍如一夢〉
中說：

> 記憶　也逐漸成為一種收藏
>
> 分門別類地放置　等待展示
>
> 那越久遠的越是佔據著顯眼的位置（《邊緣光影》，頁178）

人生走過的路彷如從未留下，只留下記憶做為痕跡，記憶中的事件如
分門別類的資料，被安放在歸屬的位置，所以：

> 像一枚舊日的印章　幾個
>
> 細細的篆字
>
> 恍如一夢　留此為憑（《邊緣光影》，頁179）

人生如一夢，時間消逝後只留下摸不見的「記憶」，而這記憶如同舊
日的一枚印章，讓歲月在上面留下痕跡。在她的生命歷程中，尋夢就
是找尋記憶中的故鄉，尋找則是旅行中的一部分。像旅人一樣的漂泊
感在她的詩中出現，生命若是一場旅行的歷程，那夢就是旅程中的街
巷，她在〈青春·旅人·書寫〉：「要在醒之後才能明白我剛才只是／
一個旅人　穿梭在夢中的街巷」。[35]詩人像個旅人，不僅在現實中游
離，更在夢中穿梭，而人生就是一場夢的旅程。

　　故鄉之夢在她一九八九年回到蒙古之後有了震撼與改變。她在
〈大雁之歌〉：「祖先深愛的土地已經是別人的了／可是　天空還在／
子孫勇猛的軀體也不再是自己的了／可是　靈魂還在／／黃金般貴重

35　席慕蓉：《邊緣光影》，頁19。

的歷史都被人塗改了／可是　記憶還在」[36]，記憶是虛擬的存在，歷史也是，但天空還在土地卻已經不再屬於蒙古人，改變是無可奈何的現實。

　　二〇〇〇年她寫給往生的父親的詩〈父親的故鄉〉中說：「父親的財富　是用一年比一年／更清晰完整的光影與回音／築成的　百毒不侵的夢土」[37]，詩中寫著她把父親留下的書都留在自己的書架上，但是她不可能將父親在德國的所有書都搬回臺灣，她說：「不可能整個搬回來的還有／父親心中的　故鄉」[38]、「父親是給我留下了一個故鄉／卻是一處／無人再能到達的地方」[39]。二〇〇八年出版的《巨大的寧靜》散文集中說：

> 我在初見父母的故鄉之時，曾經是多麼歡喜又多麼悲傷。在父親的草原上，在星空燦爛的中夜，我一人在曠野裡失聲痛哭；而在母親的家鄉，在希喇木倫河流經之處，我到處向人追問那三百里森林去了哪裡？怎麼一棵都沒有留下來？[40]

「夢土」中的「夢」是父親留下的記憶，而那個記憶卻是一個心中的、記憶中的故鄉。二〇〇八年的散文集中席慕蓉說：「那與故土原鄉初遇時的悲欣交集，讓我寫出許多篇幾近絕望的散文與詩，譬如那首『父親的故鄉』。」[41]父親的家鄉已經沒有原來的樣貌，故鄉只能存在心裡。

---

36 席慕蓉：《邊緣光影》，頁134。
37 席慕蓉：《迷途詩冊》，頁107。
38 席慕蓉：《迷途詩冊》，頁106。
39 席慕蓉：《迷途詩冊》，頁108。
40 席慕蓉：《巨大的寧靜》，頁243。
41 席慕蓉：《巨大的寧靜》，頁243。

在〈追尋夢土〉一詩中說:「這裡是不是那最初最早的草原／這裡是不是 一樣的繁星滿天」,詩中寫他的少年時的父親,最喜歡騎馬歌唱:

> 這裡是不是
> 那少年在夢中騎著駿馬 曾經
> 一再重回 一再呼喚過的家園（《迷途詩冊》,頁130）

「心靈深處／我父親珍藏了一生的夢土」、「夢土上 是誰的歌聲嘹亮／在我父親的夢土上啊／山河依舊 大地蒼茫」[42]。這首詩的背景是在席慕蓉一九八九年回到蒙古故鄉之後,看到日夜思念的故鄉卻不再是外婆父母口中的故鄉,因為人為環境的破壞與文明建設的開發,故鄉只存在於口述歷史的記憶中,在可以回鄉的時候,父親選擇不去面對故鄉,家族中只有席慕蓉回去,因此,她的父親所說的騎著駿馬的畫面與家園早已不在,只存留在她父親心中,「夢土」僅僅是一個記憶中的故鄉。

對她而言,「夢」剩下夜裡才能暫時實現,夢中的她在故鄉的曠野裡狂奔,〈野馬之歌〉中說:

> 心中的渴望何曾止息
> 只有在黑夜的夢裡在黑夜的夢裡
> 我的靈魂 才能還原為一匹野馬
> 向著你向著北方的曠野狂奔而去
> 只有在黑夜的夢裡啊
> 在黑夜的夢裡（《迷途詩冊》,頁132-133）

---

42 席慕蓉:《迷途詩冊》,頁130-131。

馬的意象在席詩中是載她尋找夢的神獸，馬是「沒有任何人可以將牠奪走　牠是／我用自己的靈魂虔誠供養的神獸」、「總還有些什麼不會棄我而去的罷／包括那血脈裡的／欲望　感覺和記憶」[43]在夢中的戈壁裡，馬在滿是月光的山脊中奔跑，沒有人可以奪走，那麼，在此詩中，席慕蓉的故鄉不是現實的故鄉而是父執輩們「口中的故鄉」，也是她從小「想像的故鄉」。想像使得可怕的戈壁沙漠轉化為夢中的、任其奔馳的夢土。而騎馬追索的欲望、感覺與記憶是她從小到大內心內化「想像的故鄉」，此故鄉只有在夢中追尋，在現實裡是找不到的，因此，夢代表詩人內心的渴望、希望，也是在現實世界中找不到時，靈魂躲藏的地方。

在她尚未回到故鄉時，她寫著〈交易〉：「我今天空有四十年的時光／要向誰去／要向誰去換回那一片／北方的　草原」[44]，四十年的時光中，詩人在無法回鄉的焦慮中追尋夢中的草原，在想像的鄉愁中記憶她的故鄉，對故鄉的焦慮是席詩中的夢的主題之一。

回到故鄉後，焦慮依然存在，因為詩人發現自己在文化與語言上面的隔閡，使她縱使在族人身邊也像個旁觀者，她聽不懂蒙古話，對蒙古的文化並不了解，在〈旁聽生〉一詩中說：「沒有山河的記憶等於沒有記憶／沒有記憶的山河等於沒有山河」[45]，山河是因為「人」而存在，沒有人的記憶則沒有故鄉的概念，〈旁聽生〉中又說：

在「故鄉」這座課堂裡
我沒有學籍也沒有課本
只能是個遲來的旁聽生（《迷途詩冊》，頁119）

---

43 席慕蓉：〈夢中戈壁〉，收入於《迷途詩冊》，頁130-131。
44 席慕蓉：《邊緣光影》，頁132。
45 席慕蓉：《迷途詩冊》，頁118。

對席慕蓉而言,她「只能在最邊遠的位置上靜靜張望／觀看一叢飛燕草如何茁生於曠野／一群奔馳而過的野馬 如何／在我突然湧出的熱淚裡／影影綽綽地融入夕暮間的霞光」[46],旁觀者與文化的隔離者使她再度成為一個無法融入的外人,而這外人不是血緣的,卻是長時間文化產生的隔閡。

因此,記憶的始終無法解開她內心的陰影。夢的成形穿越她的一生而始終存在,只是夢中的焦慮與對象有所轉移,卻一直可以看到席慕蓉不斷追尋的影子。

四 夢與追尋——自我的鏡像投射

焦慮產生質變與量變。在席慕蓉的詩裡不斷更動夢的追尋意義,以「夢」自我解脫,所以夢不是真正的夢,更多是詩人心理的投射。「夢」存在於虛境之中,具似曾相識的時空解釋,真正做夢時無法掌握意識的流動,但對作者而言,書寫時的「夢」是理智的,並非真正的夢,而是文學之夢、人生之夢,形容如真似幻的生命或歷史,古往今來的無常之態,《金剛經》上說的:「一切有為法,如夢幻泡影,如露亦如電,應作如是觀。」席慕蓉詩作的意義中存在著對於夢想的期待,轉以追索的型式出現,夢是一種可能被尋索追求的期待,也是因時間的裂解而無法實現的可能。

「夢」若是指向過去的光環,如今的消逝而指向生命最後沒有永恆的無常感,此種焦慮的心情展現在席詩中,也是她不斷「追尋」而終究追索不得的必然。因此,「夢」是渴求與追索,同時也是作者終究無法達成的目標,此矛盾的情結必然也形成詩人情緒上的糾葛與痛苦。

---

46 席慕蓉:《迷途詩冊》,頁119。

　　從心理學來看，早期佛洛伊德所提出的以潛意識為夢境的基礎，潛意識在真正作夢的人身上體現，席詩的表現是在現實中體現夢的可能與存在，在清醒時回到夢的渾然狀態，以夢的內容為迷昏自我、沉迷自我而不去面對現實的可怕，席慕蓉的詩中「夢」之所以出現多次，她以夢自我迷醉，以夢作為逃避現實的躲藏所。渴望的或是記憶的都只剩下夢中所見，拒絕現實的小女孩，逃到夢中讓夢存在著她溫暖的精神居所。《釋夢》中說：

> 依照欲望滿足的理論，如果對立的自大的聯想（它確實被壓抑著，但具有一種愉快的情調）不加入到厭惡的感情之中，這個夢肯定是不會產生的。因為苦惱的事情不大容易進入夢中，夢念中的苦惱事情，只有同時披上欲望滿足的偽裝，才能闖入夢中。[47]

夢是現實世界無法表現的內在潛意識，佛洛伊德把夢與真實以實證主義的精神連結起來，無非是透過夢的研究，探索人的內在意識，而潛意識卻如冰山的十分之九，潛藏在海平面之下。[48]所以詩的意象透露的訊息可能是潛在意識的冰山一角，但意象經過偽裝而產生自詩人的意象中。

　　對於夢想，她以卑微的想望作為她內心的小小的微弱的堅持，〈中年的短詩〉：「獨自相信我那從來沒有懷疑過的／極微極弱的／夢與理想」[49]。這是一九八四年未回故鄉時寫的詩。但有時她也會對於

---

47 〔奧〕弗洛伊德著，孫名之譯：《釋夢》，頁472。

48 佛洛伊德著，賴其萬、符傳孝譯：《夢的解析》（臺北市：志文出版社，1972年），頁491-498。

49 席慕蓉：《時光九篇》，頁91。

夢想有一些擔憂與懷疑，〈秋來之後〉：「總有些夢想要從此沉埋　總有些生命／堅持要獨自在暗影裡變化著色彩與肌理」[50]，夢想的沉埋因為生命的孤單。

又對於生命往往有著隱隱的擔憂，如〈沙堡〉說：「到了最後黑暗的浪潮／總是會吞蝕盡我的每一種期待／每一個夢想／故事一旦開始　再怎樣曲折／也只是在逐步走近結束的方向」[51]，對於夢想的非期待，甚至認為夢想不可能實現的恐懼存在於詩句之中，因此，在最美麗的時刻詩人卻面對悲傷、希望之中面對的是絕望，「所有美麗的呈現只是為了消失／所有令我顫抖與焚燒的相見啊／只是為了分別」[52]，在最美麗的時刻總是存在著即將消失或是毀滅的可能性，於是在理想的追夢過程中，詩人又常常擔心追不到，無法完成夢中的希望，所以追尋的主題不斷出現，伴隨著恐懼不安與憂鬱的情懷，這些擔憂都透出詩人對生命的不安全感。例如〈極短篇〉中說：

> 微涼的早晨　在極淺的夢境中
> 我總是會重複夢見
> 你漸行漸遠冷漠和憂傷的面容（《邊緣光影》，頁60）

在夢中夢見的「你」也許是你，也許是詩人自我的折射。所以詩中的「你」指的可能就是作者自己。白靈說過：

> 一般男詩人作品中的「你」經常指的是「我」，是他調侃、指責、鞭笞，乃至於自淫的對象。席慕蓉詩中的「你」即使帶有

---

50 席慕蓉：《邊緣光影》，頁117。
51 席慕蓉：《時光九篇》，頁154。
52 席慕蓉：《時光九篇》，頁155。

> 「自我投射」的成分，更多部分是她思慕、傾訴、寬宥、共生
> 的他者。她更像一個「永恆不變」的「母者」，那個「你」一
> 起初成了情人、丈夫、兒女，到後來則化為族人、土地和山
> 川。[53]

「你」的指稱在席詩中不一定是指「你」，就白靈所說的「你」是一個化身，是席慕蓉周圍她所關懷的人們化身，也許是情人也許是山川。而這樣多情的女子就不免在情感的泛濫上為自己添增許多的麻煩與煩惱，她所擔憂的對象包括了許多外在的人們，但這些看似外在的情感不也可能是詩人自我內在的焦慮情緒？

　　拉康的鏡像理論提到的自我與他者之間關係便如同鏡子一般，當個人在鏡中看到自己之後，他／她才認識自我與世界是分隔的主體，鏡中的我與鏡外的我都是一個我的不同形象，但從鏡中看到的自己是一個有了區隔的自我，自我與他者之間永遠有著差異的特質，但也聯繫著相似的臍帶，在彼此相同且相異的質性中，一方面產生自我與自我對立的焦慮，也產生自我認同的焦慮。可是，拉康同時也指出，孩童在成長的過程中因為尚未建立對自我的認知時，便被大人們以特定的材料／或歷史使命等強加於心靈中，使得孩子的他者塑造為一個偽造的自我，而產生如詩中製造的「偽自我」[54]。此種詩中意象的想像不但是成長過程中他者異化的產物，也在心靈上自我欺騙的可能，但是，每個人在自我認知的過程中，通常沒有足夠的反省力發現每一份真或假，於是，每個人身上同時存在著自我與他者，只是每個人在成

53 白靈：〈懸崖菊的變與不變——小評《席慕蓉世紀詩選》〉，收入於《迷途詩冊》，頁155。
54 張一兵：《不可能存在之真——拉康哲學映像》（北京市：商務印書館，2006年1版、2008年2刷），頁127-131。

長的過程中質變量變之後產生現在的「我」,而這些「我」可能是真或是假,也可能是有意識的我或是無意識的我的同時存在。

　　真或假的證實也許在年歲越長時才能略為窺見,到了席慕蓉的第六本詩集時,她在序中自剖:「我們其實無權判定,何者是『紀實』,何者是『夢幻』。」又說:

　　　　如果有人感知了你所不能感知的世界,因而親近了你所不能親近的「美」之時,請別先忙著把他的詩作歸類為「夢幻」,因為,有可能,他的每一字每一句都是「紀實」。當然,我們也無法斷定,那些激昂慷慨,所謂擲地有聲的詩篇;那些在詩中以豪俠和烈士自許,期盼自己的詩筆能如刀如劍的詩人們,在此刻是否更近於「夢幻」?[55]

當席慕蓉在年少時作夢的時候,夢總是對故鄉的渴望,那是夢想中的鄉愁,但在她回到故鄉後,第六本詩集中的夢與真實,也許不是真正的夢或真實了。她也在〈自白書〉中寫著:「我的真實/是我的不真實的夢」[56]。夢的真實性有多少?詩中的夢境又有多少是夢想的實現?

　　因為時間的因素,拉長的時間以及對過去的懷想,使得夢的形象或許更遠也有時更加模糊。如〈山月〉:

　　　　不知道　千年的夢裏
　　　　都有些什麼樣的曲折和反覆
　　　　五百年前　五百年後

---

55 席慕蓉:〈關於揮霍〉,收入於《我摺疊著我的愛》,頁13-14。
56 席慕蓉:《邊緣光影》,頁164。

> 有沒有一個女子前來　為你
> 含淚低唱（《無怨的青春》，頁59）

她文中說：「人若真能轉世，世間若真有輪迴，那麼，我愛，我們前生曾經是什麼？」、「因此，今生相逢，總覺得有些前緣未盡，卻又很恍惚，無法仔細地去分辨，無法一一向你說出。」[57]模糊的感覺，似有曾經相識的情懷，在席詩中成為她的特色，因為模糊感受與夢的似真若假有著相同的特質，「夢」的意象就成為詩中很好的情感替代品。

　　而人生如夢的主題對於席詩而言，拉長了更多的時間性並且模糊了真實的議題與探究。例如大陸學者稱之為「重證前緣」的實現與失望，是席慕蓉詩中的一個母題。[58]前緣再證的詩將詩中的時間跨越幾個「世」代，以前世或是今生的跨越將時間的距離拉長並且讓現實在時間的拉長中更不真實，例如〈歷史博物館〉：「可是　究竟在那裏有了差錯／為什麼　在千世的輪迴裏／我總是與盼望著的時刻擦肩而過」、「含淚為你斟上一杯葡萄美酒／然後再急撥琵琶　催你上馬／知道相遇又已是一世」、「今生重來與你相逢」[59]等詩句，把此刻與過去、此刻與未來，去尋找到點對點的千世、前世輪迴的觀點，而把時間拉長跳越到不同世代，或是不同的前世今生的錯置時空中。

　　前世成為席詩中的魔咒，凡與前世相連結的情感都是悲劇收場，學者所稱的「重證前緣」其實是一個無法重證的前緣，筆者試稱其為「前世魔咒」，因為前世在席慕蓉的詩中，無論在夢或現實裡出現，都指向永遠不可能完成的結局與悲劇，並且將「夢」之合理化為前世

---

57 席慕蓉：《無怨的青春》，頁137。

58 陳素琰：〈不敢為夢終成夢——席慕蓉的藝術媚力〉，《世紀詩選》（臺北市：爾雅出版社，2000年），頁26。

59 席慕蓉：《時光九篇》，頁121-123。

今生的想像與理想的追尋。前世之夢或今生未完的夢都有一個未來實現的可能,「夢」好像顯得有完成的希望或成功的可能。

在她之前應該沒有詩句像她這樣充滿著很多前世語言,這樣的語言如果放在現在的詩句或文中,可能是熱情到令人無法接受的程度,但在席慕蓉的時代,讀者接受這樣的佛教「輪迴觀」而產生一種跳越時空的想像,「我終於成木成石 一如前世」、「我經歷千劫百難不死的靈魂」[60],貫穿在席慕蓉詩中的夢與現實,建造此座城堡的是「時間」的因素,過去、現在、未來的時間跳越中,席詩大部分都在對過去的懷想,以現在的點回想過去某個點,她詩中的期待與夢想是一個模糊的概念,也許連她自己對於未來期待的具體內容是什麼,可能也無法清晰關照。

所以,當生命走過一段長路,「這個世界 絕不是╱那當初曾經允諾給我的藍圖」、「可是 已經有我的淚水╱灑在山徑上了 已經有╱我暗夜裡的夢想在森林中滋長」[61]。雖然一直對於世界有著不解,在現實與夢中,現實的不能滿足,才讓詩人在虛境中不斷找尋夢想,因為:「而在水邊清香的蔭影裡╱還留者我無邪的心」[62]、「在釀造的過程裡 其實╱沒有什麼是我自己可以把握的╱包括溫度與濕度╱包括幸福」[63]。

在千世的輪迴中,「夢」會成形,而在詩中描述的你、夢、相遇等卻是描寫過去的對於你的思念,對過去的我的掌握與你的相遇,或是在記憶裡發生的種種事件,換言之,對過去「相遇」的主題的發生或是未來故鄉的想像,「夢」是一個不清晰的可能期待。而讀者卻可以

---

60 席慕蓉:《時光九篇》,頁124-125。

61 席慕蓉:〈長路〉,收入於《時光九篇》,頁33-31。

62 席慕蓉:〈長路〉,收入於《時光九篇》,頁31。

63 席慕蓉:〈酒的解釋〉,收入於《時光九篇》,頁113。

在她無限的時間中接受她浪漫的想像，也許讀者大都願意接受不合情理的浪漫情懷，也願意以寬容的心態接納席慕蓉詩中建造的夢中王國。

席詩從早期開始到最後一本詩集，她一直在「追索」一個目標，那個目標從她年少時的夢境與追索，故鄉的追索，或是生命的疑問，一直到後期，夢的追索與轉變是對於過去的歷史的記憶追索，無論如何，席詩中有一個重要的「追索」的動作與主題成為貫穿她的詩作及一生最重要的靈魂。

她這一生（包含詩）一直在追索一個看不見的夢想，夢想在年少時或是四十以後的婦人，乃至於回鄉之後，席慕蓉都一直在作「夢」。夢在內心的不斷呼喊與渴求反映席慕蓉在心理上的某種匱乏，不然詩就不在存在那些文字與無法滿足的內涵。例如〈出塞曲〉中的鄉愁或是年華老去的感嘆，青春消逝的追尋，或是〈七里香〉中的道別等，夢是她隱藏的願望，如〈懸崖菊〉中的：「我那隱藏著的願望啊／是秋日裏最後一叢盛開的／懸崖菊」，夢是無法理解並且不能實現的渴望，〈送別〉中說：

> 不是所有的夢　都來得及實現
> 不是所有的話　都來得及告訴你
> 疚恨總要深植在離別後的心中
> 儘管　他們說
> 世間種種最後終必成空（《七里香》，頁116）

錯過今朝又錯過了昨日，別離在席詩中產生的空相的感嘆，世間終究成空，則送別也是生命的一個過站，但錯過的卻是來不及說的話語，連「夢」也錯過了，內心的渴望也是。但此種感嘆說明詩人存在某種錯過後的悔恨。〈借句〉中說：

於是　周而復始　一生倒有半生
總是在清理一張桌子
清理所有過時　錯置　遺忘
以致終於來不及挽救的我的歷史（《邊緣光影》，頁10）

對於時間總是有著來不及的，過去已無法回頭的感嘆。時間對她而言
是過去現在的錯置，而包含著對於時光一去不回的哀愁。錯置與哀愁
形成她詩中淡淡的憂愁氛圍。

　　所以，當席慕蓉回到故鄉之後，對於故鄉之夢應該已經得到實
現，但她卻仍然在做故鄉之「夢」，對於夢而言，空間的故鄉不再是
主要的渴求，而是擴大夢的疆土，轉而為時間的夢，人類在歷史中的
一場大夢，或是人生如夢的虛幻，夢是對於時間消逝的描述，〈荒漠
之夢〉：「夜宿荒漠／荒漠給了我一個夢」，荒漠的夢是時光縱向的描
述，她在詩後的說明中說：

公元二○○○年十月初，見到了渴望已久的黑水域。是夜，在
內蒙古阿拉善盟額濟那旗的達來庫布鎮，我做了一個美麗的
夢，昔時以那樣從容的姿態走來，並且久久徘徊。……忽然領
悟，無論是半埋在沙塵之下的城池，還是乾涸的湖泊與河床，
這荒漠上的每一寸土地，不都是有過一場繁華的舊夢？（《迷
途詩冊》，頁103-104）

「這夢裡夢外的時空，誰是虛？誰是實？誰是當下？誰又只不過是一
場繁華的舊夢？」[64]人生如夢是一個短暫生命對時間的描繪，而在荒

---

64 席慕蓉：《迷途詩冊》，頁104。

漠之中，在空間的廣闊之中，作者想到的是時間的長度，當生命一再生生死死，在時間空間下的生命流轉不也是如同一場夢？空間依舊，荒漠上也許曾有繁華，但如今也看不見了，時間經過之處，空間也隨之流動，空間不動，但景物更迭，比荒漠的生命更短暫的人的生命也就更加渺小了。

由此荒漠與土地的舊夢回顧人的繁華不也如一場夢？以此回顧「時間」對於「夢」是一雙催促的手，既可成夢也可消失。在荒漠中很難想見過去的繁華，也無法預期下一刻的未來，在「歷史」的時空下見證過去的繁華，感嘆人事已非的匆忽之感，生命如「夢」的飄忽感就更強烈了。

同時，當夢與追索的目標是一致的，被追索的對象就是夢中實現的角色，家鄉之夢一旦實現之後，夢的追索就會改變對象，只是席慕蓉的「被追索的對象」是一個存在歷史時空中的家鄉圖像，再也回不來的虛擬的記憶，所以，後期夢的追索就會呈現新的轉向或是落空。〈遲來的渴望——寫給原鄉〉中說：

> 而在我們的夢裡（無論是天涯漂泊
> 還是不曾離根的守候者）是不是
> 都有著日甚一日的茫然和焦慮（《我摺疊著我的愛》，頁142）

原鄉還在，但席慕蓉因為無法融入原鄉的文化而產生焦慮，此種焦慮變成她後期的「夢」的追索。她詩寫著她的心痛是「不能知曉與我有關的萬物的奧秘／不能解釋這洶湧的悲傷而落淚」[65]。

鄉愁的情感在想像的鄉愁與現實的面對之後，情感從驚異、震

---

65 席慕蓉：《我摺疊著我的愛》，頁143。

撼、不敢相信到接受環境的變換而試圖為家鄉付出努力，這又是新的憂愁，是對故鄉懸念的幸福與使命所產生的新的愁緒。

所以，有趣的是，夢的議題到最後是落入一個無解的漩渦，焦慮的一再重生或移轉內涵，「夢」的意涵隨著生命的歷程而改變，「夢」的追索卻一直存在，追尋的歷程是一種永遠的追尋，夢則是永遠的夢，人類內心中追索不得的那一個存在就是「夢」永恆的存在。

五　結論──無限的夢

雖然在藝術的技巧上尚且無法評價席慕蓉的作品價值，但席慕蓉對於生命的熱愛與她在藝術中表現的熱情與追求，她對萬物的觀察體驗與同理心，造就她詩中溫婉的特質，此特質可以打動人心，對於不懂深奧詩歌的大眾，她的詩具有強烈的感染力，感動許多閱讀的心靈。這是由於她對於生命、自然、萬物保有的一顆純粹的「初心」，這是她詩心的來源，也是她源源不絕創作的動力，同時也是因此在最直接的文氣中，她的詩會感動一般讀者最大的媚力。

她的詩也許不是深奧的哲理、不是詩藝高超的舞台，卻寫出一般人可讀可感可以接受的詩句，而她詩中的溫婉之氣直接指出生命的渴求、尋索、期待、盼望，以及對於世界的感動，這些是席慕蓉的心情，也是一般人的心情。就是這種直指人心的文字才憾動讀者的心，這種特質是她天生的人格特質，也是她追求「美」所展現的特質，所以她的詩最大的價值在於感動「人」、「心」，以同理心與讀者分享的媚力，這就是造就「席慕蓉現象」最大因素。你可以否定她的詩藝，卻無法抹殺這一個曾經轟動兩岸詩壇，創造出如暢銷書般高數量的席慕蓉旋風。

席詩中常常充滿著期待與失落，期待往往透過「夢」、「夢想」、

「夢境」以追求，而夢常常又與時間放在一起，兩者合為一個追不到或永遠不可能時間倒流的期待。時間之夢中對時間的感懷與追逝，詩人對於某種抽象情感／內在意識的莫名其妙的追索與渴求。當然這是一生都追不到的目標，因為時間是永遠追不回的質素，而當時間追不回時，也追不回當初未完成的遺憾了。

但是弔詭的是，既是稱為夢，也就代表著那是追不到，得不著，甚至是一輩子都無法實現的東西，於是，在詩中常常就透露出感傷、憂愁、哀嘆的情緒，一方面對於追索不得的想法或是目標存在著希望，但希望之中又透顯著失望與感傷，使得她的情感有著矛盾的特質。

「夢」貫穿了席慕蓉的詩篇，從青春少女到老年的作品中，她一生都在人生的大夢中追著一個夢，小時候的夢是一個家鄉的記憶，人生的夢想，長大後的夢是對生命的期待，回鄉之後的夢就是對於故鄉的轉移，而追求心靈的原鄉的夢想。人生有夢，總在追尋中不斷創造新的追尋，席慕蓉的夢在完成後會產生新的夢，有異於他人的是席慕蓉對於「夢」是放在無限的時間中有著無限的時間追尋。前世、過去，千年、五百年的夢想延續到今日，形成她的「夢」帶給讀者無限的想像空間與時間，而她的「夢」則在時間的無限拉長中繼續衍生。

引用及參考書目

席慕蓉　《無怨的青春》　臺北市　圓神出版社　2000年

席慕蓉　《七里香》　臺北市　圓神出版社　2006年

席慕蓉　《時光九篇》　臺北市　圓神出版社　2006年

席慕蓉　《迷途詩冊》　臺北市　圓神出版社　2006年

席慕蓉　《邊緣光影》　臺北市　爾雅出版社　1999年

席慕蓉　《邊緣光影》　臺北市　圓神出版社　2006年

席慕蓉　《我摺疊著我的愛》　臺北市　圓神出版社　2005年

席慕蓉　《以詩之名》　臺北市　圓神出版社　2011年

席慕蓉　《巨大的寧靜》　臺北市　圓神出版社　2008年

席慕蓉　《成長的痕跡》　臺北市　爾雅出版社　1982年

白　靈　〈懸崖菊的變與不變——小評《席慕蓉世紀詩選》〉　《迷途詩冊》　頁155

李翠瑛　〈鄉愁與解愁——解讀台灣女詩人席慕蓉詩中的歷史圖像〉　《雪的聲音——臺灣新詩理論》　臺北市　萬卷樓圖書公司　2007年

沈　奇　〈邊緣光影佈清芬——重讀席慕蓉兼評其新集《迷途詩冊》〉　席慕蓉　《迷途詩冊》　臺北市　圓神出版社　2006年4月　頁166

張一兵　《不可能存在之真——拉康哲學映像》　北京市　商務印書館　2006年1版　2008年2刷

陳素琰　〈不敢為夢終成夢——席慕蓉的藝術媚力〉　《世紀詩選》

序　臺北市　爾雅出版社　2000年5月

楊宗翰　《台灣現代詩史——批判的閱讀》　臺北市　巨流出版社　2002年

王國芳、郭本禹著　《拉岡》　臺北縣　生智文化事業公司　1997年

巴舍拉・加斯東著　王靜慧等譯　《空間詩學》　臺北市　張老師文化出版公司　2003年

狄倫・伊凡斯（Dylan Evans）著　劉紀蕙、廖朝陽、黃宗慧、龔卓軍譯　《拉岡精神分析辭彙》（*An Introductory Dictionary of Lacanian Psychoanalysis*）臺北市　巨流圖書公司　2009年

〔奧〕佛洛伊德著　葉頌壽譯　《精神分析引論、精神分析新論》　臺北市　志文出版社　1985年

〔奧〕佛洛伊德著　賴其萬、符傳孝譯　《夢的解析》　臺北市　志文出版社　1972年

〔奧〕佛洛伊德著　孫名之譯　《釋夢》　北京市　商務印書館　1996年

席慕蓉詩作敘事模式的轉變

陳政彥

嘉義大學中文系副教授

摘要

　　本文嘗試以米克·巴爾所提出本文、故事、素材三個層次為緯，以席慕蓉三個階段的敘事模式的轉變為經，分析席慕蓉具有明確敘事特質的詩作。在《七里香》、《無怨的青春》階段，席慕蓉多半以不特定人物的第一人稱「我」朝著受述者「你」講述關於青春遺憾的故事。到了《時光九篇》、《邊緣光影》階段，席慕蓉延伸前一階段的主題，但是從青春遺憾當中思考，面對時間的消磨，人生真正值得在乎的事到底為何，她透過更多元變化的敘事方式，深刻地回答惟有人與人之間愛與美的感動，才能超越時間的摧折。而返回大漠之後，對時間的反思，也累積了對故鄉的關懷與對歷史的肯定，因此其敘述者「我」多半是席慕蓉夫子自道，對讀者述說蒙古現況，蒙古文化歷史也成為席慕蓉講故事的素材。透過敘事學的架構分析討論席慕蓉的詩作，有助於見前人之未見，更進一步了解席慕蓉詩藝的成就。

關鍵詞　席慕蓉　敘事學　蒙古　時間　詩

一　前言

　　席慕蓉自一九八一年以《七里香》登場詩壇至今已近三十五年，雖然八○年代初崛起之際，詩壇反應不一，褒貶互見。但是席慕蓉一路堅持創作，創作高度層層翻新，至今七本詩集可以看到她詩藝一路成長的過程，並非停留在最初的抒情浪漫而已。席慕蓉追求詩藝高度的堅持也獲得詩壇內外的肯定，她的詩作被選入多種課本，翻譯為多國語言。二○一一年濁水溪詩歌節，二○一四年太平洋詩歌節都曾向席慕蓉致敬，國內外考察席慕蓉詩作詩藝的研究成果也在近幾年大量出現，能否放下通俗抒情的成見，重新審視這位臺灣代表性的詩人，給予應有的正確評價，是當前臺灣詩評家刻不容緩的任務。

　　蕭蕭曾說席慕蓉是現代詩壇最淺顯，也是最容易被人忽視的堂奧。[1]席慕蓉的詩作偏向口語化，在語法修辭上並不特意扭曲創新，在意象使用上也不跳躍奇詭，因此讀者可以很親切地進入她詩中的世界，以此獲得了廣大讀者的喜愛。但評論家卻認為席慕蓉的詩主題單一，淺顯易懂，不願給予更高肯定。蕭蕭是當代詩評家當中最早給予正面肯定的代表，他認為淺顯易懂並不等於詩藝成就不高，這是一種偏見誤解，蕭蕭進一步以情、韻、事，三個角度切入，分析席慕蓉在這三個面向上有傑出過人的成果。抒情屬於讀者反應難以具體分析，席慕蓉詩中的韻律也已有相關研究成果，蕭蕭所指出的三個堂奧中，席慕蓉詩中的故事，還有待進一步討論。

　　為什麼席慕蓉詩中故事的迷人之處往往少人提及，因為要運用敘事學來分析現代詩有其文類特徵上的扞格之處。詩的敘事部分較為簡

1　蕭蕭：《現代詩學》（臺北市：東大圖書公司，2006年），頁436。

單，主要是詩中人物個人獨白，以敘述情感為主，不像小說敘事有多元豐富的變化。因此一般來說鮮少有人透過敘事學研究現代詩。

但是敘事方式簡單不等於沒有敘事，即使在最簡單的詩作當中也有最基本的敘事架構，說明是誰對著誰，說出了什麼事件，進而從中表露詩中主角的情感。完全沒有敘事的詩，實際上極稀少的。在席慕蓉的詩作中，往往都有明確的敘述者，即使在很短的篇幅中，仍然描述了詩中的行為者所經歷的事件。早在八〇年代，蕭蕭就已注意到席慕蓉的敘事特徵：「最後再提一件現代詩人忌諱，而席慕蓉卻在詩中特意鋪展的事，那就是現代詩人迷信詩中不該存留本事，重要的是抒陳詩人的感覺，情節故事應該濾除。大部分的詩人不給詩人本事，少部分的詩人說故事給讀者聽，卻未能帶出感動。席慕蓉則在尋得『愛』的意義之後，擬設不同的情境，烘托了愛。」[2]雖然比興抒情是詩的傳統，是詩的重要文學特徵，但是這些詩意的特徵仍然必須建立在敘事的基礎結構上，讀者才能理解，讓詩的比興抒情得到更高的共鳴。因此透過敘事學的架構分析討論席慕蓉的詩作，有助於見前人之未見，更進一步了解席慕蓉詩藝的成就。

荷蘭敘事學家米克‧巴爾（Mieke Bal）認為一者能從敘述本文中找到講述者，二者能夠在文本中區分出本文、故事、素材三個層次，三者敘述本文的內容是以一種獨特的方式表現出來的行為者引起或經歷的一系列相關聯的事件。符合此三要素即可稱為敘述本文。[3]

2　蕭蕭：《現代詩學》，頁435。

3　米克‧巴爾（Mieke Bal）著，譚君強譯：《敘述學：敘事理論導讀》（北京市：中國社會科學出版社，2003年），頁8。三種敘事層次的區分是隨著敘事學的演進而日漸細密。在一九六九年簡奈特（Gérard Genette）在前人研究成果上進一步提出敘述行為本身的脈絡也應分立來看。見傑哈‧簡奈特著，廖素珊，湯恩祖譯：《辭格Ⅲ》（臺北市：時報文化出版社，2003年），頁76。雷蒙‧凱南將這三層次命名為「故事」（story）、「文本」（text）和「敘述」（narrative），見里蒙米絲‧雷蒙‧凱南（Shlomith Rimmon-Kenan）著，賴干堅譯：《敘事虛構作品：當代詩學》（廈門市：

如果以此觀點來看，某些傳統認為並非敘述本文的文學作品，實際上仍然可以視為敘述性的文學作品，米克‧巴爾書中即舉艾略特的名作〈荒原〉為例，某些傳統不認定是敘事作品的詩，仍然可以當成敘述本文看待。事實上，米克‧巴爾更進一步思考當前敘事學理論未盡之處，未來可能的發展就是嘗試以敘事學理論去分析傳統認定非敘述性本文的敘事部分，開拓敘事學研究的新方向。[4]

單從一首詩來分析，其敘事層面可能過於簡單，敘事學能夠分析的部分較少，如果將席慕蓉所有詩作整體考察，就可以發現席慕蓉的敘事模式其實隨著時間轉變。向陽指出在席慕蓉在三十餘年、七本詩集的創作生涯中，創作風格有三次轉變。從一九八一年開始，《七里香》與《無怨的青春》詩風柔美抒情，敘事模式較單純，到了一九八七年《時光九篇》以及《邊緣光影》的前半段，自覺地嘗試各種詩的變化，在主題上延伸對青春愛情的追憶懷念，進一步反思時間與人的存在的哲思。到《迷途詩冊》、《以詩之名》、《我摺疊著我的愛》階段較多地聚焦在自身文化認同與蒙古大漠風情。詩風的改變是主觀直覺感性的評述，落實在具體研究上，可以發現是創作主題、擇取意象以及敘事模式的變化，因此本文嘗試以米克‧巴爾所提出本文、故事、素材三個層次為緯[5]，以席慕蓉三個階段的敘事模式的轉變為經，分

廈門大學出版社，1991年），頁4。雖然命名不同，但內涵相似。為求統一本文採用米克‧巴爾的命名。

4 米克‧巴爾（Mieke Bal）著，譚君強譯：《敘述學：敘事理論導讀》，頁14。

5 米克‧巴爾（Mieke Bal）解釋：「敘事本文（narrative text）是敘述代言人用一種特定的媒介，諸如語言、形象、聲音、建築藝術，或其混合的媒介敘述（講）故事的本文。故事（story）是以特定的方式表現出來的素材。素材（fabula）是按邏輯和時間先後順序串聯起來的一系列由行動者所引起獲經歷的事件。事件（event）是從一種狀況到另一種狀況的轉變。行動者（actors）是履行行為動作的行為者，他們並不一定是人。行動（to act）在這裡被界定為引起或經歷一個事件」米克‧巴爾（Mieke Bal）著，譚君強譯：《敘述學：敘事理論導讀》，頁3、4。

析席慕蓉具有明確敘事特質的詩作，思考詮釋席慕蓉詩作的另一種
可能。

二 《七里香》、《無怨的青春》階段的敘事分析

向陽曾指出席慕蓉的《七里香》、《無怨的青春》之特色：「她以
詩、圖互詮之美，表現出女性內在世界的幽微、細緻以及柔情」[6]。
席慕蓉的初期詩作幽靜柔美，往往透過故事表露一種緬懷美好往日的
情緒。看似主題簡單，如果仔細分析其敘事的三個層次，就會發現頗
有可觀之處。

1 本文層

敘述本文的層次主要討論誰對誰敘說這個故事，涉及了敘述聲音
與視角的問題。一九七八年，查特曼嘗試以符號學的交際模式來說明
敘述本文的交流過程，他列出如下圖表：

敘述本文

真實作者→ 隱含作者→（敘述者）→（受述者）→隱含讀者 → 真實讀者

真實作者與真實讀者即是真實世界中的詩人與讀者，在敘述本文
的範圍內，也就是單從紙本文字當中，作者希望讀者所感受到的企圖
心與想法，轉化為敘述本文中的隱含作者，作者所期許讀者能夠正確
解讀到作者訊息的部分則是隱含讀者，而敘述故事的人是誰，聽著敘
述者說故事的人則是受述者。在小說的故事當中，這六種參與故事的
角色可以有許多不同的變化。在詩作當中，往往沒有明確的人物角

---

6 向陽：〈把草原上的月光寫入詩中〉，《文訊》（2013年3月），頁18。

色，隱含作者與真實作者之間往往也被視為等同。但是在席慕蓉的詩當中，可以發覺在敘述本文的層次上，就有很豐富的表現。

在最著名的名作〈一棵開花的樹〉當中，席慕蓉以講述故事第一人稱的「我」，對著受述者第二人稱的「你」娓娓道來一椿心事。故事從頭說起，表示為了要在最美麗的時刻相遇，「我」在佛前求了五百年，而終如願化成一棵開花的樹，卻遭到「你」無視的走過，徒留滿地傷心。述說這個故事言下之意，暗示著聽故事的人自己並不知情，彷彿多年之後，兩人重逢才述說當年為了愛慕，希望意中人能夠注意到自己所做的努力。這是席慕蓉初期風格擅長的敘述架構，也就是以第一人稱的「我」，單純只對著第二人稱的「你」，傾訴當年嬌羞未曾表白的心事。

詩中敘述者與受述者並沒有明確的人物角色描述，但正因如此，讀者很容易將自己帶入第一人稱的我，藉由詩句回味當年也曾經經歷，幽微的青春戀情。值得注意的是，席慕蓉有意地混淆我的性別，在許多詩作中會使用「妳」來作為受述者。例如〈如果〉：「四季可以安排得極為黯淡／如果太陽願意／人生可以安排得極為寂寞／如果愛情願意／我可以永不再出現／如果妳願意／除了對妳的思念／親愛的朋友　我一無長物／然而　如果妳願意／我將立即使思念枯萎　斷落」[7]。詩中以「妳」作為受述者，男性讀者可以很自然地將自己帶入詩中敘述者的位置，自然感受席慕蓉所敘說的感人情緒，為了愛，為了「妳」，只要對方願意，敘述者甚至願意離去。此時的男性讀者不會意識到席慕蓉的存在，只覺得詩彷彿是由自己所寫。又如〈讓步〉也是：「只要　在我眸中／曾有妳芬芳的夏日／在我心中／永藏一首真摯的詩／／那麼　就這樣憂傷以終老／也沒有什麼不好」。[8]同

7　席慕蓉：《七里香》（臺北市：大地出版社，1981年），頁128。
8　席慕蓉：《七里香》，頁131。

樣以「妳」作為受述者，傳達兩人青春歲月曾留下難忘的美好，那麼即使沒有結果，彼此憂傷終老也足以慰懷的心意。此時的席慕蓉單純只是想傳達自己對於青春與愛的看法，透過不同性別受述者的設定，更加擴大了讀者的層面，獲得廣大喜愛。

2 故事層

敘述本文的層次是誰在說故事，誰在聽故事，讀者如何從中體會詩人傳達的情感。故事層次就是如何講述故事。最容易理解的說故事方式，是讓事件按照事件發生的時間順序一一呈現，但是，想讓讀者有更多感動，如何安排順序就成為作家們匠心獨運的技巧設計。

在席慕蓉初期的詩作當中，說故事的方式以倒敘（analepses）為主。先說當下心情，再倒敘青春往事。簡奈特說：「每個時間錯置與其嵌插或嫁接的序事相較，均構成一個時間上的第二敘事，它從某種敘述句法的觀點來說為從屬於第一敘事。」[9]當下說著故事的時間，與之前所發生故事的時間形成對比。例如這首〈曇花的秘密〉：「總是／要在凋謝後的清晨／你才會走過／才會發現　昨夜／就在你的窗外／我曾經是／怎樣美麗又怎樣寂寞的／一朵／／我愛　也只有我／才知道／你錯過的昨夜／曾有過　怎樣皎潔的月」。[10]依照事件發生的順序，是從曇花盛開的夜晚開始，盛開之際，曇花心想如果能讓受述者的「你」看到就好了，但一夜過去，清晨來臨，受述者才看到枯萎的曇花。但在席慕蓉的敘述當中，則是從曇花已經枯萎的清晨說起，倒著說昨夜之曇花盛開卻無人欣賞之狀。敘述至此，原本以為是悲傷的心境，卻又再拔高一層，說只有自己知道錯過的月色多皎潔。肯定全

9　見傑哈‧簡奈特著，廖素珊、湯恩祖譯：《辭格Ⅲ》，頁96。
10　席慕蓉：《無怨的青春》（臺北市：大地出版社，1983年），頁98。

心盛開愛著對方的心境，即使沒有回報，也因為努力看到另一番景色而無悔。

　　為什麼初期的席慕蓉常會使用「倒敘」（analepses）說故事，因為此時席慕蓉最希望呈現主題是對青春情事的追憶，如果從最初的美好一路說到當下的遺憾，就顯不出席慕蓉希望讀者感受那種青春已逝無法追回的後悔感。從當下呈現中年的心境，倒敘強調出兩個時間的斷裂落差，更凸顯無法回到往日的遺憾。例如這首〈疑問〉：「我用一生／來思索一個問題／年輕時　如羞澀的蓓蕾／無法啟口／等花滿枝椏／卻又別離／而今夜相見／卻又礙著你我的白髮／可笑啊　不幸的我／終於要用一生／來思索一個問題」。[11]首先點出敘述者當下正處於一種困惑的思索中（時序是已經滿頭白髮的現在），然後在倒敘困惑來自於不敢啟齒的一個問題，年輕的時候不好意思問，等到長大成熟敢開口時又各自天涯，最終相見卻是滿頭白髮，敢問卻又不好意思表白了，再接回當下的處境，讀者更能體會追悔不已的情感。

3 素材層

　　敘述本文的層次是誰對誰說了什麼故事，故事的層次是用什麼順序安排來敘述故事，素材層次指的是故事的內容，也就是傳統小說研究關注的具體人物、事件、場景。在此階段的席慕蓉最常說的故事內容多半是無特定面目的中年女子（或男子）對青春歲月一段難忘回憶的感嘆。例如這首〈回首〉：「一直在盼望著一段美麗的愛／所以我毫不猶豫地將你捨棄／流浪的途中我不斷尋覓／卻沒料到　回首之前／年輕的你　從未稍離／／從未稍離的你在我心中／春天來時便反覆地吟唱／那濱江路上的灰沙炎日／那麗水街前一地的月光／那清晨園中

---

11 席慕蓉：《無怨的青春》，頁44。

為誰摘下的茉莉／那渡船頭上風裏翻飛的裙裳／／在風裏翻飛　然後紛紛墜落／歲月深埋在土中便成琥珀／在灰色的黎明前我悵然回顧／親愛的朋友啊／難道鳥必要自焚才能成為鳳凰／難道青春必要愚昧／愛　必得憂傷」。[12]詩中的敘述者「我」在青春年少的時候，因為期待更美麗的戀情，輕易結束了初戀，但是尋尋覓覓再也找不到更美好的戀人，回首之前，最初的那人仍然在身邊守候，歌唱著當年兩人美好的回憶。重點就在是回首「之前」，等到故事中的主人翁驚覺當初輕易別離的那個人就是最好的選擇時，驀然回首，癡心等候的那人卻已不在了，而到如今只能不斷的後悔感嘆，這種愚昧的憂傷是否是每段青春都必經的歷程。這樣的故事架構反覆多次出現在《七里香》、《無怨的青春》當中。差別只在於本文層與故事層，就是透過什麼樣的敘述、受述者，以及甚麼樣的順序安排的差別。

　　雖然主要故事架構是敘述者口述當下的思念，回顧當時歡快美好的往日，最終回到當下的寂寞，但是呈顯出來的情調，還可以細分為後悔悲傷以及了悟清明兩種情緒，例如席慕蓉〈揣想的憂鬱〉的結尾：「啊　我親愛的朋友／有誰能告訴你／我今日的歡疚和憂傷／距離那樣遙遠的兩個城市裡／燈火一樣輝煌」。[13]猜測對方是否會想起自己，想起自己時是否會憂鬱，最終說明，其實自己也因為想起對方而突然憂鬱，所謂揣想其實正是自己心情的寫照。

　　但更多時候，席慕蓉的故事不會陷溺在悲傷的結局中，例如這首〈散戲〉的結尾：「到那個時候　舞台上／將只剩下一座空山／山中將空無一人　只有／好風好日　鳥喧花靜／／到那個時候／白髮的流浪者啊　請你／請你佇足靜聽／在風裡雲裡　遠遠地／互相傳呼著的

12　席慕蓉：《七里香》，頁56、57。
13　席慕蓉：《無怨的青春》，頁184。

／是我們不再困惑的／年輕而熱烈的聲音」。[14]詩中預設了好事的觀眾
等著看相愛卻無法結合的兩人，最終是否會在一起，席慕蓉強調等到
一切繁華散去，只剩下彼此寂寞的懷想，但只因為心底知道彼此掛記
也就夠了。這種情緒有時會曾經愛過美過輝煌過就夠了，有時會寄託
因為這段美好際遇，轉化成美麗詩句，這些際遇也就有價值，這些轉
化超脫了愛不得的苦惱，翻轉為超然心境，為自己筆下的愛情故事，
也為眾多讀者心中的遺憾畫下句點。

三　《時光九篇》、《邊緣光影》階段的敘事分析

　　到了《時光九篇》、《邊緣光影》階段，向陽分析席慕蓉的詩作：
「她的詩開始探究時間的課題，嘗試拔高詩的視野，在持續抒情風格
的同時，也加入對於時間的內在思索。」[15]在此階段，我們可以發現
席慕蓉敘事的模式開始有了變化，在本文、故事、素材層面都有別於
以往的新表現。

1 本文層

　　在《七里香》、《無怨的青春》階段，席慕蓉敘事主要以敘述者
「我」對著受述者「你」，傾訴兩人之間的往事，並且重申當下的後
悔，或者超然心境。但到了在《時光九篇》、《邊緣光影》階段，這種
以「我」對「你」的傾訴雖然還有，但比例已大幅減少了，席慕蓉開
始只以敘述者「我」來發言，所敘說的故事轉向個人體悟，詩中已不
見受述者「你」。例如這首〈雨中的山林〉：「雲霧已逐漸掩進林中／
此去的長路上　雨闊煙濃／所有屬於我的都將一去不還／只留下　在

---

14 席慕蓉：《無怨的青春》，頁191、192。
15 向陽：〈把草原上的月光寫入詩中〉，《文訊》（2013年3月），頁20。

回首時／／這滿山深深淺淺的悲歡」[16]，這裡的山林很明顯是人生的比喻，死亡如同無法看穿的雲霧，遮蔽一切且逐漸逼進，詩人則滿足於以詩留下一生悲喜的印記而聊感安慰。甚至於開始出現，詩中沒有「你」、「我」等敘述者受述者的詩作，讀者不再從詩中看到為了愛情惆悵的故事影子，更直接看到詩人的思想以意象的方式呈現。這樣的詩作較接近常見的現代詩敘事方式，但是詩中的敘事特色也大大減低，甚至已不具備敘事本文的條件。

另一個特殊的地方是，使用「我們」的次數大量增加，例如這首〈流星雨〉：「就像夏夜裡　那些／年輕的星群／驚訝於彼此乍放的光芒／就以為　世界是從／這一刻才開始／然後會有長長的相聚／／於是微笑地互相凝視／而在那時候／我們並不知道／我們真的誰也不知道啊／年輕的愛／原來只能像一場流星雨」。[17]席慕蓉換了一個美好的比喻，重新述說關於青春愛情只有一次不再重來的主題，但是不再是以「我」向「你」呼告的口吻，「我們」在詩中的使用很有趣，「我們」既是敘述者，也是受述者，隱含的「我」對著群體說話，群體的組成可能是「我」和「你」，但也可能含包含更多，比方所有讀詩的讀者們。其次，使用「我們」是想強調，除了詩人與所傾訴的對象之外，這種情感是共通的，也是詩人與讀者們共享的。由此來看，到了《時光九篇》之後，席慕蓉詩中可看到詩人自覺，她更有意識地面對寫詩一事。在此之前，席慕蓉只是單純地想記錄自己對青春的感情感想，但是意外踏入詩壇之後，面對諸多質疑，雖然選擇不加辯駁，但是在創作手法與風格上都開始用心求新求變，這點也反映在詩的敘事之上。這點我們在〈詩的蹉跎〉當中可以看得更清楚：「消失了的是時間／累積起來的　也是／時間／／在薄暮的岸邊　誰來喟嘆／這一

---

16 席慕蓉：《時光九篇》（臺北市：圓神出版社，2006年），頁158。
17 席慕蓉：《時光九篇》，頁34。

艘又一艘／從來不曾解纜出發過的舟船／／一如我們那些暗自熄滅了的欲望／那些從來不敢去試穿的新衣和夢想／即使夏日豐美透明　即使　在那時／海洋曾經那樣飽滿與平靜／我們的語言　曾經那樣／年輕」。[18]詩中敘事從現在眼見停泊舟船開始，回想到當年不敢揮霍青春的遺憾。詩仍然對著讀者分享自己與讀者共通的遺憾。詩的最後，點出遺憾的不只是愛情，還有青春的語言，暗示此遺憾不只停留於談情的層面，比對題目，更像是強調創作要趁青春的寓意。跳出故事之外來講，詩的開頭提點的句子「消失了的是時間／累積起來的　也是／時間」不包含在故事當中，是「非敘述的插入本文」[19]，是席慕蓉直接對讀者提示全詩的主旨，然後才銜接詩中的敘述者之動作。詩中的「我」已不完全是單純的無面目不特定的人，而是席慕蓉的夫子自道，此一階段的席慕蓉想強調，詩人面對時間的看法，而詩人相信這些感想是貼近讀者自身經驗的。

2 故事層

除了在敘述者、受述者有了更多變化之外，說故事的方式也有了更多變化。例如〈雨夜〉：「在這樣冷的下著雨的晚上／在這樣暗的長街的轉角／總有人迎面撐著一把／黑色的舊傘　匆匆走過／雨水把他的背影洗得泛白／恍如歲月　斜織成／一頁又一頁灰濛的詩句／總覺得你還在什麼地方靜靜等待著我／在每一條泥濘長街的轉角／我不得不逐漸放慢了腳步／回顧　向雨絲的深處」。[20]詩已不再使用錯時倒

---

18 席慕蓉：《邊緣光影》（臺北市：圓神出版社，2006年），頁18、19。

19 「非敘述的插入本文」對故事有著提示、評論，或者是作者別有寓意的安排。見米克・巴爾（Mieke Bal）著，譚君強譯：《敘述學：敘事理論導讀》，頁75。另可參考「敘述者干預」一節相關討論，見譚君強：《敘事學導論》（北京市：高等教育出版社，2008年），頁72-81。

20 席慕蓉：《時光九篇》，頁48。

述的方式，凸顯對青春的遺憾。〈雨夜〉前半段只是客觀描寫雨夜看到迎面走來打舊傘的行人，但是中間話鋒一轉，描寫這位行人的背影的種種想像。讀者必須思考一下，為何迎面走來的行人，敘述者會看到了他的背影？這是因為敘述者回過頭來看著這位行人的背影。那更進一步，敘述者又為什麼要看行人的背影？詩的後段才點出，原因是對「你」的思念，使得敘述者在雨夜行路總是不自禁地回首。所呈現的情感仍然是愛與思念，但在講述的方式上多了些「懸念」[21]的安排。

在〈綠繡眼〉中可以看到席慕蓉對說故事更大的企圖心：「在戰爭與戰爭之間／我們歡然構築繁華的城市／在毀滅與毀滅之間／我們慎重地相遇相愛　生養繁殖／／在昨夜暴風雨這後悄然墜落的／是一整個春季曾經熱烈營造過的夢想和遠景／這圓滿完整編織細密的小小綠繡眼的窩巢啊／此刻沉默地置身於我悲憫的掌心／／林間有微風若無其事地輕輕拂過／是誰　正在歎息／正在極遠極藍的穹蒼之上／無限悲憫地　俯視著我」[22]。在詩的第一段，以「我們」為敘述者，只是鋪寫「我們」此一敘述者在毀滅與戰爭之間，生養繁殖建造城市的狀態，但是讀者並不清楚敘述者為誰，要在第二段才會看到，原來第一段是綠繡眼對自身的描述，而實際上詩人手捧綠繡眼的窩巢，感嘆其繁華歡快相對於人類文明來說太過簡陋短暫，第三段再拉高一層，以上帝的眼神，反省人類自以為是長久的繁華會不會在神的眼中同樣卑微。三個層次的變化可視為不定式內聚焦，「敘述角度隨聚焦人物的變化而變化。各個人物講述所看到的不同事件，或者是相同的事

---

21 米克·巴爾對懸念的分析，是以讀者與故事人物是否知道答案來決定。讀者人物皆不知是偵探小說情節，讀者知人物不知是人物即將招逢災難的凶兆，讀者不知人物知，是人物心中的秘密，讀者人物皆知就沒有懸念，見米克·巴爾（Mieke Bal）著，譚君強譯：《敘述學：敘事理論導讀》，頁191、192。

22 席慕蓉：《邊緣光影》，頁88。

件，但由不同的聚焦人物從不同的角度來加以述說。在這種情形下，人們往往可以更好地發現事情的原委。」[23] 從綠繡眼的眼線，到人類的視線到神的視線，共同看待撿到綠繡眼窩巢此一事件，鋪陳出人類自以為是的驕傲，在神之前，卻難免有蝸角觸蠻的可笑。

3 素材層

由於席慕蓉的敘事風格變得多元，因此在故事內容上變得不好歸類。席慕蓉不再只是反覆申說對於當年青春錯過的戀情友情乃至一切美好際遇的遺憾，更多地開始反思，對往日美好的遺憾源自於時間的無法重來，那麼人在時間當中，究竟如何存在，為何存在，真正重要的是什麼？事實上，詩集命名為《時光九篇》、《邊緣光影》就已經具體呈現席慕蓉在此階段對時間主題的反思，其中又以〈歷史博物館〉、〈夏夜的傳說〉兩首長詩特別能體現這點。

〈歷史博物館〉的架構其實類似〈一棵開花的樹〉，是席慕蓉一貫擅長的故事情節，但是將此情節衍伸擴大，將戀情與歷史以及藝術發展的順序結合。最初在蠻荒時代女子曾深深戀慕男子，「既然我該循路前去迎你／請讓我們在水草豐美的地方定居／我會學著在甲骨上卜凶吉／並且把愛與信仰　都燒進／有著水紋雲紋的彩陶裏」[24] 但是在千百次的輪迴當中，女子始終忘不了男子，期待能再次相遇，但始終無法如願。為此女子透過各種藝術想告訴傾心的男子自己的存在，但是男子卻次次錯過，而最終在歷史博物館中相遇，女子激昂的呼喊「這櫃中所有的刻工和雕紋啊／都是我給你的愛　都是／我歷經千劫百難不死的靈魂」[25]，但是最終難免落空「在暮色裏你漠然轉身漸行

23　譚君強：《敘事學導論》，頁101。

24　席慕蓉：《時光九篇》，頁119。

25　席慕蓉：《時光九篇》，頁124。

漸遠／長廊寂寂　諸神靜默／我終於成木成石　一如前世／廊外　仍有千朵芙蓉／淡淡地開在水中」。[26]席慕蓉透過這首詩設定的故事，想傳達她認為也許所有藝術創作的動機，都源自於人渴望與其他心靈有美的接觸，尋求悸動感動，但知音難尋，因為時間就是最大的阻撓。由此點出了席慕蓉對時間的喟嘆。

更直接陳述此一思想的是〈夏夜的傳說〉，分成「序曲、本事、迴聲」三部分。在「序曲」當中以我當敘事者，表示此故事是由我說出，只知開頭不知結果。然後「本事」的部分主要的敘事者人稱是「我們」，故事則是從大霹靂誕生宇宙開始說起，極言其高溫火熱，足以開創宇宙，然後接著依序談到星球誕生、地球冷卻、開始孕育生命，再從三葉蟲滅絕，一直談到人類誕生，文明初始，乃至希臘、埃及文明的誕生。

另一方面，本事中穿插出現括弧內標楷體的詩句，則是以「我」向著「你」傾訴在那火熱美好的夏夜兩人美好的回憶，但是卻又轉瞬分別，並且反覆重複：

> （匍匐於泥濘之間
> 我依然要問你
> 那樣的夜晚去了那裏）

席慕蓉分別用兩種不同字型，以及兩種不同的人稱敘述者「我」、「我們」區分兩種聲音。「我們」陳述歷史顯得較冷靜客觀，「我」對著「你」呼喊則顯得主觀激情，但是在「我們」終於敘述完宇宙地球人類等大歷史，「我」終於傾訴完兩人之間的私歷史之後，

---

26 席慕蓉：《時光九篇》，頁125。

兩個聲音合而為一，質問同樣的問題：「匍匐於泥濘之間／我含淚問你　為什麼／為什麼時光祂永遠立於不敗之地／為什麼我們要不斷前來　然後退下／為什麼只有祂可以／浪擲著一切的美　一切的愛／一切對我們曾經是那樣珍貴難求的／溫柔的記憶」。[27]「我們」與「我」同時出現，也不再區分兩種字型，表示兩個疑問合而為一。這裡出現了另一種人稱「祂」，也就是時間的稱謂，表示不管宏觀歷史還是私我歷史都終究難逃於時間的摧折，而詩人所珍愛的一切難道就此消失，所有努力難道毫無意義？但是席慕蓉並未將結論停留在如此悲觀結局上，在最後一節迴聲的尾聲說道：「在夏天的夜晚　也許／還會有生命重新前來／和我們此刻一樣　靜靜聆聽／那從星空中傳來的／極輕極遙遠的　回音」。[28]席慕蓉認為個人所有努力過愛過美過的回憶，雖然會因為時間的摧折無法繼續，但是所留下的美好，會寄託藝術、音樂或者其他更神祕的媒介，超越時間的侷限，讓未來的生命同樣感動。

席慕蓉面對時間的考驗此一大哉問，最終思索出來的答案是，在時間的考驗下，人的生命最重要的不是世俗認定的功成名就，因為那些都會隨時間而消失，唯有人與人彼此會心瞬間，最美的感動，才能永遠銘刻不會為時推移，以詩中種種故事都是席慕蓉闡明此一主旨的努力。

四　《迷途詩冊》、《以詩之名》、《我摺疊著我的愛》階段的敘事分析

在兩岸開通之後，席慕蓉回到父祖之地蒙古，受到極大激盪與感

---

27 席慕蓉：《時光九篇》，頁199。
28 席慕蓉：《時光九篇》，頁202。

動，之後彷彿大雁般持續往返臺北蒙古間，向陽說：「她開始為她的
父祖，以及故鄉蒙古寫詩，她的詩風一如蒙古大漠，轉趨蒼茫、冷凝
而又厚重」。[29]但是，對蒙古的關懷其實更早之前就以潛藏於詩中。早
在《七里香》中即有一輯「隱痛」共八首詩，都是在寫父母以及對塞
外故鄉的懷想。在《邊緣光影》中也有「鹽漂浮草」一輯寫實際回到
蒙古的見聞感觸。而後《迷途詩冊》、《以詩之名》、《我摺疊著我的
愛》三本詩集更是隨處可見對蒙古的關懷。

1 文本層

在《迷途詩冊》、《以詩之名》、《我摺疊著我的愛》當中，很容易
體察到一種變化，那就是席慕蓉詩中的敘述者「我」已經不再是抽象
無特定的中年女子，而往往是席慕蓉自己，詩中的受述者「你」也往
往是有明確對象。也許是經歷生離死別去國懷鄉，人生閱歷已然豐
滿，詩中漸少空泛懷想，皆有所寄。例如《迷途詩冊》中〈靜靜的林
間〉寫給老來寫詩的散文家王鼎鈞，〈我愛夏宇〉直接向夏宇致敬，
詩中受述者「你」所指當然就是這些文人詩友。〈女書兩篇之二詩人
之妻〉寫著：「我不敢上前招呼相認只能暗自退下心中無比疼痛只因
為我識得她的年少時光曾經擁有多麼狂野的文筆和浪漫的詩情如今卻
是與詩人結褵半生的沉默又木然的妻」。[30]此詩以散文詩的形式完整記
載一個小故事，首先不敢相認暗自退下，內心十分疼痛，只因為當年
的她才情狂野奔放，但是如今的頭銜只剩「詩人之妻」而非「詩
人」，沉默木然是席慕蓉對女詩人嫁作人妻才情消磨命運的鮮明抗
議。雖隱去所指的明確人物，但是卻有為天下才女一哭的共通感。

---

29 向陽：〈把草原上的月光寫入詩中〉，《文訊》（2013年3月），頁20。
30 席慕蓉：《迷途詩冊》（臺北市：圓神出版社，2002年），頁85。

　　最感人的是寫給劉海北的多首動人詩作。例如這首〈別後〉:「至今　還會不時回身尋你／忘了你已離去　然後／就這樣靜靜地停頓片刻／讓疼痛緩慢襲來／想著　原本有什麼話要對你說／如果你還在」。[31] 席慕蓉自己曾解釋之所以能放肆書寫青春遺憾，正是丈夫無私的愛與包容，給予創作的全然自由，而當這份真切的幸福消失之際，所抒發的離愁其實更令人動容。[32]

　　更多時候，詩中作為敘述者，第一人稱的「我」，是跋涉大漠尋鄉的席慕蓉，親口敘述對於蒙古的人事物的種種切身感懷。以「我」發言，有時會以「妳」作為土地的受述者，表示詩人對土地滔滔傾訴自己的想法。例如〈塔克拉瑪干〉:「塔克拉瑪干　塔克拉瑪干／何人正在掏空妳的軀體吸光妳的血液／此刻　如流沙般從我眼前從我身邊陷落的／是不是　妳曾經無限珍惜的記憶?」[33]塔克拉瑪干在維吾爾族語中為故居，席慕蓉兼以此詩批判中國政府對故鄉的的環境與固有文化的破壞。

　　而席慕蓉詩中的「我們」，也比過去多了一種新的用法，代表了那是席慕蓉與其蒙古族人共同的經歷。〈兩公里的月光〉中說:「無人能夠前來搶奪大地的記憶／月光下疊印著的其實是相同的足跡／〔我們身披白衫或是玄色的長袍／胸前的配飾或是黃玉或是骨雕／鷹笛聲高亢而又清越　好像／還伴隨著蒼穹間鷲雕的呼嘯〕／在每一次月圓之夜的祭典裡／我們想必都曾經一如今夜這樣的／攜手並肩前行」。[34]詩中的「我們」不再是過去「你和我」或者「詩人與讀者」，而是

---

31 席慕蓉:《以詩之名》(臺北市:圓神出版社，2011年)，頁62。

32 席慕蓉:「世間應該有這樣的一種愛情:絕對的寬容、絕對的真摯、絕對的無怨、和絕對的美麗。假如我能享有這樣的愛，那麼，就讓我的詩作它的證明」〈一條河流的夢〉，《七里香》，頁190。

33 席慕蓉:《以詩之名》，頁175。

34 席慕蓉:《我摺疊著我的愛》(臺北市:圓神出版社，2005年)，頁149。

「席慕蓉與蒙古族人們」。詩中寫著當席慕蓉造訪五千五百年前先民手砌祭壇女神廟時，不禁浪漫的懷想，此刻走在月光下追尋的路程，是否輪迴千百年來，自己與族人們曾一次次走在同樣的道路上，映照同樣的月光。在多首刻劃故鄉的詩作中，都可以看到席慕蓉用我們作為指稱自己與同族的敘述者。

2 故事層

　　過去席慕蓉詩的敘事是為了鋪陳情感引發共鳴，詩中人物沒有面目，情節也多架空。但是因於真切踏上蒙古故鄉，並且真實接觸了許多蒙古事物，席慕蓉詩中想描寫蒙古，勢必要更加具體描述跟蒙古有關的故事。於是，席慕蓉時常將自己虛擬為故鄉或歷史中的人物，並從中引導讀者感受自己在此故事中的情感。例如這首〈紅山的許諾〉詩的開頭即說道：「左臂挾著獵物　右手中／握有新打好的石箭鏃／寬肩長身　狹細而又凌厲的眼神／我年輕的獵人正倚著山壁　他說／來吧　我在紅山等你」。[35]接著詩人描述這低聲的召喚穿越千百年的距離，讓人戰慄，而當年曾在紅山岩壁見證過的所有回憶瞬間重現，接著詳細描述彩陶、祭壇、身臨中採集野菜等的情節，最終歸結自己不遠千里而來的理由，是因為一個千年前的許諾，有人還在紅山等待著詩人。詩以虛構的等待約定情節，推動敘事進程，但是側寫了詩人對蒙古古文化的擬真想像。

　　例如在〈聆聽伊金桑〉，詩寫於席慕蓉於蒙古聖祖成吉思汗宮帳前聆聽唱誦〈伊金桑〉（聖祖祭詞），那麼席慕蓉要如何描寫成吉思汗這樣對蒙古族人來說深具意義的人物呢？一般可能會以從旁觀察描繪成吉思汗的形象，席慕蓉也以此寫成歌詞「在冰雪中　我們傳承你的

---

35 席慕蓉：《我摺疊著我的愛》，頁136。

堅持／在滄桑中　我們學會你的從容／你是永恆的蒼天之子／你是舉世無雙的英雄」[36]，但是這種寫法只是單方面表現對成吉思汗的崇敬，沒有更深的思考空間。於是席慕蓉選擇以成吉思汗的第一人稱角度，以內聚焦的方式看待這八百年來蒙古子民對他的崇敬。：「我在達爾扈特世代虔誠的誦唸聲裡／我也在無垠的曠野　聽見／有孤獨的牧者輕輕吟唱／是的　八百多年來／我一直活在　每個高原子民的心中……我是你們明光耀的喜悅／我是你們最深最暗的疼痛／我是你們永不被背棄的信仰啊／是的　如父如君如神祇／我一直溫暖地活在你們的心中」。[37]彷彿成吉思汗在草原上無所不在，也無所不知，一直活在每個族人的心中，溫柔的回應以及堅定的語氣，讓蒙古族人的仰望有了堅實的回應，也讓同樣一段敘事有了不一樣的色彩。

3 素材層

由別於前兩個時期多以個人經驗為故事架構，沒有特定人物形象的人稱作為敘述者。此階段席慕蓉詩中的「你」多半是生活中的文人詩友，或者是蒙古歷史上的歷史人物，人物有了具體形象，所發生的情節故事也隨之清晰。例如〈熱血青春〉一詩悼念羅伯森[38]，與席慕蓉之父席振鐸（拉席敦多克）同為蒙古自治團體安達盟會的成員，詩中記錄當年蒙古有志青年如何透過安答盟會在民初推動蒙古自治，卻在大時代動盪中歷經失敗，成員離散的事件作為情節順序，最終由席慕蓉致敬結尾。諸如此類記錄蒙古詩人朋友，或者紀錄受到迫害的蒙古人民的故事詩作頗多。

除了記載真人真事之外，席慕蓉也以詩描摹蒙古神話與歷史，具

---

36 席慕蓉：《以詩之名》，頁183。

37 席慕蓉：《以詩之名》，頁183。

38 席慕蓉：《以詩之名》，頁204分別。

體成為詩中故事素材。〈創世紀詩篇〉分別記錄了維吾爾族、蒙古族、滿族神話中的三位創世女神。維吾爾族的阿雅樂騰格里女神張開眼睛就是白晝閉上眼睛就是黑夜。蒙古族的女神麥德爾可敦騎著白色天馬馳騁天際，萬物是為了點綴顏色在馬蹄邊而誕生。滿族阿布卡赫赫以擊鼓誕生萬物：「這鼓聲是宇宙最初的聲息，是生命最初的記憶／一聲緊接一聲，恆久而又熱切，讓天地互相撞擊，讓血脈開始流通，讓陽光燦爛，讓暴雨滂沱，讓眾生從暗夜裡甦醒，讓我們都有了豐盈的心靈」。[39]有別於漢族常見的創世神話，席慕蓉以多種少數民族的神話出發，讓更多人知道族群認同、文化傳承可以是多元兼容並蓄的。

除了神話之外，席慕蓉特別選了三位蒙古族的英雄人物，將他們的事蹟寫成詩歌〈英雄噶爾丹〉、〈英雄哲別〉、〈鎖兒罕·失剌〉合成一輯稱為「英雄組曲」，這點對席慕蓉來說意義重大。[40]除了傳承發揚蒙古文化，寄託懷鄉感情之外，有趣的是席慕蓉認定英雄的角度。噶爾丹是清初準噶爾部的首領，在正統史書中的記載，他是殘酷暴虐的寇首，屢次騷擾清疆，終於被英明的康熙皇御駕親征所擊敗。但是，若從蒙古部族的角度來看，噶爾丹何嘗不是功敗垂成的悲劇英雄，一如席慕蓉所說：「折翼之鷹仍是鷹／蒼天高處　仍有不屈的雄心」。[41]席慕蓉在詩中，以席慕蓉的自述「我」作為主要敘述者，時空背景很清楚是在現代，她在祭拜受到英雄族人妥善保存的黑纛時緩緩回憶述說這段故事，在席慕蓉述說的故事中，原本已出家當喇嘛的噶爾丹因

---

39 席慕蓉：《我摺疊著我的愛》，頁96-100。

40 席慕蓉：「只因為在這三首詩裡，在某些詩的細節上，我可以放進了自己的親身體驗。我終於可以與詩中那個自己攜手合作，寫出了屬於我們的可以觸摸可以感受的故鄉。」〈回望〉，《以詩之名》，頁16。

41 席慕蓉：《以詩之名》，頁218。

為皇兄被刺，為了拯救汗國不得不還俗執政，治國清明之際，就不得不面對清朝經濟封鎖準噶爾部的困境，激盪恢復大蒙古帝國舊領的壯志，終於揮兵攻伐，即使功敗垂成，在蒙古族人心中仍然是難忘的英雄。

有別於噶爾丹，哲別名副其實戰功彪炳，身為成吉思汗手下最得力的大將，在建立大蒙古帝國過程中攻無不克，但是席慕蓉在詩中極力描寫的卻是兩人相知相惜的過程。哲別與鐵木真原本敵對，還差點一箭射死鐵木真，但當鐵木真攻克敵軍後，詢問射箭的是誰，哲別坦然承認，胸襟與武藝都讓鐵木真折服，不但不追究，還大加重用，知己的賞識，也使哲別感激以一生來回報。而後的戰功則是簡單帶過，表示席慕蓉在乎的是人與人之間無私真誠的對待。

最後一位英雄是鎖兒罕‧失剌，身分卑微的他曾經在少年鐵木真被敵人囚禁之際，因為一念仁慈，包庇放走了他，也因為這次逃脫讓鐵木真生還，才有日後偉大的成吉思汗。席慕蓉在描述其故事的時候選用了「你」作為受述者，也就是說，詩中故事是由席慕蓉向著鎖兒罕‧失剌一一說明，這樣的敘事方法，在敘述者部分是全知，受述者則是限知的，亦即席慕蓉是知道完整傳奇故事的人，而此時故事中的鎖兒罕‧失剌則是全然未知，這樣更顯出他的驚慌恐懼，因為他不知道他的拯救行動是否會帶來殺身之禍，雖然詩中的「我」也就是席慕蓉，作為敘述者，但聚焦者，也就是故事中體驗感受各種情感的卻是鎖兒罕‧失剌。在鎖兒罕‧失剌的視角中，他思考面對鐵木真這個少年要背負的各種危險，而他不知道自己的兒子女兒以及鐵木真的想法，他只能觀看其他人物的行為，並加以猜測。此中的敘事現象很值得後學者持續思考。[42]

---

42 簡奈特分析《追憶似水年華》時曾經將這種不嚴格遵守語式的寫法稱之為「複調式聚焦」，簡奈特說：「這種難以想像的共存正可以作為普魯斯特整體敘述實踐的象

之所以選擇他作為英雄，正可看出席慕蓉的想法，即使是小人物，在不知道吉凶禍福之際，仍然秉持良知仁心，勇敢冒險救人，這樣的人才是真正的英雄。從這三個故事，我們可以發現席慕蓉對英雄的認定，並不源自於所謂世間認定的偉大成就，而是源於誠實正直的心念，堅持善行的勇氣。這些故事素材、人物典型、感人情節，如果不是席慕蓉的挑選，以詩的方式呈現，也無法廣為人知。席慕蓉對於蒙古文化的推廣，實在有不可忽視的重要性。

五 結論

從席慕蓉的創作歷程來看，從第一本詩集《七里香》開始，早已廣受大眾喜愛，即使受到批評非議，她也從不辯駁，只是靜靜地持續精進詩藝，其思想的深度，關懷議題的廣度，都隨著一本一本詩集持續成長。席慕蓉的詩不以奇詭精妙的意象轉換見著，但是其明顯清楚的陳述，不但給大眾更多讀懂詩、欣賞詩的機會，其透過敘事營造情感的能力，在當今詩壇更是罕有比肩者。這點可從本文的分析中得見。在《七里香》、《無怨的青春》階段，席慕蓉多半講述關於青春遺憾的故事，曾經有過最真摯美好的際遇，怎麼就不懂珍惜，要等到中年才來後悔？到了《時光九篇》、《邊緣光影》階段，席慕蓉延伸前一階段的主題，但是從青春遺憾當中思考，面對時間的消磨，人生真正值得在乎的事到底為何，她透過更多元變化的敘事方式，深刻地回答惟有人與人之間愛與美的感動，才能超越時間的摧折。而返回大漠之後，對時間的反思，也累積了對故鄉的關懷與對歷史的肯定，蒙古文

徵。它毫無顧忌地、彷若未曾察覺般地同時運用三種聚焦語式，任意從主角的意識跨入敘述者的意識，流轉在各式各樣的人物意識之間。」或許可作為席慕蓉此詩敘事的一個註解。見傑哈・簡奈特著，廖素珊、湯恩祖譯：《辭格Ⅲ》，頁246。

化的歷史與當下，成為席慕蓉講故事的素材，說故事的方法也持續嘗試更多不同的方法。

席慕蓉詩作的藝術成就長年來都被盛名所累，一直不為評論者關注，但是透過敘事學方法論的分析，可以發現席慕蓉持續不斷的自我要求，創新求變，讓我們看到以詩說故事有多元豐富的可能，席慕蓉的詩藝以及現代詩敘事學的研究，都還有許多空白，值得學者持續填補。

引用及參考書目

（一）文本

席慕蓉　《七里香》　臺北市　大地出版社　1981年

席慕蓉　《以詩之名》　臺北市　圓神出版社　2011年

席慕蓉　《我摺疊著我的愛》　臺北市　圓神出版社　2005年

席慕蓉　《時光九篇》　臺北市　圓神出版社　2006年

席慕蓉　《迷途詩冊》　臺北市　圓神出版社　2002年

席慕蓉　《無怨的青春》　臺北市　大地出版社　1983年

席慕蓉　《邊緣光影》　臺北市　圓神出版社　2006年

（二）專書

米克・巴爾（Mieke Bal）著　譚君強譯　《敘述學：敘事理論導讀　北京市　中國社會科學出版社　2003年

里蒙米絲・雷蒙・凱南（Shlomith Rimmon-Kenan）著　賴干堅譯　《敘事虛構作品：當代詩學》　廈門市　廈門大學出版社 1991年

傑哈・簡奈特著　廖素珊、湯恩祖譯　《辭格Ⅲ》　臺北市　時報文化出版社　2003年

蕭　蕭　《現代詩學》　臺北市　東大圖書公司　2006年

譚君強　《敘事學導論》　北京市　高等教育出版社　2008年

（三）期刊

向　陽　〈把草原上的月光寫入詩中──側寫席慕蓉〉　《文訊》
　　　　第329期　2013年3月　頁18-21

情絲不斷，情詩不斷
——席慕蓉詩作的雨意象

李桂媚

國立臺北教育大學臺灣文化研究所碩士

摘要

　　席慕蓉詩作常見水意象，她的蒙古名字「穆倫」，是「大江河」之意，或許冥冥之中早就註定了席慕蓉與水意象之間的牽繫。不只是「河」意象在她詩中頻繁出現，水意象的另一個面貌「雨」，在七本詩集中合計出現五十二次，同樣可視為席慕蓉筆下的重要意象。本文嘗試聚焦於席慕蓉詩作的雨意象，從詩名有雨的作品出發，繼而析論雨意象和淚意象並用、與時間連結兩大使用特徵，揭示詩人如何結合雨絲與雨思，將短暫的雨景化為永恆的情詩。

關鍵詞　席慕蓉　雨意象　淚意象　時間　情詩

一 前言

被譽為「荷蘭藝術三傑」之一的維梅爾（Jan Vermeer, 1632-1675），喜歡捕捉生活的片段，他的畫作常常聚焦在日常生活的一瞬間，與其說他在敘事，不如說他在刻劃一段凝結的時間。維梅爾幾乎一生都在描繪類似的題材，「一幅單純平實的圖，成為古今最特出的傑作之一」。[1]兼具畫家與詩人身分的席慕蓉（1943-），就像是現代詩壇的維梅爾，她書寫生命的曾經，為看似平凡的時間點綴上詩意的色彩，誠如柯慶明所言，席慕蓉的詩是「當下的美好」轉化為「永恆的記憶」。[2]

席慕蓉自言，她是挑出生活裡最珍貴的部分來書寫。[3]她沒有華麗的技巧，但純熟的語言、真摯的情感早已自成一家，蕭蕭即曾評價：「她的詩是一個獨立的世界，自生自長，自圖自詩」，[4]「她的出現與成功，都不應該是偶然。」[5]陳素琰認為：「在她平易和溫柔的外表中蘊含著深刻和深沉；在她的純情的歡愉之中包含著曠古的悲哀。」[6]張默也說：「席慕蓉的作品，給予讀者的感受是多面的，而為

---

1 E. H. Gombrich著，雨云譯：《藝術的故事》（臺北市：聯經出版事業公司，1997年修訂版），頁433。

2 王靜禪：〈將美好化成永恆的記憶——席慕蓉V.S. 柯慶明〉，《文訊》，第247期（2006年5月），頁78。

3 夏祖麗：〈一條河流的夢：席慕蓉訪問記〉，《新書月刊》，第8期（1984年5月），頁18。

4 蕭蕭：〈綻開愛與生命的花街——評席慕蓉詩集「七里香」〉，《明道文藝》，第69期（1981年12月），頁93。

5 蕭蕭：〈青春無怨，新詩無怨——論席慕蓉〉，《現代詩學》（臺北市：東大圖書公司，2006年增訂二版），頁430。

6 陳素琰：〈不敢為夢終成夢——席慕蓉的藝術魅力〉，收入於席慕蓉：《席慕蓉世紀詩選》（臺北市：爾雅出版社，2000年），頁32。

她獨自描摹的經驗世界，也是盡在不言中。」[7]

　　維梅爾「擅長發現百姓生活中的詩意，刻劃出小市民生活的安謐寧靜的氣息」，[8]此一特徵與席慕蓉不謀而合，然而不同的是，維梅爾一生創作的繪畫數量不多，作品在當時並不熱門，席慕蓉跨足美術、現代詩、散文，不僅創作量豐富，一九八一年大地出版的首本詩集《七里香》，更是甫推出就創下一年再版七次的紀錄。[9]詩集的暢銷為席慕蓉帶來兩極的評價，詩壇有人肯定她的崛起，也有人形容她的詩作是「有糖衣的毒藥」，[10]這股席慕蓉風潮更成為學者眼中的「席慕蓉現象」，孟樊、楊宗翰、沈奇、陳政彥等人都曾撰文析論。[11]

　　這位暢銷作家深受青年研究者的喜愛，臺灣至今已有十六本學位論文以席慕蓉為評述對象，文學研究者聚焦於她的詩作或散文，探討其書寫主題與技巧；音樂領域研究者以席慕蓉被譜曲的作品為觀察範圍，揭示詩與樂的交響；外文研究者則透過翻譯席慕蓉詩作，開拓文學翻譯的多元面貌。值得一提的是，就連新加坡國立大學的碩士生也選擇席慕蓉詩作當研究主題，探索其從懷鄉到尋根的原鄉追尋。[12]

7　張默編：〈席慕蓉詩選〉，《剪成碧玉葉層層》（臺北市：爾雅出版社，1981年），頁183。

8　何政廣主編：《維梅爾》（臺北市：藝術家出版社，1998年），頁8。

9　張默、蕭蕭主編：〈席慕蓉（一九四三──　）〉，《新詩三百首1917-1995（上）》（臺北市：九歌出版社，2007年），頁567。

10　渡也：〈有糖衣的毒藥──評席慕蓉的詩〉，《新詩補給站》（臺北市：三民書局，2001年），頁23。

11　孟樊：〈臺灣大眾詩學──席慕蓉詩集暢銷現象（上）〉，《當代青年》，第6期（1992年1月），頁48-52；孟樊：〈臺灣大眾詩學──席慕蓉詩集暢銷現象（下）〉，《當代青年》，第7期（1992年2月），頁52-55；楊宗翰：〈詩藝之外──詩人席慕蓉與「席慕蓉現象」〉，《竹塹文獻雜誌》，第18期（2001年1月），頁64-76；沈奇：〈重新解讀「席慕蓉詩歌現象」〉，《文訊》，第201期（2002年7月），頁10-11；陳政彥：〈「席慕蓉現象論爭」析論〉，《臺灣詩學學刊》，第7期（2006年5月），頁133-152。

12　張萱萱：《邊緣獨嘶的胡馬：析論席慕蓉詩學中無怨的尋根情結》（新加坡：新加坡

　　丁旭輝指出，提到情詩，大家最先想到的就是鄭愁予的〈錯誤〉和席慕蓉〈一棵開花的樹〉。[13]被選入高中國文課本的詩作〈一棵開花的樹〉，是席慕蓉膾炙人口的代表作，綻放的花朵是五百年來的殷殷期盼，顫動的樹葉是為了迎接等待的那個人。花與樹都是席慕蓉詩作經常使用的意象，此外，她的詩作不乏水意象，舉凡〈時光的河流〉、〈海的疑問〉、〈寫給海洋〉、〈在黑暗的河流上〉、〈流水〉、〈瑪瑙湖〉、〈漂泊的湖〉、〈父親的草原母親的河〉等詩，詩題即可窺見河流、海洋與湖泊的印記，楊錦郁在〈一條新生的母河──閱讀席慕蓉〉一文中，便曾論及：「席慕蓉的作品裡常常出現『河』的意象，這河，或是地理上的，或是時間上，或是心靈上，無論如何，隨著她筆下的河域，我們穿過了蒙古草原，走進了她生命的長河」。[14]

　　不只是「河」意象在詩中頻繁出現，水意象的另一個面貌「雨」，同樣是席慕蓉詩作的重要意象，七本詩集共可見到五十二次雨，計四十三首詩使用，平均每九首詩就有一首詩作出現雨意象（詳參附錄表一）。本文嘗試聚焦於席慕蓉詩作雨意象，爬梳詩人如何結合雨絲與雨思，將短暫的雨景化為永恆的情詩。

二　以雨為名

　　《七里香》、《無怨的青春》、《時光九篇》、《邊緣光影》、《迷途詩冊》、《我摺疊著我的愛》、《以詩之名》七本詩集合計運用了五十二次

　　國立大學中文系碩士論文，2007年），網址 http://scholarbank.nus.edu.sg/bitstream/handle/10635/13424/01TiongSS.pdf?sequence=3，2015年5月21日瀏覽。

13　丁旭輝：〈聆聽開花的樹──談席慕蓉的情詩〉，《左岸詩話》（臺北市：爾雅出版社，2002年），頁25。

14　楊錦郁：〈一條新生的母河──閱讀席慕蓉〉，收入於席慕蓉：《我摺疊著我的愛》（臺北市：圓神出版社，2005年），頁204。

雨（詳參附錄表二），其中，〈雨中的了悟〉、〈流星雨〉、〈雨夜〉、〈雨後〉、〈雨季〉、〈雨中的山林〉六首詩，不只是詩作使用雨意象，詩題更以「雨」命名。

〈流星雨〉用流星雨來比擬愛情的短暫，吳奇穆論及此詩時，即指出：「『年輕的愛』真如『一場』流星雨，留下了願望，來不及實現」。[15]「流星雨」雖然不是天氣現象的降雨，卻結合了流星和雨的形象，傳達了速度感以及如雨般的不確定，年輕的心總以為愛情「會有長長的相聚」，[16]殊不知「原來只能像一場流星雨」，[17]稍縱即逝。

在〈雨季〉一詩裡，面對愛情凡事小心翼翼，一切努力只為了不讓對方厭倦愛情與自己，然而，「幸福與遺憾原是一體的兩面」，[18]愛戀終究成為過去式，回憶如同春雨，淅淅瀝瀝灑落心頭，詩人幽幽寫道：「這綿延不斷的春雨　終於會變成／我心中一切溫潤而又陰冷的記憶」，[19]不斷降落的雨正如內心湧動的思緒，陰冷中仍然帶著些許溫暖。到了〈雨夜〉，雨依舊下著，始終無法忘情的戀人「總覺得你還在什麼地方靜靜等待著我」，[20]於是「回顧　向雨絲的深處」，[21]斜落的雨絲是孤獨的情境，也是愛情的淚痕。喬家駿形容此詩是「淒涼記憶凝縮而成的圖畫」，[22]透過雨景強化冷清的氛圍，展現孤寂與依戀過去的心情。

---

15 吳奇穆：《席慕蓉愛情詩研究》（宜蘭縣：佛光大學文學系碩士論文，2010年），頁165-166。

16 席慕蓉：〈流星雨〉，《時光九篇》（臺北市：圓神出版社，2006年），頁34。

17 席慕蓉：〈流星雨〉，《時光九篇》，頁35。

18 席慕蓉：〈雨季〉，《時光九篇》，頁149。

19 席慕蓉：〈雨季〉，《時光九篇》，頁149。

20 席慕蓉：〈雨夜〉，《時光九篇》，頁49。

21 席慕蓉：〈雨夜〉，《時光九篇》，頁49。

22 喬家駿：〈淺論席慕蓉「詩畫一體」的詩歌特色〉，《問學》，第10期（2006年6月），頁240。

〈雨中的了悟〉寫別離之憂傷，亦寫對愛情的眷戀：

如果雨之後還是雨
如果憂傷之後仍是憂傷

請讓我從容面對這別離之後的
別離　微笑地繼續去尋找
一個不可能再出現的　你[23]

首段透過雨的綿延，展現憂傷的不斷蔓延，到了第二段，詩人筆
鋒一轉，提出祈使句「請讓我從容面對這別離之後的／別離」，然而
詩中我並非真正從容，而是期許自己能夠微笑以對，繼續尋覓不可能
再出現的心上人。明知那個人不可能出現，卻還是執意尋找，看似矛
盾的結局凸顯著分離的悲傷，詩名題為「雨中的了悟」，未必是真正
了悟，反而更像是認命，認清自己在愛情裡無法自拔的現實。

張默曾指出，對愛情的歌頌、對青春的詠嘆、對生命的禮讚，是
席慕蓉詩作常見題材。[24]在以雨為名的作品中，除了愛情的滋味，亦
不乏人生感懷之作，例如〈雨中的山林〉，詩人透過情景交融，表達
對歲月與回憶的珍惜：

雲霧已逐漸掩進林中
此去的長路上　雨潤煙濃
所有屬於我的都將一去不還

---

23 席慕蓉：〈雨中的了悟〉，《無怨的青春》（臺北市：圓神出版社，2000年），頁193。
24 張默：〈感覺與夢想齊飛——試評席慕蓉「無怨的青春」〉，《文訊》，第1期（1983年
7月），頁89。

只留下　在回首時

這滿山深深淺淺的悲歡[25]

　　前兩句寫景，藉由雲霧的前行暗示詩中我的旅程，飄入林中的雲霧為路途帶來陣雨，前程充滿未知。「雨潤煙濃」可能是現實的細雨濛濛與大霧瀰漫，也是淚水滑落、青春流逝、回憶浮現的象徵，縱使時光總在指縫間溜走，但每一次回顧來時鴻爪足跡，心頭仍會響起「深深淺淺的悲歡」，悲與喜都是生命的一部分，那些好與壞的曾經，都是繼續前進的力量。「回望」是席慕蓉的創作基調，她自言，或許當下無法明白，「一定要等到很久的明日以後，我才能看清楚那些被我不斷錯過的『當下』」。[26]

　　同樣描寫生活感悟，〈雨後〉則多了一分豁達：

生命　其實也可以是一首詩

如果你能讓我慢慢前行

靜靜盼望　搜尋

懷帶著逐漸加深的暮色

經過不可知的泥淖

在暗黑的雲層裏

終於流下了淚　為所有

錯過或者並沒有錯過的相遇

25　席慕蓉：〈雨中的山林〉，《時光九篇》，頁158。

26　紫鵑：〈草原上的牧歌——專訪詩人席慕蓉女士〉，《乾坤詩刊》，第60期（2011年10月），頁13。

　　　生命　其實到最後總能成詩

　　　在滂沱的雨後

　　　我的心靈將更為潔淨

　　　如果你肯等待

　　　所有飄浮不定的雲彩

　　　到了最後　終於都會匯成河流[27]

　　詩人相信生命如詩，因此她說：「生命　其實也可以是一首詩」。
儘管第一段的「如果」，道出了內心的不確定，但走過「逐漸加深的
暮色」、「不可知的泥淖」、「暗黑的雲層」，流過惋惜的眼淚，詩人堅
定地表示：「生命　其實到最後總能成詩」。每個人的生命都是一首獨
一無二的樂曲，有高音也有低音，不論是激昂或者低迴，我們都在演
奏自己的旋律，「在滂沱的雨後／我的心靈將更為潔淨」，困頓終會雨
過天晴，過去的堅持和努力「都會匯成河流」。

三　雨與淚的重奏

　　孟樊曾論及，席慕蓉的情詩唯美而悲觀，[28]李翠瑛則認為，席慕
蓉的詩往往並存著悲與喜的矛盾情思，[29]在前述六首以雨為名之詩作
中，即可窺見此一特徵。展讀席慕蓉詩作，映入眼簾的有「細細的細

---

27 席慕蓉：〈雨後〉，《時光九篇》，頁78-79。

28 孟樊：〈無怨無尤的青春與愛：讀席慕蓉的詩〉，《臺北評論》，第6期（1988年8
　月），頁73。

29 李翠瑛：〈鄉愁與解愁──解讀臺灣女詩人席慕蓉詩中的歷史圖像〉，《臺灣詩學學
　刊》，第9期（2007年6月），頁192。

細的雨」、[30]「滿池的煙雨」、[31]「綿延不斷的春雨」，[32]還有「從雲到霧到雨露」[33]的形變，甚至「淚落如雨」。[34]值得注意的是，席慕蓉運用雨意象的詩作，常常伴隨淚意象同時出現，例如〈異域〉、〈山月──舊作之三〉、〈去夏五則〉、〈契丹舊事〉、〈父親的草原母親的河〉，雨和淚並存在同一行詩句；又如〈藝術家〉，雨以及淚出現在同一個段落；其他像是〈彩虹的情詩〉、〈淚‧月華〉、〈雨後〉、〈詩中詩〉、〈寂靜的時刻〉等詩，也都使用到雨意象和淚意象。[35]

　　〈異域〉一詩訴說異鄉學子的思鄉之情，隻身前往異國求學，箇中滋味總是自己最明白，望著熙來攘往的人群，內心不免更感寂寞，「我孤獨地投身在人群中／人群投我以孤獨」，[36]不只是孤獨心境的投射，亦是知音難覓的感嘆，行人雖多，卻沒有人懂遊子的心情。詩末寫道：「細雨霏霏　不是我的淚／窗外蕭蕭落木」，[37]一方面藉由細雨及樹葉的飄落，傳達內心的惆悵；另一方面，「細雨霏霏　不是我的淚」是潸然落淚的正話反說，細雨、淚水、落葉情景交融，勾勒出詩中我濃厚的離愁。「蕭蕭落木」是杜甫「無邊落木蕭蕭下，不盡長江滾滾來」的轉化，同樣描寫漂泊的哀愁，不同的是，杜甫用長江的寬闊凸顯人的渺小，席慕蓉以雨作為媒介，「細雨」意味著情感的內

---

30 席慕蓉：〈禪意──之一〉，《無怨的青春》，頁147。

31 席慕蓉：〈藝術家〉，《無怨的青春》，頁126。

32 席慕蓉：〈雨季〉，《時光九篇》，頁149。

33 席慕蓉：〈雕刀──給立霧溪〉，《以詩之名》（臺北市：圓神出版社，2011年），頁95。

34 席慕蓉：〈契丹舊事〉、〈父親的草原母親的河〉，《我摺疊著我的愛》，頁91、頁126。

35 與「淚」意象類似的還有「哭」，同時運用雨意象和哭的有〈禪意──之一〉、〈請別哭泣〉、〈英雄噶爾丹（一六四四─一六九七）〉、〈英雄哲別（？──一二二四）〉四首詩。

36 席慕蓉：〈異域〉，《七里香》（臺北市：圓神出版社，2000年），頁46-47。

37 席慕蓉：〈異域〉，《七里香》，頁47。

斂，雨絲的形體暗示就如同淚水的滑落。再者，「蕭蕭」是風吹過樹葉的旋律、也是雨拂過樹葉的聲響，更是葉子飄落的聲音，搭配上細雨霏霏的節奏，每一個音符都敲打著遊子對家的想念。

誠如向陽所言，席慕蓉「是詩人，也是叩問鄉關何處的旅人」。[38]蒙古是席慕蓉一生追尋的原鄉，最初她僅能透過長輩們的隻字片語，在腦中勾勒故鄉的面貌，直到解嚴後才真正踏上蒙古高原。詩作〈父親的草原母親的河〉寫的正是席慕蓉與蒙古之間切不斷的情感，「從小一直刻在心裡的故鄉，在詩人的眼前呈現著它的魅力」：[39]

> 如今終於見到這遼闊大地
> 站在芬芳的草原上我淚落如雨
> 河水在傳唱著祖先的祝福
> 保佑漂泊的孩子找到回家的路[40]

走在回家的路上，看見父親口中的草原，詩人內心的激動不可言語，「淚落如雨」不只是鄉愁的悸動，更銜接起下一句的「河水」，蒙古人逐水草而居，對水充滿崇敬，如雨的淚水，何嘗不是盼望蒙古草原生生不息的祝福。

〈淚・月華〉始於淚也終於淚，首段「忘不了的　是你眼中的淚／映影著雲間的月華」，[41]銜著思念的眼淚觀看世界，彷彿萬物都沾上

38　向陽：〈我想叫她穆倫・席連勃〉，《印刻文學生活誌》，第136期（2014年12月），頁80。

39　曹雅芝：《席慕蓉鄉愁詩中的離鄉與還鄉——從文化心理視角的論析》（桃園市：銘傳大學應用中國文學系碩士班碩士論文，2013年），頁120。

40　席慕蓉：〈父親的草原母親的河〉，《我摺疊著我的愛》，頁126-127。

41　席慕蓉：〈淚・月華〉，《無怨的青春》，頁72。

淚珠，也難怪「夜夜總是帶淚的月華」。[42]次段不寫淚、改寫雨：「昨夜　下了雨／雨絲侵入遠山的荒塚／那小小的相思木的樹林／遮蓋在你墳山的是青色的蔭」，[43]淚光與月光至此轉化為昨夜的雨，雨絲走過相思林，象徵著我對你的思念如淚、相思成蔭。〈淚‧月華〉是對已逝愛人的想念，也是對逝去時光的緬懷，面對感傷，席慕蓉沒有聲嘶力竭地吶喊，而是輕輕柔柔地描摹著：「讓野薔薇在我們身上開花／讓紅胸鳥在我們髮間築巢／讓落葉在我們衣褶裏安息」，[44]由景入情，展現席慕蓉「淡筆點到為止」[45]的風格。輕描淡寫的特色也表現在〈彩虹的情詩〉一詩中，縱使記憶與淚水如「暴雨滂沱」，[46]發覺彼此錯過的詩中我，也只是「把含著淚的三百篇詩　寫在／那逐漸雲淡風輕的天上」。[47]

四　雨時俱進

　　向陽指出，自第三本詩集《時光九篇》起，席慕蓉「開始探究時間與生命的課題，拔高視野，進行生命的內在思索」，[48]「以詩來為時間畫刻度，以詩來為生命與歲月做箋註」。[49]「時間」一直是席慕蓉詩作的重要課題，她筆下的雨也常常跟時間相連接，「雨」「時」俱進。

42　席慕蓉：〈淚‧月華〉，《無怨的青春》，頁75。

43　席慕蓉：〈淚‧月華〉，《無怨的青春》，頁72。

44　席慕蓉：〈淚‧月華〉，《無怨的青春》，頁74。

45　鄭慧如：〈淡筆閒情〉，《中央日報》，2002年9月12日，第14版。

46　席慕蓉：〈彩虹的情詩〉，《七里香》，頁138。

47　席慕蓉：〈彩虹的情詩〉，《七里香》，頁139。

48　向陽：〈我想叫她穆倫‧席連勃〉，《印刻文學生活誌》，第136期（2014年12月），頁81。

49　向陽：〈把草原上的月光寫入詩中——側寫席慕蓉〉，《文訊》，第329期（2013年3月），頁20。

〈蓮的心事〉裡，夏荷盛開在「秋雨還未滴落」[50]的時候；〈自白〉一詩中，源源不絕的靈感與筆墨，就像是「無法停止的春天的雨」；[51]〈酒的解釋〉則是經過無數次「春日的雨」，[52]方成為一壺醉人的佳釀。

除了季節之雨，〈千年的願望〉的雨更是遊走古今：

> 總希望
> 二十年前的那個月夜
> 能再回來
> 再重新活那麼一次
> 然而
> 商時風
> 唐時雨
> 多少枝花
> 多少個閒情的少女
> 想她們在玉階上轉回以後
> 也只能枉然的剪下玫瑰
> 插入瓶中[53]

全詩充滿韶光已逝的惆悵，懷想二十年前的青春歲月，多希望一切能夠重新來過。「商時風／唐時雨」，可以解釋為風風雨雨的曾經、不斷堆疊的記憶，也可讀作商朝的風、唐代的雨，象徵久遠的過去，此外，「商風」是秋風的別稱，離人心上秋，秋其實也意味著愁思。「玉階」的典故出自唐詩〈玉階怨〉，「唐時雨」就像一條隱形的線，

---

50 席慕蓉：〈蓮的心事〉，《七里香》，頁88。
51 席慕蓉：〈自白〉，《無怨的青春》，頁79。
52 席慕蓉：〈酒的解釋〉，《時光九篇》，頁110。
53 席慕蓉：〈千年的願望〉，《七里香》，頁52-53。

串起了後文。李白的〈玉階怨〉是女子遲遲等不到良人歸來的閨怨詩，反觀席慕蓉的〈千年的願望〉，雖然詩人以「枉然」形容，但「剪下玫瑰／插入瓶中」，正是把握玫瑰盛開的美麗時刻，讓綻放的花顏成為裝飾，在感嘆時光逝去的同時，猶存著幾分對光陰的珍惜。

〈野薑花〉與〈蝴蝶蘭〉同樣透過雨的過去式，揭示情人的離開。詩作〈野薑花〉輕聲問道：「你會不會記得／在剛下過雨的河岸上／你曾經將我與昨日都留下／還有一行未曾採擷的野薑花」，[54]雨水以及愛情都已離去，唯獨我和回憶被留下，雨水潔淨了大地，河岸上純白的野薑花依舊開著，詩中我不禁想問從前的情人，是否仍記得那些一起走過的昨日。〈蝴蝶蘭〉一詩裡，「與那多雨多霧的昔日已經隔得很遠／如今她低眉垂首馴養在我潔淨的窗前」，[55]藉由蝴蝶蘭比喻愛情，「馴養」一詞點出了兩人間的不對等，但那些愛情世界的風風雨雨，如今已成為過去，「像你　終於離開了我寂靜的心」。[56]

雨落在過去，也降臨在未來，試看〈等待——給小詩人蕭未〉：

> 我們都在　等待
> 有人等待細雨下在空寂的小徑上
> 有人等待一個充滿了繁星的蒼穹
> 有人等待自己那顆躁鬱的心
> 漸漸安靜
> 好能將一字一句
> 慢慢的鋪展成行[57]

54　席慕蓉：〈野薑花〉，《邊緣光影》（臺北市：圓神出版社，2006年），頁77。

55　席慕蓉：〈蝴蝶蘭〉，《邊緣光影》，頁194。

56　席慕蓉：〈蝴蝶蘭〉，《邊緣光影》，頁195。

57　席慕蓉：〈等待——給小詩人蕭未〉，《迷途詩冊》（臺北市：圓神出版社，2002年），頁88-89。

席慕蓉曾指出,「明日的我」就是她心中長期以來的傾訴對象。[58]〈等待——給小詩人蕭未〉雖然詩題署名有「給小詩人蕭未」,但與其說是寫給小詩人的書信,此詩更像是席慕蓉寫給自己、寫給夢想的信箋。字裡行間充滿了對詩的想望,雨絲其實也是情絲,「等待細雨下在空寂的小徑上」,是等待靈感來臨,為空白的稿紙帶來情思,「等待一個充滿了繁星的蒼穹」,是期待繆思女神點亮文字的星光,當然,自身要先靜下煩躁的心,方能握住心中的感動,舞墨成詩。

五　結語

席慕蓉的蒙古名字叫「穆倫」,意指「大江河」,[59]彷彿冥冥之中早已註定席慕蓉與水意象之間密不可分的關係。本文以席慕蓉詩作的雨意象作為觀察對象,透過雨意象作為詩名、和淚意象並用、與時間連結三道面向的討論,揭示席慕蓉詩作特色。大抵而言,席慕蓉的詩都是「情詩」,只是書寫對象從愛情與生活慢慢轉移為原鄉,正因為詩人內心的情絲不斷,所以筆下的情詩不斷。詩人透過雨景的書寫、雨義的延伸,記錄生命的曾經與感動,在雨的潤澤下,詩作情感更顯澎湃。

雨是短暫的,而詩卻是永恆的,就如同普魯斯特《追憶似水年華》一書的信念,只有藝術可以重新尋回失去的時間。李葵雲形容席慕蓉詩作所建構的世界是「紛擾人世裡,人心得以歇息的住所」,[60]蕭

---

58 夏祖麗:〈一條河流的夢:席慕蓉訪問記〉,《新書月刊》,第8期(1984年5月),頁15。

59 席慕蓉:〈一條河流的夢〉,《七里香》,頁193。

60 李葵雲:〈窗內,花香襲人——論席慕蓉詩中花的意象使用〉,《國文學誌》,第10期(2005年6月),頁21。

蕭也說，很多讀者「在席慕蓉的詩中遇見害羞的自己」。[61]與其說席慕蓉的詩是要訴說什麼，毋寧說她的詩能帶領讀者跟自己對話，穿越時空的形變，看見繁花無盡的風景，就如張曉風所言，席慕蓉的詩是「留給我們去喜悅、去感動的」。[62]

61　蕭蕭：〈記散文新詩作家：席慕蓉〉，《察哈爾省文獻》，第14期（1983年12月），頁65。

62　張曉風：〈江河〉，收入於席慕蓉：《七里香》，頁30。

引用及參考書目

（一）文本

席慕蓉　《七里香》　臺北市　圓神出版社　2000年

席慕蓉　《以詩之名》　臺北市　圓神出版社　2011年

席慕蓉　《我摺疊著我的愛》　臺北市　圓神出版社　2005年

席慕蓉　《席慕蓉世紀詩選》　臺北市　爾雅出版社　2000年

席慕蓉　《時光九篇》　臺北市　圓神出版社　2006年

席慕蓉　《迷途詩冊》　臺北市　圓神出版社　2002年

席慕蓉　《無怨的青春》　臺北市　圓神出版社　2000年

席慕蓉　《邊緣光影》　臺北市　圓神出版社　2006年

（二）專書

E. H. Gombrich著　雨云譯　《藝術的故事》　臺北市　聯經出版事
　　業公司　1997年修訂版

丁旭輝　〈聆聽開花的樹——談席慕蓉的情詩〉　《左岸詩話》　臺
　　北市　爾雅出版社　2002年　頁25-30

何政廣主編　《維梅爾》　臺北市　藝術家出版社　1998年

張默、蕭蕭主編　〈席慕蓉（一九四三——）〉　《新詩三百首1917-
　　1995（上）》　臺北市　九歌出版社　2007年　頁562-568

張默編　〈席慕蓉詩選〉　《剪成碧玉葉層層》　臺北市　爾雅出版
　　社　1981年　頁183-190

渡　也　〈有糖衣的毒藥——評席慕蓉的詩〉　《新詩補給站》　臺
　　　　北市　三民書局　2001年　頁23-39
蕭　蕭　青春無怨，新詩無怨——論席慕蓉〉　《現代詩學》　臺北
　　　　市　東大圖書公司　2006年增訂二版　頁427-437

（三）期刊

王靜禪　〈將美好化成永恆的記憶——席慕蓉V.S.柯慶明〉　《文
　　　　訊》　第247期　2006年5月　頁74-81
向　陽　〈我想叫她穆倫‧席連勃〉　《印刻文學生活誌》　第136
　　　　期　2014年12月　頁80-82
向　陽　〈把草原上的月光寫入詩中——側寫席慕蓉〉　《文訊》
　　　　第329期　2013年3月　頁18-21
李癸雲　〈窗內，花香襲人——論席慕蓉詩中花的意象使用〉　《國
　　　　文學誌》　第10期　2005年6月　頁1-25
李翠瑛　〈鄉愁與解愁——解讀臺灣女詩人席慕蓉詩中的歷史圖像〉
　　　　《臺灣詩學學刊》　第9期　2007年6月　頁187-219
沈　奇　〈重新解讀「席慕蓉詩歌現象」〉　《文訊》　第201期
　　　　2002年7月　頁10-11
孟　樊　〈無怨無尤的青春與愛：讀席慕蓉的詩〉　《臺北評論》
　　　　第6期　1988年8月　頁66-76
孟　樊　〈臺灣大眾詩學——席慕蓉詩集暢銷現象（上）〉　《當代
　　　　青年》　第6期　1992年1月　頁48-52
孟　樊　〈臺灣大眾詩學——席慕蓉詩集暢銷現象（下）〉　《當代
　　　　青年》　第7期　1992年2月　頁52-55
夏祖麗　〈一條河流的夢：席慕蓉訪問記〉　《新書月刊》　第8期
　　　　1984年5月　頁12-18

張　默　〈感覺與夢想齊飛──試評席慕蓉「無怨的青春」〉　《文訊》　第1期　1983年7月　頁87-90

陳政彥　〈「席慕蓉現象論爭」析論〉　《臺灣詩學學刊》　第7期　2006年5月）　頁133-152

喬家駿　〈淺論席慕蓉「詩畫一體」的詩歌特色〉　《問學》　第10期　2006年6月　頁235-249

紫　鵑　〈草原上的牧歌──專訪詩人席慕蓉女士〉　《乾坤詩刊》　第60期　2011年10月　頁7-20

楊宗翰　〈詩藝之外──詩人席慕蓉與「席慕蓉現象」〉　《竹塹文獻雜誌》　第18期　2001年1月　頁64-76

蕭　蕭　〈記散文新詩作家：席慕蓉〉　《察哈爾省文獻》　第14期　1983年12月　頁60-65

蕭　蕭　〈綻開愛與生命的花街──評席慕蓉詩集「七里香」〉　《明道文藝》　第69期　1981年12月　頁90-93

（四）學位論文

王穎嘉　《只有詩人才能翻譯詩嗎？翻譯席慕蓉的臺灣現代詩為例》　高雄市　義守大學應用英語學系碩士班碩士論文　2011年

吳奇穆　《席慕蓉愛情詩研究》　宜蘭縣　佛光大學文學系碩士論文　2010年

林大鈞　《心遊於物：席慕蓉、舒國治、鍾文音的旅行書寫》　臺北市　國立政治大學中國文學研究所碩士論文　2006年

林秀玲　《席慕蓉文學作品研究》　臺北市　臺北市立教育大學應用語言文學研究所碩士論文　2006年

洪子喬　《席慕蓉詩歌的藝術探析》　臺北市　國立臺灣師範大學國文學系在職進修碩士班碩士論文　2009年

張凱婷　《張炫文歌曲研究——以席慕蓉及蔣勳詩作所創作之五首歌曲為例》　臺北市　臺北藝術大學音樂學系碩士班碩士論文　2011年

張萱萱　《邊緣獨嘶的胡馬：析論席慕蓉詩學中無怨的尋根情結》　新加坡　新加坡國立大學中文系碩士論文　2007年

曹雅芝　《席慕蓉鄉愁詩中的離鄉與還鄉——從文化心理視角的論析》　桃園市　銘傳大學應用中國文學系碩士班碩士論文　2013年

郭乃文　《席慕蓉詩中的美麗與哀愁之研究》　高雄市　高雄師範大學國文教學碩士班碩士論文　2014年

陳瑀軒　《席慕蓉詩歌研究——以主題、語言、通俗性為觀察核心》　嘉義縣　國立中正大學中國文學所碩士論文　2006年

曾義窘　《席慕蓉詩的音韻風格研究》　彰化市　國立彰化師範大學國文學系碩士論文　2009年

葉美吟　《席慕蓉的原鄉書寫研究》　臺南市　國立臺南大學國語文學系碩士班碩士論文　2011

廖婉秦　《從鄉愁出發——席慕蓉旅遊書寫研究》　高雄市　高雄師範大學國文教學碩士班碩士論文　2014年

劉毓婷　《論詩樂相融——以錢南章譜寫席慕蓉的詩為例》　臺北市　國立臺灣師範大學民族音樂研究所碩士論文　2009年

劉薇儂　《錢南章、張炫文譜寫席慕蓉詩之比較——以音樂會曲目為例》　臺北市　中國文化大學音樂學系中國音樂組碩士論文　2014年

鄭淑丹　《席慕蓉散文研究》　嘉義縣　國立嘉義大學中國文學系研究所碩士論文　2013年

蘇雅拉　《席慕蓉《寫給幸福》之研究》　桃園市　銘傳大學應用中國文學系碩士班碩士論文　2010年

（五）報紙

鄭慧如　〈淡筆閒情〉　《中央日報》　2002年9月12日　第14版

附錄

表一　席慕蓉詩作「雨」意象使用頻率

詩集	出現次數	出現首數	收錄詩作數	出現比例
《七里香》	5	5	63	7.94%
《無怨的青春》	12	9	61	14.75%
《時光九篇》	11	9	50	18%
《邊緣光影》	6	5	69	7.25%
《迷途詩冊》	2	2	42	4.76%
《我摺疊著我的愛》	4	4	42	9.52%
《以詩之名》	12	9	61	14.75%
總計	52	43	388	11.08%

表二　席慕蓉詩作使用「雨」之詩例

序號	題目	詩句	詩集	頁數	備註
1	〈異域〉	細雨霏霏　不是我的淚	《七里香》	47	
2	〈千年的願望〉	唐時雨	《七里香》	52	
3	〈蓮的心事〉	秋雨還未滴落	《七里香》	88	
4	〈生別離〉	在風中　在雨中	《七里香》	114	
5	〈彩虹的情詩〉	是暴雨滂沱	《七里香》	138	
6	〈一個畫荷的下午〉	在新雨的荷前　如果	《無怨的青春》	38	

表二 席慕蓉詩作使用「雨」之詩例（續）

序號	題目	詩句	詩集	頁數	備註
7	〈一個畫荷的下午〉	在新雨的荷前	《無怨的青春》	39	
8	〈山月——舊作之三〉	雨雪霏霏　如淚	《無怨的青春》	58	
9	〈淚·月華〉	昨夜　下了雨	《無怨的青春》	72	
10	〈淚·月華〉	雨絲侵入遠山的荒塚	《無怨的青春》	72	
11	〈自白〉	像無法停止的春天的雨	《無怨的青春》	79	
12	〈藝術家〉	好讓我在今夜畫出滿池的煙雨	《無怨的青春》	126	
13	〈出岫的憂愁〉	驟雨之後	《無怨的青春》	145	《世紀詩選》頁36
14	〈禪意——之一〉	會正落著細細的細細的雨	《無怨的青春》	147	
15	〈請別哭泣〉	世間也再無飛花　無細雨	《無怨的青春》	170	
16	〈雨中的了悟〉	如果雨之後還是雨	《無怨的青春》	193	
17	〈雨中的了悟〉	如果雨之後還是雨	《無怨的青春》	193	
18	〈流星雨〉	原來只能像一場流星雨	《時光九篇》	35	
19	〈雨夜〉	在這樣冷的下著雨的晚上	《時光九篇》	48	
20	〈雨夜〉	雨水把他的背影洗得泛白	《時光九篇》	48	

表二　席慕蓉詩作使用「雨」之詩例（續）

序號	題目	詩句	詩集	頁數	備註
21	〈雨夜〉	回顧　向雨絲的深處	《時光九篇》	49	
22	〈雨後〉	在滂沱的雨後	《時光九篇》	79	
23	〈我〉	靜待冬雷夏雨　春華秋實	《時光九篇》	109	
24	〈酒的解釋〉	要多少次春日的雨多少次	《時光九篇》	110	《世紀詩選》頁56
25	〈見證〉	關於今夜　到底是有雨	《時光九篇》	137	
26	〈一千零一夜〉	同樣的開始和結局下了一些雨	《時光九篇》	147	
27	〈雨季〉	這綿延不斷的春雨終於會變成	《時光九篇》	149	
28	〈雨中的山林〉	此去的長路上　雨潤煙濃	《時光九篇》	158	
29	〈借句〉	在微雨的窗前　在停頓的剎那間	《邊緣光影》	24	《世紀詩選》頁86
30	〈野薑花〉	在剛下過雨的河岸上	《邊緣光影》	77	
31	〈綠繡眼〉	在昨夜暴風雨之後悄然墜落的	《邊緣光影》	88	《世紀詩選》頁110
32	〈去夏五則〉	翌日　暴雨如注	《邊緣光影》	133	
33	〈去夏五則〉	若有淚如雨　待我灑遍這乾渴叢林	《邊緣光影》	134	

表二 席慕蓉詩作使用「雨」之詩例（續）

序號	題目	詩句	詩集	頁數	備註
34	〈蝴蝶蘭〉	與那多雨多霧的昔日已經隔得很遠	《邊緣光影》	194	《世紀詩選》頁116
35	〈詩中詩〉	寂靜的中夜　驟雨初停	《迷途詩冊》	36	
36	〈等待──給小詩人蕭未〉	有人等待細雨下在空寂的小徑上	《迷途詩冊》	88	
37	〈契丹舊事〉	我卻在黑暗的台下淚落如雨	《我摺疊著我的愛》	91	
38	〈六月的陽光〉	求風求雨	《我摺疊著我的愛》	94	
39	〈創世紀詩篇〉	讓暴雨滂沱	《我摺疊著我的愛》	99	
40	〈父親的草原母親的河〉	站在芬芳的草原上我淚落如雨	《我摺疊著我的愛》	126	
41	〈寂靜的時刻〉	細雨裡的連綿山脈	《以詩之名》	59	
42	〈夢中的畫面〉	無風也無雨	《以詩之名》	60	
43	〈詮釋者──給詩人陳克華〉	方才雨過　不過已無跡可尋	《以詩之名》	78	
44	〈雕刀──給立霧溪〉	從雲到霧到雨露　最後匯成流泉	《以詩之名》	95	
45	〈眠月站〉	是雨潤煙濃的一天	《以詩之名》	115	
46	〈眠月站〉	隨意漫生在多霧多雨的山坡？	《以詩之名》	116	
47	〈揭曉〉	彷彿是一陣山雨忽然前來洗淨草木的靈魂	《以詩之名》	150	

表二　席慕蓉詩作使用「雨」之詩例（續）

序號	題目	詩句	詩集	頁數	備註
48	〈素描巴爾虎草原〉	塡雨雪 　　海	《以詩之名》	169	
49	〈英雄噶爾丹（一六四四—一六九七）〉	獵獵朔風　紛紛雨雪	《以詩之名》	230	
50	〈英雄哲別（？——一二二四）〉	在陣前求薩滿招致風雨以欺我隊伍	《以詩之名》	236	
51	〈英雄哲別（？——一二二四）〉	不料　呼求的風雨既至	《以詩之名》	236	
52	〈英雄哲別（？——一二二四）〉	狂暴的風雨反而襲擊了敵方自身	《以詩之名》	236	

裸山狐望
——席慕蓉的生態詩

謝三進

臺灣師範大學臺灣語文學系碩士

摘要

一九八〇年代，臺灣生態詩正發展。然而，此時的席慕蓉才剛出版第一本詩集《七里香》，在現實精神昂揚的一九八〇年代，席慕蓉的出道顯得如此突兀與政治不正確。不過這些都沒能阻擋席慕蓉詩作的魅力，「席慕蓉旋風」快速席捲整個臺灣詩壇，任誰也不能忽視這個擅長謳歌青春、揣想身世的蒙古族女詩人。然而當整個社會都意識到臺灣土地的環保問題，席慕蓉也曾寫下關懷臺灣土地的生態詩。

只是，命運與時代對席慕蓉的考驗還在進行著，一九八九年中華民國政府解除公教人員不得前往大陸地區的禁令，從未踏上蒙古土地的席慕蓉，終於有機會踏上父親母親口中的那個故鄉。沒想到，這竟是她創作的轉折點。

返回蒙古之後的席慕蓉依舊是擅長抒情的，然而她的抒情已從個人的小我之情，推及蒙古族過去這數十年來的遭遇。這當中包含蒙古族在代代相傳的土地上所遭受的不平等對待，以及故鄉土地在錯誤的政策之下，所承受無法復原的損害。這樣的內涵拓展了席慕蓉的寫作視野，也因此寫下多首觸及蒙古生態破壞事實的詩作。

由於席慕蓉對於民族歷史與未來的追索，使得生態詩在席慕蓉的

新詩創作歷程中形成了特殊的脈絡，亦是臺灣生態詩史上特殊的存在，我們不該錯過這樣的席慕蓉。

關鍵詞 席慕蓉　鄉愁　生態詩　原鄉　蒙古

一　前言

　　作為聞名華文圈的寫作者，席慕蓉無論是新詩或者散文都受到廣大讀者們的喜愛，席慕蓉在文學影響力以及出版市場上所締造的成績也都非同凡響。雖然曾有如沈奇所說：「遭受閱讀之狂熱與批評之冷淡的尷尬際遇」[1]，擁有廣大讀者卻罕有評論的情形，但進入二十一世紀之後，評論席慕蓉作品的文章卻漸漸多了，近十年來，以席慕蓉為研究對象的學術論文也不少。

　　究其原因，關鍵在一九八九年，政府解除了公教人員不得前往大陸地區的禁令，那年八月，席慕蓉終於得以踏上故鄉蒙古土地。

　　如席慕蓉所說：「想不到，那個夏天其實只是個起點而已。」[2]一次又一次造訪蒙古的席慕蓉，發現這個自小即聽父母闡述的故鄉，竟已逐漸失去她的原貌：「走著走著，是見到了許多美麗風饒的大自然原貌，也見到了許多被愚笨的政策所毀損的人間惡地，越來越覺得長路迢遙。」[3]席慕蓉因此而開始撰寫文章向華文世界轉述蒙古民族困窘的現況，並且擔起重新介紹蒙古文化的重責大任。詩作風格與生命經驗有著戲劇化轉變的席慕蓉，自此開始成為評論的焦點。

　　雖然多數研究者都認同一九八九年的返鄉經驗對席慕蓉而言是個創作的分水嶺，但越過這段分水之後的寫作內容，卻也在不斷改變中，席慕蓉本人也對此有所意識：「我的所思所惑，好像已經逐漸從那種個人的鄉愁裡走了出來，而慢慢轉變為對整個遊牧文化的興趣與

1　沈奇：〈邊緣光影佈清芬〉，《迷途詩冊》（臺北市：圓神出版社，2002年），頁159。

2　席慕蓉：〈代序　金色的馬鞍〉，《金色的馬鞍》（新北市：INK印刻文學生活雜誌出版公司，2012年），頁12。

3　席慕蓉：〈代序　金色的馬鞍〉，《金色的馬鞍》，頁12。

關注了。」[4]不過改變的也不是只有席慕蓉，研究者的視角也在改變著。

　　研究者們對於席慕蓉一九八九年後創作的內容，從單純由作品的美感、抒情懷鄉來討論，進展到藉由旅行書寫、自然書寫的角度來審視，甚至亦從文化心理學來分析之。近十年來，席慕蓉研究有著深入且枝開葉蔓的進展，可以說是相當令人羨慕的成果。

　　而其中一條逐漸展開的席慕蓉研究，乃是從書寫返鄉經驗中分支出來的，關於故鄉蒙古土地遭受破壞的一面。相較於自然書寫著力描述自然地貌與生態介紹，生態詩更集中於揭露環境遭受的破壞。而這正是本篇論文試圖要單獨拿出來討論的。當然，這只是席慕蓉一九八九年後衍生的作品之一貌，是早已存在，但罕被討論的一面。

二　席慕蓉生態詩創作時間軸

　　雖然席慕蓉的第一本詩集《七里香》裡已經出現蒙古的景象：「我原該在山坡上牧羊／我愛的男兒騎著馬來時／會看見我的紅裙飄揚」（〈命運〉），不過那只是一種對於身世的想像，在登上蒙古高原之前，彼時席慕蓉的鄉愁是臺灣的：「於是　夜來了／敲打著我十一月的窗／從南國的馨香中醒來／從回家的夢裡醒來／布魯塞爾的燈火輝煌」（〈異域〉）。

　　人在歐洲時，炎熱的南方是她懷念的家；回到臺灣後，潮濕的島嶼是她青春記憶的背景。

　　一九八九年的席慕蓉雖然未曾踏上蒙古的土地，但如陳素琰所說：「她在寫作那些使她成名的代表作時，並沒有對她祖先居住過的

4　席慕蓉：〈代序　金色的馬鞍〉，《金色的馬鞍》，頁13。

地方進行尋根旅行，但遙遠的鄉情卻日日夜夜叩動她的心靈」。[5]因此風沙、芳草、樓蘭新娘進入了她的詩與她的夢。因著蒙古血緣而生的遙想，在第一本詩集內便已自成一卷。

　　然而席慕蓉終究在臺灣度過漫長的成長歷程，詩中場景多來自於親眼所見的土地，山道、新茶、相思樹、水筆仔、扶桑……雖然主題圍繞著愛情與青春緬懷，但也偶有直擊臺灣環境變遷之作。面對著一九八〇年代臺灣社會與詩壇興起的環境保護意識，眼前此等不容忽視現況，席慕蓉亦曾寫下悲嘆環境破壞的詩作。此為一階段。

　　若要探究席慕蓉對蒙古生態寫實記錄及緬懷，則終究必須以一九八九年為一個分水嶺。席慕蓉的轉變不只是描述對象的替換而已，還包括寫作目的之調整。這樣的轉變對席慕蓉本人而言，是有意識的改變：

　　　　在沒有見到原鄉之前，我寫作時確如蕭蕭最早所言，自生自長，自圖自詩，心中並無讀者……如今的我，在寫詩之時也一慣保持自己的原則。但是，在書寫關於蒙古高原這個主題的主題的散文時，卻常常會考慮到讀者，有時易稿再三，不過只是為了要把發生在那片土地上的真相，再說得稍微清楚一些而已。[6]

清楚可見席慕蓉有意識的將寫作焦點從個人回憶，轉換到族群記憶之上。雖然此處席慕蓉並不認為自己的詩作有顯著的改變，然而看在詩評家的眼裡，卻仍能看出一些端倪。二〇〇二年，沈奇的〈邊緣光影

5　陳素琰：〈不敢為夢中成夢〉，《席慕蓉‧世紀詩選》（臺北市：爾雅出版社，2000年），頁30。

6　席慕蓉：〈金色的馬鞍〉，《金色的馬鞍》，頁17。

佈清芬〉一文如此說:「歷史與地緣文化標題的加入,無疑大大擴展了席慕蓉詩歌的表現域度,其中也不乏成功之作……」[7]雖然沈奇認為有些文學性方面的問題存在:「總體上看,尚未如處理其慣常題材那樣駕輕就熟,時有生硬之感。」[8]然而席慕容確實已經翻開了個人新詩創作的新頁。

此種改變帶來的影響,包括蒙古土地與文化的入詩。白靈討論席慕蓉詩中對話對象的改變:「那個『你』一起初成了情人、丈夫、兒女,到後來則化為族人、土地和山川。」[9]指出了席慕蓉寫作視野的改變,詩作內容開始出現傳頌民族史詩、緬懷土地歷史,或傾訴對族群的認同與掛念。當然,也包括了對於蒙古生態改變的悲嘆,百里森林成空、草原變成沙漠,亦即生態詩之部分。

本篇論文將以席慕蓉書寫與生態相關的詩作為討論主題,並依照寫作風格的轉變,區分為以「席慕蓉與一九八〇年代臺灣生態詩」、「伴隨蒙古夢而生的生態詩」兩階段討論之。

三 席慕蓉與一九八〇年代臺灣生態詩

1 一九八〇年代臺灣生態詩發展風潮下的席慕蓉

臺灣生態詩在一九八〇年代有過一段蓬勃發展的時期,雖然得利於如《臺灣時報》、《自立晚報》等報刊編輯企劃的推動,彼時許多詩人都曾寫過環境保育、生態觀察的詩作。一九八一年出版《七里香》之後即聲名大噪的席慕蓉亦不能免。

7　沈奇:〈邊緣光影佈清芬〉,《迷途詩冊》,頁172。

8　沈奇:〈邊緣光影佈清芬〉,《迷途詩冊》,頁172。

9　白靈:〈懸崖菊的變與不變〉,《迷途詩冊》,頁155。

　　不過欲說是搭上生態詩寫作的風潮，倒不如說是甫經「經濟起飛」的臺灣社會，已不得不正視環境為發展經濟所承受的破壞。在這樣的時代背景之下，席慕蓉也在詩作中寫下了對殘破自然的憂慮。寫於一九八五年的〈憂思——寫給一個曾經美麗過的海灣〉，如是寫到：

> 我知道我的心中有些紛亂有些激動
> 想去探索那真正的疼痛
> （他們為什麼要急著毀滅
> 　這樣美麗的世界？）
> ……
> 他們用垃圾與怪手窒殺了每一塊淨土
> 生活至此　再無新事
> 所有的山巒　所有的海灣
> 都將在星空俯視之下急速消失[10]

雖然並未指明是為何處而寫，但從同樣收錄於《時光九篇》一集中的詩作，創作時間相近、且編排在一起的詩作，可以推測出詩人所見之海灣應是位於墾丁。從副標「寫給一個曾經美麗過的海灣」，也能看出詩人面對的是一個已經受到汙染的海灣。

　　而寫於一九八八年的〈夏夜的要素〉也把焦點擺到了日益惡化的自然環境上：

> 我此刻重新回想的
> 那些夏夜　充滿了月光

---

10 席慕蓉：〈憂思〉，《時光九篇》（臺北市：圓神出版社，2006年），頁131-132。

充滿了樹影溪聲和青草的芳香

林間總有照路的螢火蟲　水邊總有

從河面不斷吹來的習習涼風

生命確實給付過所有的機會

好讓我們再來——棄置　——荒廢[11]

此處構成美好夏夜的要素並非一起共度的人，而是夏夜本身——一個自行運作的生態系——早年不必刻意追求就能享有的平凡幸福，卻隨著開發與汙染，而逐漸失去了原貌、難以復原。

　　〈憂思〉應是席慕蓉的第一首生態詩，而〈夏夜的要素〉則是相隔三年之後產出的第二首有意識關心生態之作。然而這在席慕蓉早期的詩作當中，此種對於外在世界的追問終究是特殊的。外在的環境、自然生態的變化，在席慕蓉早期的詩作裡面，大多是寄託、是喻依，作為情感與美的象徵而存在，大多並非描述的主體。

2　滄海桑田的人生闊絕

　　然而席慕蓉雖習慣將自然風光作為抒情的背景，竟也曾意外收錄了環境生態的變遷。

　　早期的席慕蓉喜愛捕捉人生闊絕的遺憾、重逢的渴望，比如〈菖蒲花〉一詩，以開在荒涼沙洲上的菖蒲花，比喻自己無法抑制的激情：

我曾經多麼希望能夠遇見你

但是不可以

在那樣荒涼寂靜的沙洲上

......

而此刻菖蒲花還正隨意綻放

這裏那裏到處叢生不已

悍然向周遭的世界

展示她的激情她那小小的心

從純白到藍紫

彷彿在說著我一生嚮往的故事[12]

菖蒲花生長於砂質土壤的生物特質顯然並非詩作描述的重點，然而卻是在象徵著無可抑制的情感，就如同在砂地也能蔓生的菖蒲花一樣。是這樣藉此喻彼、寄情於物的寫作手法，使得生態的描述成為可能。只是〈菖蒲花〉一詩並未包含此等岔題。

如同滄海桑田的典故，假如環境的改變是一片茂密的山林被夷為平地，那麼生態的惡化也被夾帶於其中。寫於一九八六年的〈滄桑之後〉一詩，便將山林地貌的變化作為回憶的部分，滄海桑田般作為曲終人散的背景也被記錄了下來。

一切波濤都已被引進呆滯的河道

山林變易星光逐漸熄滅

只留下完全黑暗的天空

而我也被變造成

與起始向你飛奔而來的那一個生命

全然不同

......

---

12 席慕蓉：〈菖蒲花〉，《席慕蓉‧世紀詩選》，頁54-55。

　　我只求你在那一刻裏靜靜站立

　　在黑暗中把我重新想起

　　想我曾經怎樣狂喜地向你飛奔而來

　　帶著我所有的盼望所有的依賴　還有那

　　生命中最早最早飽滿如小白馬般的快樂

　　還有那失落了的山巒與草原　那一夜

　　桐花初放　繁星滿天[13]

此處的主題依然是一個令人扼腕的錯過，青春的逝去與遺憾如是，然而與青春情感同樣一去不返的還有「變易的山林」以及「失落的山巒與草原」。環境的改變作為「回不去了」的鐵證，宣告了時空變化的不可逆。

　　一九八七年創作的〈沉思者〉也有類似的夾帶：「而現在　是海／無邊無際的浪濤正迎面而來／山林沉默不語逐漸退後逐漸遠離／（遠離　是不是就會逐漸平息）」。[14]這退後的山林雖然也是作為時光不可逆的表現，然而，卻也偷偷夾帶了一片光禿的山頭入詩。

　　〈憂思〉、〈夏夜的要訴〉、〈滄桑之後〉與〈沉思者〉是席慕蓉早期作品當中少數與生態相關的作品。〈憂思〉、〈夏夜的要訴〉明確表態對於環境遭受破壞的不安，直截控訴「垃圾」與「怪手」對自然環境的破壞，以及「樹影溪聲青草螢火蟲」等的失去；而〈滄桑之後〉與〈沉思者〉則不那麼明朗，甚至並非詩作的主旨，或為一種巧合，詩作中的山巒與草原原都只是詩人的想像，也可能是時處環保意識抬頭的一九八〇年代，詩人無意間將現代版「滄海桑田」給擺進詩裡了吧。

13　席慕蓉：〈滄桑之後〉，《時光九篇》，頁160-162。

14　席慕蓉：〈沉思者〉，《邊緣光影》，頁116。

只是在這四首詩之外，席慕蓉寫於一九八九年之前的詩作便不再見到反映生態的作品了。可以確定生態詩在席慕蓉早期的創作當中實屬例外。

四　伴隨蒙古夢而生的生態詩

1　鄉愁何以生態

不過說到底，席慕蓉的返鄉到底與生態詩有何關係？一九八九年夏天，席慕蓉到底在內蒙古自治區看到了什麼？從〈還我河山〉一文便可看出端倪。

〈還我河山〉是席慕蓉自蒙古回來之後，該年九月十九號於《中國時報》人間副刊發表的文章。文章裡簡述自民國以來，從北洋政府到國民政府，漢人軍閥、官員只視蒙古為拓墾養兵的地力。以漢民族為主的政府對於蒙古這塊土地雖屢屢宣稱佔有，卻並未認真的治理過。

至於現在，席慕蓉在文章中也寫道：「四十年的時間裡，讓我不得不承認，共產黨在內蒙古地區還真的做了不少事。特別是在醫藥衛生和防治傳染病這一方面……」[15]雖然看到故鄉衛生條件的進步，但是中國政府為了積極拓墾內蒙古，自其他省份遷入了大量移民，這樣的結果對這塊土地及文化造成了不堪負荷的浩劫。

大量漢民族移入的結果是「有水源的地方就有人搶著來種田」，[16]看似單純的資源爭奪，然而別忘了蒙古這塊土地長久以來是只堪遊牧的土地：「種了一次莊稼的土地就再也不會長牧草……由於人口的增

15　席慕蓉：〈還我河山〉，《我的家在高原上》（臺北市：圓神出版社，2004年），頁51。
16　席慕蓉：〈還我河山〉，《我的家在高原上》，頁53。

加太猛太快，以及政策上完全忽視生態需求，又增加了草原的退化……」[17]這就是內蒙古此刻嚴重沙漠化的原因，有時，這來自內蒙古的沙塵暴甚至於還跨海影響到臺灣。

相同的情形不止發生在蒙古高原，擁有豐富林業資源的大興安嶺更不用說。席慕蓉在〈松漠之國〉一文中提到母親時常懷念故鄉昭烏達盟的千里松漠，她轉述母親的說法：「——那真是一片樹海，怎麼走也走不完似的……」[18]但是當席慕蓉終於抵達母親的故鄉昭烏達盟（現為赤峰市），滿懷著期待要看看母親心中那繫念的松漠之國時，卻一棵樹也沒看到：「想不到，他們竟然一棵樹也沒有留給我！連一棵也沒有留下來給我！」[19]不敢相信現況如此的席慕蓉不斷向鄉人詢問，得到了這樣的答案：「大概三、四十年前的老房子還有用這些松樹蓋的吧？不過，文化大革命後就一棵也沒剩下來了。」[20]答案似乎呼之欲出，只是席慕蓉也注意到鄉人語畢之後的反應：「說的人臉色突然變暗，開始顧左右而言他，我也沉默了下來……」[21]原來，並非鄉人不愛惜這塊土地，而是有許多不能及、不敢及的力量，左右著這塊土地的命運。

如此看來，席慕蓉這趟返鄉之旅的獲得並非只是「見故鄉一面」而已，她也深刻意識到了一個民族與一塊土地所遭受的傷害，她要以她的筆記錄下來，讓更多的人知道：「我開始察覺，『還鄉』原來並不是旅程的終結，反而是一條探索的長路的起點，千種求知的願望從此鋪展開去，而對這個民族的夢想，成為心中永遠無法填補的深淵。」民族、文化的自主，以及土地生態的恢復，也就成了她追求的理想。

---

17 席慕蓉：〈還我河山〉，《我的家在高原上》，頁53。

18 席慕蓉：〈松漠之國〉，《我的家在高原上》，頁138。

19 席慕蓉：〈松漠之國〉，《我的家在高原上》，頁138。

20 席慕蓉：〈松漠之國〉，《我的家在高原上》，頁144。

21 席慕蓉：〈松漠之國〉，《我的家在高原上》，頁144。

　　這樣的理想促成她陸續寫就了散文集《我的家在高原上》、《江山有待》、《黃羊・玫瑰・飛魚》、《大雁之歌》、《諾恩吉雅——我的蒙古筆記》、《寧靜的巨大》、《寫給海日汗的21封信》……如此持續且大量的散文作品。而在詩作方面，則從一九九九年出版的詩集《邊緣光影》當中，也出現了風格及題材的轉變。

　　這樣的轉變在詩作中呈現了兩個與生態有關的面貌：「憑追問與故鄉並肩」與「持文化展開說服」。席慕蓉的生態詩是有進展的，並非僅止停在控訴而已。這在臺灣生態詩史當中是個絕對特殊的存在。

2 憑追問與故鄉並肩

　　抵達故鄉蒙古之後，席慕蓉除了因為踏上父母的故土而感動之外，同時也為眼前的土地早已經歷浩劫，已經不是父母記憶中的那些草原與森林，而感到震撼與悲憤。此時滄海桑田對席慕蓉而言不只是一種比喻，而是鐵錚錚的事實。面對著土地殘破的事實，記憶與此不斷產生排拒，而反覆追問、控訴。

　　一九八九年第一次登上蒙古高原、與族人重聚之後，直到一九九九年才推出新詩集《邊緣光影》，返回原鄉的衝擊，在這本詩集裡已一覽無遺。席慕蓉詩作中關於蒙古的描述，起初是從震驚開始的：「取走了我們的血　取走了我們的骨／取走了我們的森林和湖泊　取走了／草原上最後一層沃土……」[22]（〈高高的騰格里〉）、「青青草原逐日枯萎／天高雲低　眾心傷悲／為什麼　凡是美好的必被掠奪？／凡是我們珍惜的必遭摧毀？」[23]（〈祭〉），由這些詩作都可以看到席慕蓉心中的不平，此時的席慕蓉尚未追究出答案，也只能向命運投以無盡的責問。

22 席慕蓉：〈高高的騰格里〉，《邊緣光影》，頁170。
23 席慕蓉：〈祭〉，《邊緣光影》，頁169。

或者像是我們都很熟悉的〈蒙文課〉也是創作於此時，我們因此知曉了蒙文命名的道理與漢民族並無不同：「斯琴是智慧　哈斯是玉／賽痕和高娃都等於美麗／如果我們把女兒叫做／斯琴高娃和哈斯高娃　其實／就一如你家的美慧和美玉」。[24]詩人巧妙的將兩個民族串連在一起，那一瞬間彷彿跨越了農業民族與遊牧民族數千年的爭搶，宛如同感深受。

只是我們似乎都自動忽略了下半段：「俄斯塔荷是消滅　蘇諾格呼是毀壞／尼勒布蘇是淚　一切的美好成灰⋯⋯／風沙逐漸逼近　徵象已經如此顯明／你為什麼依舊不肯相信／／在戈壁之南　終必會有千年的乾旱／尼勒布蘇無盡的淚／一切的美好　成灰」[25]。一個擁有如此美好的民族，在我們的誤解與忽略之中，正在喪失他們所珍視的一切。而這對從小便聽聞蒙古草原、森林之美的席慕蓉而言，也是自童年以來對於故鄉想像的幻滅。

《邊緣光影》只是個開始，之後的《迷途詩冊》、《我摺疊著我的愛》，直到《以詩之名》，席慕蓉持續以詩作書寫蒙古這塊土地。但或許是因為席慕蓉持續深入認識祖先的文化與歷史，憤怒轉化成求知欲，之後的詩作較少看到單純的控訴了。

不過憤怒追問的詩作仍斷斷續續出現，如〈大雁之歌〉：「祖先深愛的土地已經是別人的了」，只是為何席慕蓉要反覆的追問與控訴呢？明知沒人能給她一個好的回答。

只因追問及控訴，才能抒發這難解的憂鬱。這是出於私我的抒發、也是她身為蒙古族一員正在追究的難題。此種重複的追問是種歷程，而我們彷彿隨著席慕蓉的步伐，正在緩慢且艱辛的走著這趟遙遠的返鄉之路，明白了，就更靠近今日的蒙古了。如同〈悲傷輔導〉所

---

24 席慕蓉：〈蒙文課〉，《邊緣光影》，頁172。
25 席慕蓉：〈蒙文課〉，《邊緣光影》，頁174-175。

寫：「聽說　經過長期的追蹤以後／也許可以測出／一棵樹　究竟能夠／忍受幾次的斧斤和摧折？……／那麼　請問／有誰可以回答我們／一片草原　究竟是他年能夠再生的／還是　還是／永不復返的記憶？」[26]雖然席慕蓉以提問作結，但她心中的答案是肯定的，因為她已一日一日更加認識族人，明白民族的未來雖然艱辛，但她願意伴族人一起走。

　　而在為土地所承受的傷害感到不平之餘，《迷途詩冊》裡的詩作，多次看到怨嘆自己無法親眼看到父親闡述過的美麗故鄉：「縱使已經踏上了回家的路／卻無人能還我以無傷的大地」[27]（〈父親的故鄉〉）、「如今　我要到那裡去尋覓／心靈深處／我父親珍藏了一生的夢土」[28]（〈追尋夢土〉）。或許是因為彼時距離席慕蓉父親離世尚不遠，詩人仍沉浸於思念父親的情緒之中。此處的追問不只是向著命運而來，同時也是提取私密記憶的鑰匙。蒙古的大地也不只是地理上的存在，而是她與父親不可分割的牽繫。

3　持文化展開說服

　　為何席慕蓉如此執著要認識蒙古的文化呢？畢竟她原本連蒙文都識得有限，這追尋族群文化與歷史的旅程，終究並不會因為身上流著蒙古族的血而變得容易。

　　席慕蓉的執著正如她在〈遲來的渴望〉中所寫下的：「此刻的我正踏足於克什克騰的地界／一步之遙　就是母親先祖的故土／原鄉還在　美好如澄澈的天空上／那最後一抹粉紫金紅的霞光／而我心疼痛

26　席慕蓉：〈悲傷輔導〉，《我摺疊著我的愛》（臺北市：圓神出版社，2005年），頁128-129。

27　席慕蓉：〈父親的故鄉〉，《迷途詩冊》，頁127-128。

28　席慕蓉：〈追尋夢土〉，《迷途詩冊》，頁130-131。

為不能進入／這片土地更深邃的內裡……」[29]身為蒙古族人卻不得認識真正的蒙古。因此，席慕蓉一邊在詩中臨摹民族頌歌，同時一邊細數過去數十年來故鄉的變化——民族與土地一同經歷的多舛命運——只會控訴是不夠的，仍必須為民族找到出路。

每年都會擇一蒙古族棲地造訪的席慕蓉，造訪範圍「東起大興安嶺，西到天山山麓，又穿過賀蘭山去到阿拉善沙漠西北邊的額濟納綠洲，南到鄂爾多斯，北到一碧萬頃的貝加爾湖」。[30]她深深的為蒙古族的文化所吸引，也為自己的民族感到驕傲。因此提到蒙古的詩作，從原本被動的控訴時代，轉向積極用詩作傳頌民族文化。

這是一種寬慰、也是一種說服，造成蒙古土地遭受破壞的主因並非蒙古族的同胞，因此，只要蒙古族的文化還存在著，草原總有一天會再復育回來的。所以她要用詩作喚醒、傳誦蒙古的文化與記憶。比如〈篝火之歌〉：「讓我們舉杯呼喚著祖先的靈魂／在森林如記憶一般消失之前／在湖水如幸福一般枯竭之前／在沙漠終於完全覆蓋了草原之前／我們依舊願意是個謙卑和安靜的牧羊人／／這黎明前滿滿的一杯酒啊／依舊　要敬獻給／天地諸神」。[31]此處的天地諸神自然是蒙古族敬仰的自然及祖先，這令人驕傲的傳統，便是蒙古族存續的根基。

〈篝火之歌〉傳達了蒙古族對於自然的敬畏，並且複誦著著祖先使用土地的良好傳統，這都是先民在這塊土地上累積的寶貴智慧。那麼，我們要來看另一首與之相反的作品，這首詩要記錄與凸顯一個異民族對陌生土地的濫用。

〈二○○○年大興安嶺偶遇〉一詩則寫下大興安嶺林場所遭受的衝擊：「可是／可是／我向他們倉皇詢問／昨天經過的時候　這裡分

29　席慕蓉：〈遲來的渴望〉，《我摺疊著我的愛》，頁142-143。

30　席慕蓉：〈金色的馬鞍〉，《金色的馬鞍》，頁12。

31　席慕蓉：〈篝火之歌〉，《迷途詩冊》，頁114-115。

明／還是一片細密修長的白樺林……」[32]席慕蓉曾在散文〈松漠之國〉裡寫下她追問族人，關於母親故鄉森林下落的過程，彼時只得到族人閃爍的答案，因為雖名為自治區，土地的命運卻往往無法為族人自己掌握。

彼時席慕蓉是沒有答案的，然而過了十年，寫於二○○○年的這首詩，她已有了答案：「這不算什麼　他們笑著說／從前啊　在林場的好日子裡／一個早上　半天的時間／我們就可以淨空　擺平／一座三百年的巨木虯枝藤蔓攀緣／雜生著松與樟的　森林……」[33]我們在席慕蓉的詩作中看到了一個自傲且愚昧的形象，此人以開發之迅速是一種誇耀，直截暴露了貪婪與無知的可怕。

而這種貪婪與無知造成的結果是震撼的：「所以　此刻就只有我／和一隻茫然無依的狐狸遙遙相望／站在完全裸露了的山脊上／牠四處搜尋　我努力追想／我們那永世不再復返的家鄉」。[34]以發展為理由的無端濫伐，造成了無可挽回惡果。

同樣的情形一再重演，〈悲歌二○○三〉寫的是靠狩獵為生的獵民遭政府封山驅離：「要怎樣才能讓你相信／眼前是一場荒謬的滅絕與驅離／失去野獸失去馴鹿的山林／必然也會逐漸失去記憶……」[35]席慕蓉在詩末附註詩作背景：「二○○三年八月十日，內蒙古根河市官方以『提昇獵民生活水平，接受現代文明』為目標的遷徙行動……」[36]此政策造成的影響不只是生態的，也使得最後的狩獵部落『使鹿鄂溫克』消失，蒙古文化又失去了一角。

---

32 席慕蓉：〈二○○二年大興安嶺偶遇〉，《我摺疊著我的愛》，頁114。

33 席慕蓉：〈二○○二年大興安嶺偶遇〉，《我摺疊著我的愛》，頁115。

34 席慕蓉：〈二○○二年大興安嶺偶遇〉，《我摺疊著我的愛》，頁115-116。

35 席慕蓉：〈悲歌二○○三〉，《我摺疊著我的愛》，頁119。

36 席慕蓉：〈悲歌二○○三〉，《我摺疊著我的愛》，頁121。

　　二〇一〇年，席慕蓉寫了長達八十六行的長詩〈夢中篝火〉，以一個她在鄂爾多斯遇到的老牧民為主角，書寫他一生遭遇的困境——而這也是蒙古族的縮影。

　　詩中借老牧民之口說道：「（把草原已經交給國家了／大家都說這是為了環保／城裡又給蓋了房子　多好）」。[37]政府相當積極地在治理內蒙古，只是卻未能為世代居於此的蒙古族帶來福祉，僅剩的牧民必須在嚴苛的管制下放牧，還得「夜裡有時偷偷放出來吃幾口新鮮草」[38]，除了生計與居地受到政府管制，連文化也受到限制，「那祭日祭月祭星的熱烈儀式　也已失傳」[39]，蒙古族的現況是「在戈壁之南我們已無寸土／也無任何可以依附之處／聽說西部牧民繳回的草原／如今被開墾成棉花田／東北的祖先龍興之地已成露天煤礦」[40]明明在自己祖先傳下的土地上，卻便成寄人籬下的少數民族，無力回天之際才赫然發現：「這滅絕之路／走得何其安靜順服而又快速」[41]。席慕蓉借此長詩寫下身為「少數民族」的族人遭受國家政策擺布，伴隨著的是故鄉景貌的改變，非但沒有過得更好，還失去了賴以維生的土地與悠久的文化。民族與土地竟是同步在衰退著。

　　或許是因為對族人的近況知道越來越多，席慕蓉忍不住寫下最為直白、憤怒的〈「退牧還草」？〉一詩：「究竟是誰的邏輯比較合理／若你自命專家　出題的人啊／請問　你出身何處？／想必絕不是草原上的原住民……」席慕蓉毫不隱藏她的不滿，因為這個「退牧還草」政策乃是為了緩和內蒙古地區土地快速沙漠化的情勢，然而真正造成

37 席慕蓉：〈夢中篝火〉，《以詩之名》（臺北市：圓神出版社，2011年），頁190。
38 席慕蓉：〈夢中篝火〉，《以詩之名》，頁191。
39 席慕蓉：〈夢中篝火〉，《以詩之名》，頁192。
40 席慕蓉：〈夢中篝火〉，《以詩之名》，頁193。
41 席慕蓉：〈夢中篝火〉，《以詩之名》，頁192。

沙漠化的原因，應是中國政府施行於內蒙古的開荒政策，席慕蓉也在散文中批判過這種政策是：

> 用農業民族的思想和生活方式到遊牧民族的草原上去開荒，是最恐怖的自我毀滅……

> 然而，這些移民可曾知道？在蒙古高原上，土地只有薄薄的一層。有的地方，在不到一公尺甚至幾公分之下就是沙……[42]

然而，當局政府在對蒙古族賴以為生的土地造成重大傷害之後，所採取的解決方案卻是嚴重影響牧民生存的「退牧還草」政策，也就是禁牧、休牧、劃區輪牧，土地是得以保育了，損失卻依舊由蒙古族自行承受。也毋怪乎席慕蓉會憤怒的寫下〈「退牧還草」？〉這麼不像詩的詩作，因為比起控訴政府，她更急著說服自以為是的農耕民族，他們正在觸犯的錯誤：「在母土之上　生命彼此珍惜體諒／遂讓薄薄幾公分的貧瘠土層／年年有上千種的牧草滋長／給五畜以豐富多樣的營養／給牧民指引了早出晚歸的不同路徑／以及　四季循環遷徙之時／那心中嚮往的方向／一代又一代敬慕天的游牧族群／遂活出了豐富又謙卑的草原文明……」遊牧民族曉得蒙古高原土地的脆弱，否則數千年來草原不可能持續生長著。

而這些，自以為是局外人甚至於是幫手的漢民族，能明白這些嗎？席慕蓉的特別在於她是一名蒙古人，口說與手寫卻是漢民族的語文。然而這也是她的優勢，只有她才能同時深入蒙古族的悲苦，同時又將這轉化成一首首華文詩歌。或許人人皆能控訴，但只有得到文化內裡的人，才得以說服無知的旁人。

---

42 席慕蓉：〈開荒？開「荒」！〉，《金色的馬鞍》，頁144。

席慕蓉的生態詩是有進展的,並沒有停留在一味的血淚控訴,原本對於蒙古巨大改變的疑惑,席慕蓉努力的尋求出答案。而這些答案也漸漸充實了她的詩作,她筆下的是一個民族真實的遭遇,此種生態詩不只是悲嘆,遊牧文化的傳統已成為她的支撐背景。

五 結語

雖然沈奇曾對於席慕蓉書寫蒙古的詩作感到擔心,認為席慕蓉後來的詩作經營尚有不足:「詩人與新的素材以及由此素材生發的感受之迫抑沒能有效地拉開審美距離,造成匆促表達而難以超越其現實侷限是一個因素,同時也受到同期散文寫作之互文性影響,導致較多的指事、說理,減弱了意象的創化。」[43]不過因為席慕蓉想要傳達給讀者們的確實就是蒙古的現況,曖昧氤氳的意象與純粹的美感自然便少了,然而一個更清晰、寫實的蒙古卻從她的詩作裡重生──那是一個不被看見的蒙古,席慕蓉費盡心思把她帶到你我面前。

而沈奇這篇寫於二〇〇二年的評論,看來也並沒有動搖席慕蓉的決心,或者說,單純追求詩的美感,已經不是席慕蓉最優先的問題。

二〇一〇年寫下的〈他們的聲音〉,可以視作席慕蓉的回答:「如果還有人責問我／為什麼久不見從前那樣美麗的詩作／我只能誠實回應因為我聽見了他們的聲音」。[44]席慕蓉所聽見的聲音,便是蒙古族與蒙古土地正在低吟的悲歌,善良的牧民與獵人被政策驅離祖先的土地,而原本豐美的牧草與無邊的森林,也在有欠考慮的政策底下,變成無法恢復的生態浩劫。

---

43 沈奇:〈邊緣光影佈清芬〉,《迷途詩冊》,頁172。

44 席慕蓉:〈他們的聲音〉,《以詩之名》,頁214-215。

面對席慕蓉的改變，或許我們應該站到她的位置思考，隨她走一趟生命與民族的歷程，那麼或許就能明白詩能承載的，並非只有「美」而已。這是為何需要特別將席慕蓉的生態詩獨立討論，詩撼動讀者的技藝不只一種，席慕蓉也並非只有抒情而已。

白靈為席慕蓉所下的評語是公允的：「她晚近詩作開闊的程度讓眾多嫉妒了二十年的其他詩人不得不慢慢放棄了『理由』……」[45] 看到了這樣令人欽佩的席慕蓉，也令原本懷有偏見者，也重新給予席慕蓉公允的評價。這樣的席慕蓉不應為這個時代所錯過。因為她的努力，讓自己更有能力影響蒙古族的未來，有如〈兩公里的月光〉一詩所寫：「關於往昔　從此／終於可以由我自己來答」[46]。

---

45 白靈：〈懸崖菊的變與不變〉，《迷途詩冊》，頁156。
46 席慕蓉：〈兩公里的月光〉，《我摺疊著我的愛》，頁149。

引用及參考書目

（一）專書

席慕蓉　《七里香》　臺北市　圓神出版社　2000年3月

席慕蓉　《無怨的青春》　臺北市　圓神出版社　2000年3月

席慕蓉　《席慕蓉‧世紀詩選》　臺北市　爾雅出版社　2000年5月

席慕蓉　《迷途詩冊》　臺北市　圓神出版社　2002年7月

席慕蓉　《我摺疊著我的愛》　臺北市　圓神出版社　2005年3月

席慕蓉　《時光九篇》　臺北市　圓神出版社　2006年1月

席慕蓉　《邊緣光影》　臺北市　圓神出版社　2006年4月

席慕蓉　《以詩之名》　臺北市　圓神出版社　2011年7月

席慕蓉　《江山有待》　臺北市　洪範書店　1991年5月

席慕蓉　《黃羊、玫瑰、飛魚》　臺北市　爾雅出版社　1996年8月

席慕蓉　《大雁之歌》　臺北市　皇冠出版社　1997年5月

席慕蓉　《諾恩吉雅——我的蒙古文化筆記》　臺北市　正中書局
　　　　2003年2月

席慕蓉　《我的家在高原上》　臺北市　圓神出版社　2004年1月

席慕蓉　《金色的馬鞍》　臺北市　INK印刻文學生活雜誌出版公司
　　　　2012年12月

（二）期刊論文

李翠瑛　〈鄉愁與解愁——解讀臺灣女詩人席慕蓉詩中的歷史圖像〉
　　　　《臺灣詩學學刊》　第9期　2007年6月　頁187-219

譚惠文　〈從摺疊到鋪展的愛——論席慕蓉的原鄉書寫〉　《東吳中文研究集刊》　第13期　2006年6月　頁229-224

賴佳琦　〈詩人席慕蓉：年年往返南北家鄉的大雁〉　《文訊月刊》第166期　1999年8月　頁87-89

陳瑀軒　《席慕蓉詩歌研究——以主題、語言、通俗性為觀察核心》嘉義縣　國立中正大學中國文學研究所碩士論文　2006年

林秀玲　《席慕蓉文學作品研究》　臺北市　臺北市立教育大學應用語言文學研究所碩士論文　2006年

林大鈞　《心遊於物：席慕蓉、舒國治、鍾文音的旅行書寫》　臺北市　國立政治大學中國文學系碩士論文　2006年

鄭宇辰　《指引一條綠色小徑：臺灣自然書寫者之旅遊導覽研究》臺南市　國立成功大學碩士論文　2011年

鄭淑丹　《席慕蓉散文研究》　嘉義縣　國立嘉義大學中國文學系碩士論文　2013年

曹雅芝　《席慕蓉鄉愁詩中的離鄉與還鄉——從文化心理視角的論析》　桃園市　銘傳大學應用中國文學系碩士論文　2013年

廖婉秦　《從鄉愁出發——席慕蓉旅遊書寫研究》　高雄市　國立高雄師範大學國文教學碩士班碩士論文　2014年

作者簡介

李癸雲

臺灣師範大學國文研究所博士，曾任政治大學中文系副教授，現任清華大學台灣文學研究所教授。研究領域為台灣文學、女性詩歌、性別論述。主要學術研究工作為結合精神分析學說與文學批評所建構的「精神分析詩學」。專著有《結構與符號之間：台灣現代女性詩作之意象研究》（2008）、《朦朧、清明與流動：台灣現代女性詩作中的女性主體》（2002）、《與詩對話：台灣現代詩評論集》（2000），以及單篇論文〈文學作為精神療癒之實踐──以台灣女詩人葉紅為研究對象〉、〈戰爭‧囚禁‧逃亡──試探商禽的戰爭創傷書寫〉等數十篇。曾獲臺北文學獎新詩評審獎、臺中縣文學獎新詩獎、南瀛文學獎「南瀛新人獎」、臺灣文學獎散文獎、政治大學教學特優獎、清華大學校傑出教學獎，以及多次清華大學教師學術卓越獎勵。

洪淑苓

臺灣大學中國文學研究所博士，現任臺灣大學中國文學系教授。曾任臺大藝文中心創制主任、臺大臺文所合聘教授、所長，國語日報古今文選特約主編、美國聖塔芭芭拉加州大學訪問教授。曾獲教育部文藝創作獎、臺北文學獎、優秀青年詩人獎、詩歌藝術創作獎等。著有學術專書《思想的裙角──台灣現代女詩人的自我銘刻與時空書寫》、《20世紀文學名家大賞：徐志摩》、《現代詩新版圖》、《台灣民間

文學女性視角論》、《民間文學的女性研究》、《關公民間造型之研究》、《牛郎織女研究》等；並有詩集《合婚》、《預約的幸福》、《洪淑苓短詩選》；散文集《深情記事》、《傅鐘下的歌唱》、《扛一棵樹回家》、《誰寵我，像十七歲的女生》。

林淑貞

中華民國，臺北市人，國立臺灣師範大學博士，曾任誠正國中、南山高中國文教師、靜宜大學中文系、日本山口大學客座教授，現職中興大學中文系教授、中國唐代學會理事長。主編興大人文學報、興大中文學報，研究以文學、美學為進路。著有學術專書：《詩話的別響與新調：晚清林昌彝詩論抉微》、《詩話論風格》、《台灣文學》（合著）、《中國詠物詩「託物言志」析論》、《寓莊於諧——明清笑話型寓言論詮》、《表意‧示意‧釋義：中國寓言詩析論》、《近五十年台灣地區古典詩學研究概況：以1949-2006年碩博士論文為觀察範疇》、《南投縣文學發展史‧上卷》‧〈口傳文學〉、《尚實與務虛：六朝志怪書寫範式與意蘊》、《笑看人間：中國式幽默》等書。

羅文玲

臺灣苗栗縣三義人，東海大學中國文學博士，現為明道大學中文系系主任兼國學所所長，本次「2015濁水溪詩歌節」策劃人。學術專長為文學史、佛教文學、文學理論，近十年並鑽研茶道與瑜珈，頗有心得。著有《文學與人生》、《六朝僧侶詩歌研究》、《南朝文學與佛教關係之研究》、《蘇曼殊文學研究》、《唐代詩賦與佛教關係之研究》等書。近五年來舉辦過翁鬧、錦連、周夢蝶、管管、張默、王鼎鈞、蕭蕭、隱地、鄭愁予等現代詩人之學術研討會，分別編著成書。

余境熹

　　筆名牧夢、書山敬、秦量扉，一九八五年生，香港大學中文學院哲學碩士，現任美國夏威夷華文作家協會香港代表、東亞細亞文化研究中心秘書及副研究員、國際文藝研究中心代總裁、國際金庸研究會副會長，著有《漢語新文學五論》，主編《島嶼因風而無邊界：黃河浪、蕭蕭研究專輯》、《追溯繆斯神秘星圖：楊寒研究專輯》、《詩學體系與文本分析》等，發表論文逾八十篇，並獲文史哲及宗教研究首獎共三十餘項、全港青年學藝大賽新詩組優異獎、中文文學創作獎新詩組優異獎等。專務「誤讀詩學」，聯絡電郵：yoshiyukh@yahoo.com.hk。

李翠瑛

　　筆名蕓朵，政大中文博士，元智大學中國語文學系副教授。台灣詩學季刊編輯委員、台灣詩學季刊社務委員、乾坤詩刊社務委員。以蕭瑤為筆名，散文創作曾獲二〇〇五年第四屆全國宗教文學獎二獎，書法創作曾獲全國書法比賽聖壽杯第一名、全國書法比賽慕陶杯第一名、國父紀念館全國青年書法比賽第二名等等。詩作發表於報刊，《吹鼓吹詩論壇》、《創世紀》、《乾坤詩刊》、《野薑花詩刊》等，二〇一二年出版詩集《玫瑰的國度》。著有詩論《雪的聲音——臺灣新詩理論》、《細讀新詩的掌紋》、《孫過庭書譜中書論術精神探析》、《六朝賦論之創作理論與審美理論》等，期刊論文及篇章著作五十餘篇。

陳政彥

　　南投縣埔里鎮人。國立中央大學中國文學所碩士、博士。曾任中央大學、中原大學、長庚技術學院兼任講師、嘉義大學助理教授。現

任嘉義大學中文系副教授，台灣詩學學刊社務委員，《吹鼓吹詩論壇》主編。著有《現代詩的現象學批評：理論與實踐》、《跨越時代的青春之歌：五、六○年代臺灣現代詩運動》；與李瑞騰、林淑貞等人合著《南投縣文學發展史》上下兩冊。

陳靜容

屏東縣萬丹人，國立東華大學中文博士。於先秦、魏晉思想用功頗深，兼擅對外華語文教學。曾任明道大學華語文教學中心主任，現為明道大學中文系專任助理教授。著有專書《原始儒家「無為而治」思想發展譜系及其中心意義重構》、《先秦儒家思想研究的再思考──以「和」作為詮釋進路之可行性及其義涵之開拓研究》，及〈由儒家「無為」研究之評議重新檢視此觀念於原始儒家思想中的意義〉、〈「命名」、「信仰」與「海洋」的重奏──達悟族口傳文學中的「動物故事」及其內在文化意涵研究〉、〈「觀看自我」的藝術──試論魏晉時人「身體思維」的釋放與轉向〉等多篇學術論文。近年自行創立公益童書出版社──皮皮與丹丹出版社，並出任總編輯，以出版童話、童詩、繪本為主，將出版品贈送各地偏鄉教育機構。目前已出版繪本十種、童話集兩種、童詩集兩種。

李桂媚

彰化縣人（1982-），中國文化大學印刷傳播學系工學士，國立臺北教育大學臺灣文化研究所文學碩士，現服務於大葉大學。曾發表學術論文〈瘂弦詩作的色彩美學〉、〈錦連詩作的白色美學〉、〈康原台語詩的青色美學〉、〈詹冰圖像詩的文本性訊息〉、〈日治時期台灣新詩標點符號運用──以賴和、楊守愚、翁鬧、王白淵為例〉、〈蕭蕭新詩標

點符號運用〉等；並曾為《逗陣來唱囡仔歌Ⅰ、Ⅳ》、《親近作家·土地與人民》、《番薯園的日頭光》、《搭訕主義》、《隔夜有雨》等書繪畫插圖。

謝三進

　　一九八四年生於彰化縣埤頭鄉，成長於北斗鎮。畢業於臺灣師大國文系、臺灣語文學系碩士班。曾任《風球詩雜誌》總編輯、《詩評力》主編、《國語日報》「在詩歌間串遊」專欄作家。編有《臺灣七年級新詩金典》，獲國藝會補助出版詩集《花火》、彰化縣文化局出版詩集《假設的心臟》。現為創世紀詩社社員、「秘密讀者」同仁、《兩岸詩》創刊號臺灣主編。

文學研究叢書·現代詩學叢刊 0807009

草原的迴聲——席慕蓉詩學論集

主　　編	蕭蕭　羅文玲　陳靜容
責任編輯	吳家嘉
特約校稿	林秋芬

發 行 人	陳滿銘
總 經 理	梁錦興
總 編 輯	陳滿銘
副總編輯	張晏瑞
編 輯 所	萬卷樓圖書股份有限公司
排　　版	林曉敏
印　　刷	晟齊實業有限公司
封面設計	斐類設計工作室

發　　行　萬卷樓圖書股份有限公司
　　　　　臺北市羅斯福路二段 41 號 6 樓之 3
　　　　　電話 (02)23216565
　　　　　傳真 (02)23218698
　　　　　電郵 SERVICE@WANJUAN.COM.TW
大陸經銷　廈門外圖臺灣書店有限公司
　　　　　電郵 JKB188@188.COM

ISBN 978-957-739-970-0
2015 年 9 月初版

定價：新臺幣 440 元

如何購買本書：

1. 劃撥購書，請透過以下郵政劃撥帳號：
　帳號：15624015
　戶名：萬卷樓圖書股份有限公司
2. 轉帳購書，請透過以下帳戶
　合作金庫銀行 古亭分行
　戶名：萬卷樓圖書股份有限公司
　帳號：0877717092596
3. 網路購書，請透過萬卷樓網站
　網址 WWW.WANJUAN.COM.TW

大量購書，請直接聯繫我們，將有專人為
您服務。客服：(02)23216565 分機 10

如有缺頁、破損或裝訂錯誤，請寄回更換

國家圖書館出版品預行編目資料

草原的迴聲：席慕蓉詩學論集 / 蕭蕭, 羅文
玲, 陳靜容主編.
　-- 初版.-- 臺北市：萬卷樓, 2015.09
　面；　公分.--(文學研究叢書. 現代詩學叢
刊；807009)

ISBN 978-957-739-970-0(平裝)

1. 席慕蓉 2.新詩 3.詩評

851.486　　　　　　　　　　104019859